新世紀中國學目錄槪要

유병태 편역

제이앤씨
Publishing Corporation

▮일러두기▮

중국에서 일고 있는 변화의 바람은 근본적이고도 총체적이다. 황하 강은 더 이상 범람하지 않는다. 히말라야의 고도는 더욱 높아지고 있다. 인간과 공간과 시간을 하나의 틀 속으로 다스려 왔던 기존의 이념은 와해되고 있으며, 의식은 다원적 차원에서 새롭게 리모델링되고 있다. 이러한 의식의 한 켠에 자리 잡은 마이다스에의 환영은 외국 자본에 대한 열렬한 환호로 이어지고 있다. 인구는 지난 40년 동안 두 배로 늘어났으나 경작공간은 오히려 줄어들었다. 도시화는 가속화되는 반면, 그에 따른 농촌의 공간은 변화의 몸살을 앓고 있으며 불균형적 발전은 갈수록 심화되고 있다.

우리의 누구도 짤막하게 요약된 이러한 변화의 흐름에서 놓여나거나 자유로울 수는 없다. 우리가 개인이든 한반도이건 중국과 직접 혹은 간접적인 관계 속에 얽혀 살 수 밖에 없는 한, 이러한 변화는 더 이상 우리를 순수한 관찰자로 남겨두지 않는다. 두터운 황막으로 우리의 하늘을 뒤덮고 있는 황사가 그러하듯, 중국이 당면하고 있는 이러한 변화의 바람은 우리의 일상을 조건지우기도 또한 직접적으로 관여하기도 하는 어떤 힘이자 실체로서 당도한다. 그러나 그 변화의 현황과 추이의 향방은 여전히 불투명한 채로 남아 있다. 이러한 불투명성은 보다 분명한 확실성이 긴급하게 요구되는 이해의 대상이자 극복의 대상으로서, 우리에게 한결 국지적이면서도 포괄적인 지식의 매개를 요청하고 있으며, 보다 다양한 영역에서의 학문적 관심과 연구방법론에 대한 새로운 모색을 요구하고 있다.

이러한 관점에 비추어, 현재 국내의 대학에서 학생들을 대상으로 개진되고 있는 중국에의 이해방식은 여전히 재래의 강단식 접근법을 답습하는 가운데 거의 전적으로 중국문학에 관련된 지식의 습득과 학습을 통해 이루어지고 있다는 점에서 그 시의성과 적절성의 여부가 되물어질 수 밖에 없게 되었다.

이 책은 바로 이러한 문제의식에서 출발하고 있으며, 이러한 물음을 다소나마 충족시켜줄 수 있는 보충적인 교재로서 읽혀지기를 기대하고 있다. 아울러 이 책은 학생들에게 중국뿐만 아니라 영미 계통과 유럽 및 일본의 중국학 전문가들이 다루고 있는 연구의 영역들과 그 논제와 내용 및 성과들의 제요를 목록의 형식으로 제시해줌으로써, 학생들로 하여금 변화 도상의 현 당대를 중심으로 한 중국의 다양한 모습과 그 실상들을 전반적이고도 종합적인 관점에서 개관할 수 있도록 도움을 주는데 그 취지를 두고 있다.

이 책에 실린 140항목의 중국학 관련 목록과 그 제요의 대부분은 프랑스의 사회과학고등연구소출판부(Editions de L'ecole des Hautes Etudes En Sciences Sociales)가 1961년 이래 현재까지 무려 46년에 걸쳐 매 해 두터운 분량의 단행본으로 발행해 오고 있는 ≪Revue Bibliographie de Sinologie(중국학 문헌잡지)≫의 2000년 판과 2001년 판에 실린 것들의 일부에 해당된다. 그 나머지 일부는 필자가 보기에, 학생들에게 현재의 중국 사회의 구체적인 동향을 알려주기에 적합하다고 생각되는 신문과 잡지의 기사들로서, 주로 2003년과 2004년의 유럽과 홍콩에서 발행된 몇 몇 간행물들로부터 취해 온 것이다. 아울러 극히 일부의 항목을 차지하고 있긴 하지만 필자가 구하여 접할 수 있었던 문헌들 가운데 일부를 번역 혹은 요약한 것들도 포함되어 있다. 각 항목 별로 제시되는 문헌들은 영미와 러시아를 포함한 유럽 전 지역의 중국학 관련 서적들과 일본과 중국의 서적들을 두루 아우르고 있으며, 다루는 내용들은 목차에서 제시한 바와 같이 사회와 경제, 정치와 외교, 지리와 역사, 종교와 교육, 문학과 예술, 화교와 소수민족에 걸쳐 있다.

마지막으로, 이 책은 창원대의 주관 하에 인제대와 경상대가 공동으로 참여하고 있는 중국비즈니스인력양성사업단의 2006년도 교과목 개선 방안에 부응할 수 있는 교재개발의 일환으로 발간된 것임을 밝혀둔다.

‖차 례‖

新世紀中國學目錄概要

제1부

사회와 경제

1. Lester R. Brown, ≪Who will feed China? Wake up call for a small Planet(누가 중국을 먹여 살릴 것인가?)≫, WW. Norton & company, 1995. 163 p.

중국 인구는 세계의 23%인 13억에 해당되나 경지면적은 세계경지면적의 7%를 넘지 않는다. 1인당 농경지면적이 가장 작은 나라들 중의 하나이다. 그럼에도 중국은 50년대 말 대약진운동의 실패 이후 1960년대부터 1990년대에 이르는 동안 4배 이상의 식량 증산율을 기록함으로써, 지금은 미국에 이어 제2의 세계 곡물 수출국이자 식량 자급국가가 되었다. 그러나 전문가들은 2025년 무렵이면 중국은 식량의 70%를 대외무역에 의존해야하는 식량 수입대국이 될 것으로 전망하고 있으며, 그 여파는 전 세계에 미칠 것으로 예상되고 있다. 중국은 농경지의 비농업 용도로의 전환으로 농토가 점차 감소되고 있으며 산업화에 따른 토양의 비옥도가 저하되어 다모작 또한 더욱 어려워지고 있다. 따라서 면적의 감소로 인한 농업의 영세화와 경작의 포기 또한 우려되는 사안이다. 특히 경작의 포기 현상은 비농업부문의 임금상승으로 인한 농민의 도시이주와 맞물려 도시의 사회문제를 야기하고 있다. 게다가 농지는 곡물 대신 이윤이 나은 과일이나 야채 생산지로 전환되면서 그 감소의 속도가 더욱 빨라지고 있다. 중국의 농토는 80%가 농업관개용수에 의존한다. 그러나 최근의 산업화 과정 속에 농업용수를 비농업분야에 전용함으로써 농토는 심각한 물 기근에 시달리고 있다. 1950년대까지 물은 공급이 수요를 초과하였으나 지금의 물 수요는 공급의 6배를 넘어섰으며 과다한 揚水가 帶水層(물이 생산되는 지층)의 재충전 속도보다 빨라 지하수의 량이 감소하여 지반이 침몰되고 있다. 山西省은 지반이 70m나 내려앉은 곳도 있다. 또한 중국 북부는 밀과 벼의 2모작이 불가능하여, 물의 수요가 적은 대신 수확량 또한 적은 수수나 기장 등의 작물재배로 전환하고 있다. 농지의 감소와 더불어 소득의 증대로 인한 식생활의 개선은 식량의 수요와 수입을 더욱 증대시킬 것이다. 매년 10%에 달하는 경제성장을 하는 동안 인구증가는 1%에 머무르고 있는 중국은 결과적으로 1인당 소득이 50% 이상 증가하였다. 소득의 증가에 따라 저소득 계층에서 가장 먼저 나타나는 현상의 하나는 식단의 변화이다. 그들은 섭취 칼로리의 70% 이상을 쌀과 같은 전분식품에 의존하는 식단으로부터 육류, 달걀, 우유, 버터, 치즈, 요쿠르트, 아이스크림 따위를 상당량 포함하는 보다 다양한 식단으로 옮겨가고 있다. 소득증대에 따른 이 같은 식단의 변화는 모든 사회에 나타나는 일반적인 사실이다.

1978년의 경제개혁이후 나타난 육류의 생산과 소비의 증가는 중국의 경제적 변화를 측정할 수 있는 중요한 척도의 하나이다. 중국의 육류 소비는 1977년 770만 톤에서 94년에는 4000만 톤으로 늘어나 16년 동안에 5배의 증가를 보였고 앞으로 이러한 증가는 가속화될 것으로 보이는데 육류소비의 증가는 곧 사료곡물소비의 증가를 말한다. 한 예로 가금고기 1kg을 생산하려면 2kg의 곡물이, 쇠고기 1kg을 생산하려면 7kg의 곡물이 소요된다. 그러나 만약 곡물공급이 육류와 계란과 같은 식품수요의 증가에 발맞춰 급속도로 늘어나지 않는다면, 자연히 식품가격의 폭등으로 이어질 것이다. 2025년 중국 정부가 목표로 세우고 있는 선진국 수준인 1인당 달걀 연평균 소비량 200개라는 수치를 충족시키기 위해서는 13억 마리의 암탉을 사육해야하는데 암탉 사육에는 년 간 2억 4000만 톤에 달하는 추가 곡물이 필요하게 된다. 이러한 수치는 세계 2위의 곡물 생산국인 캐나다의 전체 곡물 생산량과 맞먹는 수준이다. 또 다른 예를 들어보자. 일본은 1세기 이전부터 토지 부족을 겪어오면서 동물성 단백질의 획득을 바다에 의존하기 시작했다. 그 결과 일본 식단은 해산물이 주류를 이루게 되었으며 실제로 일본의 해산식품 소비는 년 간 1인당 8kg으로 세계 최고이다. 만일 일본 인구의 10배가 넘는 중국이 일본과 마찬가지로 동물성 단백질을 바다에 의존하게 되면 1억톤의 해산식품이 필요하게 되는데 이는 전 세계 어획량과 맞먹는 수준이다. 이미 해양어장은 생물학적인 한계에 이르렀으므로 어류수요의 증가분을 충족시키려면 주로 양식에 의존해야하는데, 어류 양식 역시 1톤 어류를 생산하려면 2톤이 넘는 곡물을 필요로 하게 된다. 결과적으로 경지면적이 줄어들고 물 부족이 확산되고 있으므로 중국의 소득 증가에 따른 식량수요의 상당부분은 수입량의 증가로 이어질 것이다. 이렇듯 중국의 예상 수요의 엄청난 규모를 생각하면, 이 같은 수입의존은 세계의 식량공급에 큰 압박을 가하게 될 것이고, 결과적으로 세계 모든 곳의 식량가격에 심각한 타격을 가하게 될 것이다.

90년대에 중국은 3억 4,000만 톤의 곡물을 생산하고 3억 4,600만 톤을 소비하여 부족분인 600만 톤을 미국으로부터 수입하였다. 인구증가에 따른 수요증가만을 예상하더라도 2030년까지 중국의 식량 수요는 4억 7,900만 톤으로 늘어날 전망이다. 2030년에 예상되는 중국의 곡물생산은 1990년에 비해 20% 감소한 2억 7,200만 톤에 불과할 것으로 보이므로, 결국 2억 700만 톤의 곡물이 부족하게 될 것이다. 이 같은 부족량은 2억 톤 남짓하던 90년도 세계 전체 곡물의 수출량과 맞먹는 수치이다. 만일 이에 그치지 않고 경제성장과 함께 식생활의 개선으로 현재 1인당 300kg에서 400kg으로 곡물 소비량이 증가할 것을 감안한다면, 전체 곡물 수요는 6억 4,100만 톤에 이를 것이다. 이렇게 되면, 중국의 곡물 부족량은 현재 세계 곡물 수출량의 두 배에 가까운 3억 6,900만 톤에 달할 것이다.

예상되는 대규모의 곡물부족과 관련하여 두 가지 질문을 제기할 수 있을 것이다. 우선 중국은 과연 그들이 필요로 하는 양만큼 곡물을 수입할 수 있는 충분한 외환을 가지고 있을 것인가 이며, 다음은 그 곡물을 어디서 구할 것인가이다. 첫 번째 질문에 답한다면, 중국은 현재 빠른 경제 성장을 하고 있고 앞으로 성장세가 서서히 감소한다하더라도 필요한 양의 잉여 곡물을 수입하는데 충분한 외환을 산업수출을 통해 얻을 수 있을 것으로 보인다. 94년 미국에 대한 무역흑자만 해도 거의 300억 달러에 달했다. 중국이 세계 곡물 수출량의 절반에 가까운 1억 톤의 곡물부족의 수입을 미국을 통해 메운다고 가정한다면, 150억 달러 정도가 소요되는데, 결국 중국은 미국과의 무역흑자만 고려한다하더라도, 또 곡물가격이 두 배로 상승한다할지라도 미국 곡물 수출량의 전부를 수입할 수 있다. 즉 현재 120개가 넘는 곡물부족 국가에 수출되고 있는 미국의 잉여곡물을 독차지하게 될 것이다. 따라서 중국의 높은 식량수요에 의해 세계 곡물시장의 가격은 대폭 상승할 것이고, 경쟁력이 없고 곡물 수입의존도가 높은 수많은 다른 국가의 국민들은 기아상태에 빠질 수도 있을 것이다. 식량의 무기화는 이전부터 제기되어온 문제이지만 중국의 빠른 경제성장과 함께 식량의 무기화는 더욱 앞당겨 질 수도 있다. 이미 산업화의 길을 간 한국 또한 그 경제력이 얼마나 큰 폭의 식량가격 인플레이션까지 견뎌낼 수 있을지 모르겠지만 세계 곡물수출 체계에 어떤 급격한 변화가 온다면 한국의 경제력과 무관하게 수입 자체를 못하게 될 수도 있다. 이러한 사태를 대비하여 한국은 최소한의 식량생산능력을 계속 유지시켜 나가야 할 것이다.

2. Wang, Liming, Davis, Jhon, ≪China' Grain Economy. The Challenge of Feeding More Than a Billon.(중국의 식량경제. 금보다 중요한 식량공급을 위한 도전)≫ Aldershot(UK): Ashgate, 2000. XVI+, 256P

공식적인 통계에 의뢰하여 50년에 걸친 중국의 식량정책을 분석한 책이다. 저자는 먼저 중국의 농업을 1952년 중국경제를 통해 파악하는 것에서부터 시작하여 사회변화의 추이 속에서 실행된 다른 식량정책들을 전반적으로 개관한다. 아울러 중국이 지구촌 제1의 식량생산국이자 소비국으로서의 현황을 생산과 소비의 여러 관행들을 수학적 모델의 제시와 함께 알기 쉽게 설명하고 있다. 그러나 이 책은 오로지 거시경제의 측면에서 공공기관의 공식적인 자료에만 의존하고 있다는 폐단을 가지고 있다. 후반부는 중국이 향후 세계 곡물 시장에서 어떠한 역할을 해야 하는 지를 규명한다. 실제로 중국은 식량자급자족을 실현하기 위해 어떠한 정책적 구상을 강구하든지 간에, 2010년이면 식량수입국으로 등장할 것이 분명하기 때문이다.

3. Frédéric du Bobin , <Lee soif de la Chine pour d'or noir (검은 황금, 석유에 목말라하는 중국)>, Le Monde, 2004. 4월 10일

중국은 세계 제2의 석유소비국이자 수입국이 되었다. 석유는 경제성장에 있어 검은 금과 같다. 북경정부는 석유의 새로운 공급처를 찾고 있다. 중국은 1993년에 988만 톤을 수입한데 반해 2002년에는 7천만 톤의 석유를 수입했다. 이는 연간 25%의 증가율에 해당한다. 중국 정부 측의 발표에 의하면, 2010년에 중국은 3억8천만 톤에서 4억 톤의 석유가 필요할 것이라고 한다. 국제에너지기구의 보고에 의하면, 중국의 국제시장 의존율은 1993년에 6.4%, 1995년에 7.5%, 2002년에는 31%에 달했다. 이런 추세라면 2020년에는 4억5천만 톤 이상의 석유가 필요하며 그 의존율은 60%로 위험수위에 처하게 될 것이다. 1993년에 이미 석유수출국에서 수입국이 된 힘든 과정을 겪었으며, 최근 제2석유소비국이 된 것을 계기로 국내에서는 에너지 안전에 관한 대논쟁이 벌어졌다. 국제시장가격의 급등은 대안의 모색을 가속화시켰다. 국제문제전문가들과 국가발전개혁위원회는 '석유를 위한 중장기대책'을 제시했고 국가수뇌부들은 이를 수용하고 있다. 이 대안은 수상인 원자바오의 주재 하에 열린 에너지대책회의에서 나온 것이다. 이 자료작성자들은 국가의 에너지상태를 분석하였고 정부에게 임시공급처를 다양화할 것을 제안하였다. 특히 경제발전에 필요한 석유를 충분히 보장하기 위해서는 전 세계로 그 공급처를 확대할 것을 제안했다. 공급처의 우선적인 대상은 아프리카였다. 아직 미개발 상태로 저장되어 있는 아프리카의 막대한 석유에 눈을 돌리고 있는 것이다. 20년 이상 동안 중국은 경제발전도상에서 거대한 행보를 밟아

왔다. 그러나 전혀 석유의 부족을 걱정하지는 않았다. 중국은 40년 동안 (1949-1989년) 경제자급자족정책을 기조로 삼았다. 그러나 중국의 경제가 세계적 구도 내에 편입됨에 따라, 이러한 노선은 점차 파기되지 않으면 안 되었다. 특히 1993년 에너지 방면에서 첫 타격이 가해졌다. 1990년에 중국은 1억1천5백만 톤의 수요에 대해 1억3천8백만 톤의 석유를 생산했다. 2002년에 중국은 2억3천9백9십만 톤의 수요에 대해 국내생산은 1억6천7백5십만 톤에 그쳤다. 석유소비의 년 간 증가율 6.7%는 년 생산증가율 1.62%를 훨씬 초과한다. 따라서 석유의 수입은 불가피한 것이 되었다. 가장 심각한 것은 북경정부가 석유의 전략적 비축에 대해 전혀 관심이 없다는 것이다. 이 분야에서는 다른 강대국에 비해 30년가량 뒤처져 있다. 익명의 자료에 의하면, 중국정부가 통제할 수 있는 석유비축량은 겨우 1주일간의 소비량에 불과하다. 상업용 비축량 또한 1주일을 넘지 않는다. 따라서 국제상황이 악화될 경우, 긴급하게 대처하는데 심각한 문제가 발생할 것이다. 갑작스러운 단절은 나라의 경제에 재앙이 될 것이며, 이는 정치, 사회, 군사방면에 심각한 결과를 초래할 것이다. 오늘날 중국의 석유수입은 기본적으로 60% 이상을 중동국가들에 의존한다. 아프리카가 두 번째로 20%, 중앙아시아 14%, 유럽 6%이다. 특히 중동지역은 불안정하여, 중국은 중동석유의 보급에 대해 매우 불안해하고 있다. 어떤 중국 전문가들에 따르면 위험 부담이 높은 이 지역은 아랍 이슬람국가들의 민주화를 위한 미국의 對 中東정책이 실행될 경우 더욱 많은 문제를 안겨 줄 것이다. 게다가 중국은 이 지역에서 석유를 단순 구매해야하는 위상에 머물 뿐 더 이상 파고들지 못하고 있다. 지난 5월 중국은 사우디아라비아의 가스 탐사권을 처음 얻었을 뿐이다. 이러한 조건에서 북경은 눈을 다른 데로 돌리지 않을 수 없다. 러시아와 중앙아시아와의 상황도 전혀 낙관적이지 않다. 중국국가석유공사와 중국석유화학공사라는 거대한 두 회사가 개입했음에도 불구하고 협상은 난항을 거듭하고 있다. 특히 중국과 러시아 간의 送油管 설치에 있어 중국이 25억 달러를 투자하는 문제와 러시아석유회사로부터 석유를 구매하는 문제가 타결되지 않고 있다. 미국과 일본의 영향력이 큰 지정학적 여건을 감안한다면, 이 송유관 계약은 일본의 승리로 돌아갈 공산이 크다. 중국은 러시아와 중앙아시아로부터 장기적으로 석유를 보급 받을 수 있는지에 대해 확신을 갖지 못한다. 게다가 이 분야와 다른 많은 분야에서, 중국은 아주 거친 경쟁들에 직면하고 있다. 미국과 유럽, 특히 일본은 기니(Gynee)灣에서의 시추작업에 이미 착수하였다. 중국전문가들은 중동국가와의 긴밀한 관계를 토대로 석유보급원천을 다양화해야한다는 보고서에 입각하고 있을 뿐이다. 유력한 국제관계전문가인 賀一山의 주장 역시 그다지 명쾌해 보이지 않는다. 그에 의하면 중국은 아프리카를 전체적인 전략의 한 부분으로 포함시켜야 한다. 賀一山은 탐사와 개발이라는 두 영역에서 중국석유전략에 있어 아프리카는 가장 중요한 비중으로 다루어져야 한다고 본다. 탐사와 개발은 중국으로의 수입을 목적으로 하는 생산물 일부를 획득하기 위해 지역에 직접투자 한다는 관점에서 볼 때, 아프리카는 이미 거대한 기지이다. 1995년 이래 중국국가석유공사는 이미 아프리카의 수단에 탐사와 개발을 위해 시추했다. 오늘날 탐사에서 淨濟에 이르기까지 아주 복잡해진 생산시스템은 현장에서 이루어진다. 2003년에 중국은 카르툼(Khartoum)으로부터 일 천만 톤 이상의 석유를 공급받았다. 마찬가지로 중국은 수단으로부터 석유를 공급받는 주요국가들 중의 하나가 되었다. 세부적인 중요성은 다음과 같다. 석유가 배럴당 5달러씩 오를 때마다 중국은 하루에 5천만 달러 이상을 수출비용으로 지출해야 한다. 그러므로 생산된 일부를 얻기 위해 투자해야하는 석유개발비는 아주 중요하다. 이는 중국으로 하여금 더 이상 시장가격에 의존하지 않게 해 주기도

한다. 현재로서 아프리카는 중국이 가장 빨리 진출할 수 있는 가장 가능성이 있는 곳이다. 수단 외에 중국의 석유공급처로서 가장 유력한 아프리카 국가로는 앙골라를 들 수 있다. 앙골라는 얼마 전부터 사우디아라비아를 능가하는 중국의 석유공급지가 되었다. 북경으로서는 이것으로는 충분치 않다. 북경은 다른 아프리카 국가들, 특히 가봉과의 협력을 기대하고 있다. 북경은 이 지역에 그들의 설비와 할당량을 증가시키고 있다. 북경의 목적은 년 간 5천만 톤의 주문을 기대하고 있다. 이는 중국 내에서 진행 중인 大慶을 개발해서 얻는 생산량과 맞먹는다. 중국에서 아프리카는 대륙의 다른 국가들이 가지지 못한 많은 장점을 가지고 있다. 첫째 아프리카는 세계 제2산유지대가 될 전망이다. 아프리카의 예상 생산증가량인 지금부터 2020년까지의 68%는 중국의 예상소비증가율과 일치한다. 둘째, 무엇보다도 아프리카의 석유는 질적으로 우수하다는 점이다. 셋째, 아프리카는 전체적으로 모택동과 주은래 이래 중국과는 아주 우호적인 관계를 유지하고 있다는 점이다. 북경은 이 점을 효율적으로 이용하고자 한다. 가봉의 대통령 오마르 봉고 온담바(Omar Bongo Ondimba)는 지난 국빈방문에서 리브르빌(Libreville)을 방문한 후진타오에 대한 찬사에 이어 모택동과 주은래에 대한 찬사 또한 빠뜨리지 않았다. 게다가 중국은 그들의 외교정책에서 점차 중요한 비중을 점하고 있는 아프리카에 아주 적극적인 정책을 펼치고 있다. 최근의 수상 방문에 이어 주석의 방문은 이를 증명하고 있다. 2004년 초에 후진타오 주석은 아프리카의 가봉과 알제리와 이집트 3국을 방문하였다. 그들을 접견하는 식탁에는 에너지협동영역에서의 관계 강화 안들이 포함되어 있었다. 이번 순방기간에 중국은 석유개발탐사를 위한 일련의 계약과 조항들에 합의했다. 5월 29일 가봉의 동력부장관은 양국의 에너지 합작을 강화하기 위한 중국 대표단을 맞이하였다. 6월말에 중국석유공사는 아프리카 제1산유국인

나이지리아와 공동 서명을 하였다. 이 서명서 안에는 해양굴착개발탐사를 위해 5천만 달러의 투자계획도 포함되었다. 마찬가지로 두 나라는 2004년 7월부터 중국이 하루 7만 배럴을 구매하는데 합의했다. 일부 중국전문가들은 중동에서의 석유수입이 2020년에는 전체의 80％를 차지하겠지만, 이것은 국가에너지안전 문제에 있어 아주 위험한 수준이다. 賀一山은 지금부터 몇 년에 걸쳐 아프리카에서의 수입량을 20％에서 30％로 상향 조정할 것을 제안하였다. 또한 기니 만과 아프리카 다른 나라에서 실행되는 개발탐사에 직접 참여할 것과 2010년에는 60일간의 비상 석유 혹은 6천만 톤의 석유를 비축할 것을 촉구하였다. 그는 미국은 1970년 이래 90일 분에 해당하는 1억 톤, 일본은 100일간의 분량을 비축하고 있음을 강조하고 있다. 賀一山이 상정하는 목표가 달성되기는 그리 쉽지 않을 것이다. 중국이 세계석유시장에 뛰어든 것은 극히 최근의 일이다. 미국과 일본에 필적할만한 비중 있는 국가가 되기 위해서는 많은 경험을 쌓고 노하우를 익혀야 한다. 그러나 현실적으로 중국은 시간적인 여유가 없다. 따라서 향후 아프리카에 아주 적극적인 정책을 펼칠 것 같다.

4. Frédéric Bobin, <Pourquoi les grands accidents prev
ienent-ils trés souvent dans les mines chinois(중국광산에
서 왜 대형사고가 잦은가)>, Le Monde, 2004년 3월 17일.

근래에 들어 山西省의 여러 광산에서 대형사고가 이어지고 있다. 6월
22일 판쓰(Pansi)縣의 한 坑內의 축대가 무너지는 바람에 37명의 광부가
목숨을 잃고 말았다. 그러나 이러한 참사는 몰래 시신을 화장해버린 광산책
임자에 의해 그 진상이 끝내 밝혀지지 않았다. 이 사고에 잇따라 8월 초에는
루리앙(Lu liang) 광산에서 갱내의 가스폭발로 인해 72명의 광부가 실종되
거나 목숨을 잃었다. 이때에도 省정부는 광산의 잔해로부터 사망자들의 시체
를 찾아내어 8월 11일과 18일 두 차례에 걸쳐 서둘러 추모식을 올렸다.
省정부는 매번 이러한 사고가 터질 때마다 간부들의 주도 하에 구급작업을
선도하면서, 소 잃고 외양간 고치는 격으로 여러 교훈과 대안을 내어 놓는다.
지난 10월 省지도부는 광산개발권을 부여하는 절차과정을 개편했으며, 探
鑛에 필요한 안전조치를 省 전체에 걸쳐 엄격히 통제하겠다고 공표했다.
그러나 다시 2달 후인 12월에 다시 쭈오취엔(Zuo Quan) 縣의 광산에서
축대가 무너져 28명의 광부가 목숨을 잃었다. 省의 책임자인 리우전후아
(Liu Zhenhua)는 현장에서 긴급화상회의를 소집한 결과 일정기간동안 국
가차원의 대형 광산을 제외한 지방차원의 모든 광산의 채광작업을 중지할
것을 결정하였다. 리우전후아의 이러한 조치는 언뜻 보아서는 과감하고도
근본적인 조치로 보여 주목되기에 충분했다. 그러나 이러한 조치는 지켜지지
않았고 여전히 광산개발은 은밀히 자행되어 금년 3월 초 와원쭈앙(Wa Wen
Zhuang) 탄광과 우치위(Wu Qiyu) 탄광을 비롯한 여러 군데서 크고 작은

사고가 잇달아 발생하고 있다.

　이에 대해 省정부는 제제를 가할 의지가 전혀 없는 것처럼 보인다. 금년 3월 22일 당지방위원회비서인 티엔청핑(Tian Chengping)은 省정부의 이러한 태도에 분개하며 다음과 같이 말했다. "일부 사람들은 광산을 폐쇄하는 데 극히 소극적이고 나약한 모습을 보이고 있다. 아마도 광산채광의 배후에는 필히 배후의 세력가가 있기 때문일 것이다. 그들의 이익을 건드리는 일이 두려울 수밖에 없기 때문일 것이다." 당비서 티엔청핑은 현재 중국이 추진하고 있는 사회주의시장경제가 지닌 문제점들 중의 하나를 건드리고 있는 셈이다. 山西省의 여러 광산들의 연쇄사고는 권력과 자본의 결탁을 분명히 보여주는 사례이기도하다. 루링(Luling) 광산의 경우, 안전통제를 책임지는 기관이 세 차례에 걸쳐 채광생산을 중단할 것을 명령하였으며, 광산 입구를 봉쇄하고 심지어 석탄운송을 가능하게 하는 압착기의 자물쇠를 채워버렸다 한다. 그러나 채광자들은 봉인을 부수고 좌물쇠를 끊고 채광을 강행했다고 한다. 어떻게 해서 이러한 일들이 자행될 수 있겠는가? 배후에서 밀어주는 세력이 없다면? 배후의 조종인물들은 과연 누구인가? 아마도 그들은 시청이나 군청에 근무하는 공무원들일 것이다. 금년 초부터 대규모의 안전통제운동과 사스퇴치운동이 전국적으로 전개될 당시, 山西省은 안전통제권과 이용절차의 개편을 위한 일체의 권한을 시청과 군청에 일임하였다. 참으로 믿기지 않은 일 아닌가? 고양이에게 쥐를 밤을 새워 섬멸할 권한을 주는 것과 전혀 다를 바 없지 않은가? 그리고 쥐와 고양이가 결탁한다는 것은 누구나 알 수 있는 엄연한 사실이 아닌가? 문제의 근본을 아는 것이 중요하다. 山西省 鑛山사태를 수습하기 위한 한 화상회의가 열리는 동안, 한 고급관리는 다음과 같이 강조했다고 한다. "안전이 보장된 조건아래 채광하는 것은 경제적 필요뿐만 아니라 정치적 요구와도 일치한다. 왜냐하면 이러한 사고가 잦아질

경우 당과 권력의 이미지에 직접적인 타격을 끼치기 때문이다." '당과 권력의
이미지'라는 말은 당연히 당뿐만 아니라 시와 郡행정 당국의 이미지를 가리
키고 있는 것이다. 만약 공무원의 이미지가 퇴색하면, 그들이 바라는 것인
부패를 통한 승진의 희망이 좌절될 것이다. 이러한 사고들로 입은 많은 인명
손실을 두고 이 고위관리가 말하는 '경제적 필요'란 기껏 손해배상을 위해
소요되는 '재정적 손실'에 대한 아쉬움이 담긴 말일 것이다." 인민을 위한
정부의 이러한 정신상태가 지속되는 한, '재조직', '개혁' 등등의 구호는 한갓
면피를 위한 化粧에 불과한 것이다. 앞으로도 사고의 진상은 계속 은폐될
것이고, 이러한 은폐자들은 어떠한 처벌도 받지 않고 무마될 것이다. 진실을
숨기는 것은 바로 "당과 정부의 이미지를 보존"하는 일이기 때문이다. 지도
자들은 피통치자의 생명과 재산의 파멸보다 자신의 이미지 손상을 더욱 아까
워한다. 광산사고가 연속적으로 발생하는 원인은 바로 여기에 있다. 많은
정부간부들은 이러한 나쁜 습성에 젖어 있다. 지난 번 사스를 은폐한 장본인
인 옛 보사부장관 쨩위안캉(Zhang Yuankang)과 북경시장 멍쉬에눙
(Meng Xuenong)은 은폐를 통해 출세를 하는데 성공하기는 했으나 결국
몰락하고 말았다.

5. Pierre Haski, <Les Grandes ambitions renouvelables de la Chine. Pékin Prévoit de produire 10% d'énergie propre d'ici á 2020(중국의 혁신적인 대망. 북경은 지금부터 2020년까지 총생산 에너지의 10%를 증산할 것이다>, Liberation紙 2005. 1, 12일

98년부터 시행된 <에너지절약법>은 석탄사용량의 감소를 비롯하여 산업 분야의 노후된 장비의 교체를 촉진시켜 에너지의 효율성을 제고시켰다. 그러나 여전히 석탄을 대신하여 석유와 가스 및 전기의 수요가 급속히 늘고 있어 중국정부는 대체에너지(태양열 에너지, 태양광 발전, 바이오 매스, 풍력 발전, 지열발전 등)의 개발에 고심하고 있다.

그린피스(Greenpeace)의 사무실이 중국회사들과 다국적기업들이 즐비한 北京의 상업중심지에서 철거된 지는 오래 되었다. 세계 환경보호 단체인 이 기구는 과격한 행동이나 몸싸움 대신 중국정부와의 공조 체제 하에 건설적인 사업을 펼치는 것을 이곳에서 활동할 수 있는 유일한 선택으로 삼은 것 같다. 그리하여 그린피스는 중국정부와 보조를 맞추어 대체에너지의 개발에 동참하고 있다. 중국은 이 분야에 가장 열정을 보이는 나라들 중의 하나이다. 중국은 현재 총생산 에너지의 1%를 차지하는 대체에너지의 비율을 2020년에는 10%인 120,000메가와트로 끌어 올릴 계획이다. 일반회사의 취직을 단념한 채 막 태동하고 있는 시민사회의 길로 진로를 선택한 중국의 한 젊은 그린피스 여회원인 리우지(Liuji)는 "대체에너지의 관련 법안은 2004년 12월 중국인민대표회의에 상정되어 금년부터 적용될 것이고, 2006년이나 2007년에는 괄목할만한 성과를 거둘 것"으로 내다본다. 2004년은 중국이 1973년 유가상승으로 산업 국가들이 겪었던 충격을 여과 없이 경험했던 한 해로

기록될 것이다. 중국의 9.2%의 고속경제성장은 석유수입이라는 약물복용에
힘입은 것으로, 이는 작년에 세계적 차원에서 유례없이 겪어야했던 유가상승
의 원인이 되었다. 그럼에도 불구하고, 북경을 비롯하여 중국의 많은 지역들
은 에너지의 부족에 허덕이고 있다. 이번 겨울 북경은 20년만의 추위 속에
부족한 도시난방가스로 곤혹을 치렀었다. 이러한 위기에 직면하여 중국은
대규모의 원자력 계획추진과 - 이는 그린피스의 바람과는 상치되는 것이다
- 그동안 방치했던 대체에너지의 개발에 박차를 가할 예정이다. 중국은 현재
50메가와트의 생산에 그치고 있는 태양열 에너지를 2020년에는 1000메가와
트로 증산함으로써 세계 제1의 태양열 생산국이 될 것이다. 뿐만 아니라
현재 중국 총 전력의 0.11%인 560메가와트에 그치고 있는 풍력발전 또한
2020년에는 20,000메가와트에 달하게 될 것이다. 현재 70% 이상을 수입에
의존하는 풍력발전기 또한 조만간에 국산화될 뿐만 아니라 그 수출국이 될
것이다. 그동안 간과되어오다 최근에서야 주목되는 개념인 에너지 절약에
있어서도 마찬가지이다. 석유의존도 외에도, 중국은 전역에 걸쳐 있는 오염의
주범인 석탄의존도를 줄이고자 노력하고 있다. 사회과학원의 보고에 의하면
한 해에 적어도 2,000명 이상의 인명이 탄광에서 목숨을 잃고 있다.

　이 모든 노력에도 불구하고 중국은 에너지의 소비를 줄이지는 못할 것이
다. 1990년에서 2002년까지 중국의 에너지 소비는 3분의 1이 증가하였다.
이런 점에서, 에너지 절약에 대한 정부의 계몽과 독려는 에너지의 생산만큼
이나 중요한 문제일 것이다. 100만불의 부를 창출하기 위한 중국의 에너지
소요량은 유럽의 6배이며 일본의 9배이다. 중국의 한 가옥을 덥히는데 필요
한 열량 또한 유사한 기후의 산업 국가들에 비해 2내지 3배가 더 필요하다.
현재 에너지 낭비를 막기 위한 체계적인 계획이 프랑스의 재정적인 지원으로
추진되고 있으며, 중국의 많은 연구진들이 미국과 호주와 유럽에서 연구

중이다. 특히 독일의 경험은 중국의 유익한 모델이 되고 있으나 원자력에 의존하고 있는 프랑스는 크게 참고할 것이 못된다.

만약 중국의 대체에너지개발과 에너지 절약정책이 계획대로 성공한다면 이는 세계의 에너지 문제해결에 커다란 도움이 될 것이다. 그러나 이 분야의 한 중국 전문가의 말대로 "중국은 여전히 가야할 먼 길이 남아 있다."

6. Li Shuzhuo, <Enfant "rois" et vieillards "délaissés": implications socioculturelles de la transition dé mogr aphique en Chine(小皇帝와 버려진 노인들 : 중국의 인구변동의 사회정치적 의미> in ≪La Chine au seuil du XXI siécle(21세기의 중국)≫, Isabelle Attané(ed.), Les Cahier de L'ined, 477-495p.

중국의 인구변동은 그 속도에 있어 서구의 경험과 구별된다. 예를 들어 프랑스가 150년 걸려 겪었던 인구변동의 과정이 중국에서는 사회경제적 발전과 출생의 엄격한 제한이라는 이중적인 효과로 인해 단지 50년의 기간 속에 추진되고 있다. 50-60년대에 출산율의 종합지수는 1명의 여자가 6명의 자녀를 낳는 높은 지수로 유지되었다. 70년대 중국은 晚婚과 출산의 간격 두기, 자손의 감소 정책(晚, 稀, 少)을 중심으로 제3차 산아제한 운동을 벌였다. 이 제3차 운동은 두 차례의 운동(1956-57, 1962-66)과는 반대로 임신율의 빠른 저하를 가져왔다. 1970년 1명의 여자 당 5.7명의 자녀에서 1978년 2.7명의 자녀로 줄었다. 그러나 이러한 발전으로는 미흡하다고 판단되어, 1979년 정부는 다시 1자녀 낳기 운동을 펼쳤다. 그러나 1984년부터 농민들에게는 이 규정을 완화시켜 두 자녀를 갖는 것을 허용하였다. 이러한 정책은 1990년 이래 특히 가시적인 사회경제적 변동의 효과에 힘입어 임신율의 저하를 가능하게 하였다. 이 50년간은 또한 사망률의 변동을 가져오는 기간이기도 했다. 평균 수명은 1950년대 초 48살에서 1997년 70살로 늘어났다. 지난 50년 동안 자연증가율은 지속적으로 감소하였다. 즉 1950년 1,000명당 19명에서 2000년 1,000명당 9명 이하로 줄어들었다. 논리적으로, 인구변동은 인구와 가족의 커다란 변화를 동반하기 마련이다. 고령자들의 비율은 계속 증가하고 젊은 층들의 비율은 낮아지고 있다. 특히 가족의 규모와 구조는 심각한 변화를 겪고 있는 셈이다. 이로부터 여태까지 극히 소수였던 두 집단의 인구가 출현하였다. 즉 전국적인 규모의 노년층 집단의 형성과 도시에서의 1자녀 집단이 그것이다. 중국의 전통사회에서는 노인들과 아이들은 별도의 그룹을 형성했다. 사자성어인 '尊老愛幼'에 따라 중국에서 노인들은 존중의 대상이었으며, 아이들은 또한 사랑을 받는 대상이었다. 인구변동 이전에 이 두 극단적인 연령의 집단, 즉 노년층과 獨子들은 사회의 경각심이 필요 없을 만큼 제한적이었다. 그러나 계획경제에서 시장경제로의 이행을 특징으로 하는 개혁시대는 지역 간 혹은 개인 간의 불균형을 심화시키고 있으며, 사회분화와 가족구조와 규모의 변화를 가속화하고 있다. 이렇듯 전통문화의 급속한 변화에 따라, 노년층과 유년층의 생활조건이 영향을 받지 않을 수 없게 되었다. 1980년대 이래 도시의 1자녀 가족들의 외둥이들은 부모와 할아버지 할머니들로부터 지나치게 과잉보호를 받으며 집중적인 투자의 대상으로 우대받고 있다. 그리하여 이들은 작은 태양 혹은 小皇帝로 불리고 있으며, 따라서 이들이 중국의 장래에 미칠 영향에 대한 우려가 심각하게 제기되고 있다. 많은 사회과학도들은 특히 이 아이들의 교육과 성장과정 뿐만 아니라 그들의 지적 수준과 사회성과 인격형성에 관해 촉각을 곤두세우고 있다.

게다가 사회경제적 변화의 맥락 속에서 노인수의 증가와 가족의 규모와 구조의 변화 및 세대 관계의 전복들은 혈통에 대한 가치관과 노인들의 복지에 대한 중대한 변화를 야기한다. 결과적으로 가족의 질서 내에서의 각자의 책무에 대한 전통적인 방식은 붕괴된다. 그러나 노인에 대한 사회적 보호체제의 설립은 여전히 예비적 단계에 머물러 있으며, 일부 사회과학도들에 의해 노년층의 보수, 주거, 건강을 비롯한 여러 다른 차원의 서비스에 관련된 문제들이 모색되고 있다. 현재까지 행해진 다양한 연구들은 獨生子들과 노인들이 처한 상황들을 중국의 사회, 정치, 문화와 인구변동으로 인한 결과물로서 파악하지 않았다. 무엇보다 이 논문은 이러한 문제들을 인구변동의 사회적 맥락에 입각하여 고찰한 후, 이 인구변동들이 외둥이들과 노인들에게 어떠한 영향을 미치고 있는지를 살펴보고 있다. 아울러 이 두 집단의 상황의 개선과 그 발전을 용이하게 하기 위해, 정부와 사회공동체는 어떠한 조치를 취해야 하는 지를 살펴보고 있다.

7. Ho, Virgil K. Y., ≪Whose Bodies? Taming Contemp orary Prostitues' Bodies in Official Chinese Rhetoric(누구의 몸인가? 중국의 공식담론 속에 나타난 當代의 매춘부들 길들이기≫. Twentieth-Century China(20세기 중국) 24, 2, April 1999, p.14-35

중국의 성매매는 1980년대부터 성행되어, 현재로는 500만 여성들이 매춘업에 종사하고 있는 것으로 공식 집계된다. 저자에 의하면, 중국공산당은 국가기구의 치원에서 매춘부와 고객들의 비망록을 작성하여 매춘업을 강력하게 규제하고 있다. 1949년 이래 중국공산당은 개인의 쾌락과 섹스, 패션과 표현의 자유뿐만 아니라 性病 보균자의 신체까지 관리 통제하고 있다. 이러한 강제적 조치는 중국여성들의 신체를 경제적 수단으로부터 보호해준다는 긍정적 측면만큼이나 많은 부작용을 야기하고 있다. 그리하여 경제개혁이 발동된 20년 후인 지금까지도 중국의 육체는 집단과 개인, 권위주의와 자유주의의 격전지가 되고 있다. 공식적인 자료가 밝히는 것과는 달리, 저자는 대부분의 사람들이 무조건적으로 창녀를 경멸하는 것은 아니며, 오히려 성공한 창녀들은 선망의 대상이 되고 있는 것으로 본다. 저자는 중국의 매춘학 학자인 리우 따린(Liu Dalin)의 연구에 크게 기대고 있다. 리우 따린의 연구에 의하면, 많은 여성들이 경제적 궁핍, 부부간의 불화, 성적 호기심, 복수심에 의해 매춘업을 선택하는데 주저하지 않는다. 이 책의 저자는 매춘을 통제하는 정부와 도덕군자들의 성적 담론들은 매춘업을 선택하는 것이 자유와 자주의 순수한 표현이라는 점을 인정하지 않는데 문제가 있다고 본다. 저자에 의하면, 정부와 도덕군자들은 매춘부와 고객들을 서구의 자유주의와 배금사상에 희생된 범죄자로서, 또한 1949년 이전의 매춘부들과는 대조되는,

손쉬운 삶을 얻고자 도덕을 이탈한 자로 간주하고 있다는 것이다. 아울러 정부와 도덕군자들의 이러한 관점에 주입된 대중들은 매춘부들을 사회질서의 파괴자, 질병의 유포자로 규단하게 된다. 아울러 대중들은 자유를 추구하는 것은 위험한 일일 뿐만 아니라 국가야말로 도덕적으로 부패한 여자들의 구제자로 여기게 된다.

8. Zhang Tianwei, Tsunima et L'humanism de la Chine(쓰나미와 중국의 인본주의), Courrier International, 2005년 1월 27일

12월 26일 인도양 연안을 휩쓸고 간 쓰나미의 희생자들을 돕기 위해 중국 전역은 惻隱之心의 열기로 뜨겁다. 이러한 측은지심의 기저에는 단지 동정심만이 아니라 미래의 강대국으로서의 집단책임감이란 덕목이 자리한다. 뭇 개인들의 성금은 일백만 위안을 웃돌았으며, 중국의 부유층 또한 이번에야말로 비난의 화살을 피할 수 있었다. 한마디로, 인도양의 재앙을 통해 중국인들은 세상사에 대한 관심의 폭을 넓혔고, 이웃에 대한 사랑을 크게 진작시켰다. 그렇지만 이 동정심은 전 국토를 뜨겁게 달구었던 것에 비해, 중국의 자선활동이 여러모로 아직은 완숙되지 않은 청년기의 단계에 머물러 있음을 보여 주었다. 북경의 연예인들과 예술가들은 홍콩의 연예인이나 예술가들과 규모면에서 결코 뒤지지 않는 자선공연에 동참하였으나 그 조직력과 성과에 있어 크게 미치지 못하였다. 홍콩의 연예인들과 예술가들은 인력동원과 지원체계에 있어 굵직하고도 많은 경험을 갖고 있는 예술가조합의 조직력에 따라 일사분란하게 활동하였던 반면, 북경의 그들은 단지 즉흥적인 활동에 그치고 말았다.

그렇지만 중요한 것은 쓰나미의 희생자들을 위한 이번의 자선활동은 중국의 기부문화에 있어 역사적인 첫 획을 그었다는 것이다. 이 자선활동은 향후 중국인들의 집단무의식에 많은 획을 이어 갈 것이고, 이 번 기회를 통해 얻은 경험은 중국의 자선활동으로 하여금 그 조직성과 지속성을 구비하는데 상당한 기여를 할 것이다. 거의 무기명의 원칙으로 진행된 성금운동에 많은 시민들의 열정적인 참여를 끌어낼 수 있었던 이유는 크게 두 가지로 요약할

수 있을 것이다. 그 하나는, 끝없이 증가하는 사망자들의 수와 미디어를 통해 전파된 처참한 광경들이 무한한 동정심과 열렬한 인간애를 불러일으켰다는 점이며, 다른 하나는 중국의 대중들이 아시아와 세계에서의 중국의 위상을 의식하면서 국가적 책임감에 눈을 돌리기 시작했기 때문이다. 사실 그동안 '책임있는 강대국'으로서의 위상은 중국이 경제발전과 국력이 강성해짐에 따라 단순한 국민적 감정을 뛰어 넘어 정신적 차원에서도 상당한 영향을 미쳐왔음은 여러 사건들을 통해 거듭 확인되어 왔다. 이번 자선운동 역시 이러한 영향력에 따른 성과이며, 중산층과 스타들과 다양한 부류의 부자들이 단순한 동정심을 넘어 자신들의 사회적 책임감을 감수하고 있다는 표현임을 부정할 수 없다.

사실 스스로 책임감을 의식하지 않는 상태에서 지속될 수 있는 동정심은 없다. 인도양의 쓰나미와 같은 대재난은 말할 것도 없고 심지어 한 거지의 비참한 상황을 만나게 되면 우리들은 쉽게 동정심을 느끼지 않을 수 없다. 그렇지만 만약 이러한 동정심이 어떠한 책임감도 감수하지 않는 상태의 것이라면, 그에 따른 성금은 그것이 아무리 거액이라 한들, 한갓 거지의 쪽박 속으로 던져진 한 닢의 동전에 불과할 것이며, 그러한 자비심은 거지가 내민 쪽박의 바닥에 떨어지는 동전의 소리만큼이나 쉬이 사라지고 말 것이다. 그리하여 우리는 거지가 처할 미래의 운명과는 전혀 상관없게 될 것이다. 이러한 사실은 우리들로 하여금 그동안 중국인들의 자선활동이 인색했던 이유, 그리고 중국의 부자들이 자선단체나 공익단체에 할당하는 금액의 박약한 이유를 되돌아보게 한다. 우리는 이 분야에서 그동안 중국이 보여준 열악한 성과를 그들의 무감동으로 돌리기보다는 전반적으로 중국인들의 사회책임감의 결여로 돌리는 것이 옳을 것이다. 중국 부유층의 자선활동의 옹졸함을 비난하는 공론은 기실 보다 많은 부를 누리고 있는 부자들이 똑같이 보다 중요한 사회적 책임의 일부를 떠맡아야한다는 인식에 기초한다. 만약 지금까지도 부자는 자비를 베푸는 자가 아니라는 통념이 중국사회에 만연한 것이 사실이라면, 이는 부자들이 다른 계층의 사람들에 대한 책임감을 충분히 보여주지 못한 데 그 주된 원인이 있다. 이러한 사회적 책임감이 어디에서 유래하고 또 이를 가장 부자들을 포함한 일반시민들에게 어떻게 유지시켜야 하는 지는 다소 복잡한 문제이기도 하다. 이는 적어도 모든 시민들은 자신들의 행동이 자신들의 운명뿐만 아니라 自國의 운명에도 영향을 미친다는 점을 전제하고 있다. 이러한 신념을 일반 대중들에게 가르칠 수 있는 사회는 책임감을 감수하는 사회이다. 아무튼 쓰나미로 인해 중국사회에서 발동된 측은지심의 표출은 이러한 사회를 위한 추진력이 형성되어 가고 있다는 하나의 증표로서 받아들일 수 있을 것이다.

9. ≪Old-age Security in China(중국의 노인복지기금)≫ Fan Jinming, Alterssicherung in China : 1999. 301 p.

중국에서 노인복지(Old-age Security in China)는 과연 존재하는가? '중화인민공화국을 위한 국가통합연금보험기금발전'이라는 부제가 암시하고 있듯이, 이 박사학위논문(트웬트 대학 Twente University, Holland, 1999)은 주로 조언자로서의 입장에서 기술되고 있다. 저자의 언급대로, 범국가적 차원에서 현 중국정부의 주도 하에 시행되고 있는 획일적인 연금제도는 아직은 준비단계에 머물러 있는 실태이다.

1949-1990년 후반까지는 일부 공무원들만이 퇴직연금을 기대할 수 있었다. 그 외 대다수의 노인들은 그들의 자손이나 양로원에 의지해야 했다. 이러한 제도는 저자가 천명하듯이, 중화인민공화국의 중앙집권적 사회주의 계획경제에 적합한 것일지는 모르지만, 1980년대 초의 개혁과 함께 발동된 사회주의시장경제에는 더 이상 유효할 수 없다. 1984년 이후 이러한 제도는 점차적으로 개선되고 보완되었으나 완정을 기하는 데에는 적잖은 시간이 소요될 것으로 보인다. 왜냐하면 원만한 해결에 이르기에는 중대한 장애물들이 가로놓여 있기 때문이다. 가장 큰 걸림돌은 연금과 같은 公的인 혜택을 국민 모두가 누릴 수는 없다는 현실에 있다. 사실 저자의 통계에 따르면, 국민 대다수가 이러한 연금의 혜택으로부터 소외되어 있음을 알 수 있다. 또 다른 걸림돌로서는, 노후 보장을 관리하는 독자적인 기구의 부재, 막대한 재정부담, 인구의 급속한 고령화로 야기되는 제반 문제들, 沿岸지역과 내륙지역간의 사회경제적 여건의 커다란 격차 등을 들 수 있다.

저자는 이 논문이 지향하는 두 가지의 목적을 명시한다. 첫째는 지방정부의 시험적인 구상들과 현행 제도의 발전과정을 소개하는 것이며, 둘째는 이에 대한 가능한 해결책을 제시하는 것이다. 여기서 저자는 국가연금보험의 발전에 초점을 두는 탓에, 공무원과 농민에게 할당되는 재원을 감안하지는 않았다. 저자는 자신의 이러한 연구가 중국정부의 연금보험의 재구성과 옛 동구권 국가들과 통일독일의 사회보장제도의 재구성에도 도움이 될 것으로 본다. 이 연구는 풍부한 통계자료들이 동반된 몇 개의 章으로 구성된다. 제1장의 서문에 이어, 제2장은 중국노인복지체제의 현 상태를 중국의 인구, 경제 및 정치적 문맥에서 논하고, 사회경제적 요소와 정부의 퇴직기금과의 관계를 개관하고 있다. 많은 지면을 차지하고 있는 제3장에서는 도시와 지방의 퇴직제도의 구조가 세부적으로 살펴지고 있으며, 90년대 말까지 가장 화급했던 전환기에 발생했던 문제들을 재조명한다. 제4장에서는 재원의 조달방식에 관한 문제들이 노인복지와 연계된 경제논리에 비추어 조명되고 있다. 제5장에서는 지역적 격차에 대한 조회가 행해지며, 지역연금제도의 차이를 통일시킬 수 있는 통합 방안들이 모색되고 있다. 현재 진행 중인 '통합과정'에 대한 분석도 병행되고 있다. 마지막 6장은 저자의 논리적 경험적인 인식과 결론을 토대로 하여, 현재 구상중인 중국국가연금보험기금의 개혁이 걷게 될 향방을 예견하고 있다.

10. Shambaugh, David. ≪Is China instable?(중국은 불안정한
가?)≫. Armonk, NY : Sharpe, 2000. XII + 177p.

중국 당대의 사회문제에 관련된 논문들을 수록하고 있는 이 책에서 도로티 술리네(Dorothy Solinger)와 토마스 번스타인(Thomas Bernstein)은 도시의 소요사태와 농촌의 불안 요인들과 그 양상들을 7개의 사회 집단들, 즉 소수민족, 지역 불균등, 농민(民工), 국영기업 노동자들, 실직 및 퇴직 노동자, 학생과 지식인, 폭력조직들 간의 긴장 국면에 비추어 제시한다. 제5 장에서 니콜라스 라르디(Nicholas Lardy)는 은행과 재정의 위기를 국영기 업의 위기와 관련지어 논한다. 제6장에서 피에터 보텔리에(Pieter Bott elier) 역시 국영기업과 은행으로 야기되는 부정적인 症狀들을 진단하고 있다. 그러나 필자는 긍정적인 관점에서 그 치유의 가능성과 방안들을 내 놓고도 있다.

11. Banyuetan, <L'Etat laisse les hôpitaux publics se dé brouiller(자유방임에 맡겨진 중국의 공공의료)>, Courrier International, 2004년 12월 8일

1996년 이래 중국의 건강비용은 환자 스스로가 부담하고 있다. 그러나 의료비를 책정할 권리가 없는 병원은 수지를 맞출 수가 없어 약을 팔아 적자를 메우고 있다. "지난 20년 동안 중국의 의료 수준은 괄목할 성장을 이루었고, 외국에 비해 10-20년 뒤졌던 의술이 지금은 2-3년으로 단축되었다"고 江蘇省 수도인 南京의 꾸로우(Gurou) 병원의 당위원비서인 허뚱쩡 (He Dongcheng)은 말했다. 아울러 그는 "그러나 현실은 개인이 부담해야 할 진료비는 더욱 가중되고 있다. 우리는 의약품의 혁신을 기하고 있으며, 보다 정교한 테크닉을 구사하고 있다. 따라서 진료비가 상승하기 마련이다." 진료비를 지역단체가 부담하던 시절에는 환자는 진료비가 비싸든 싸든 상관하지 않아도 되었다. 그러나 지금은 분쟁의 이슈가 되고 있다. 의사가 많은 검진을 행하는 경우, 환자는 이러한 낭비에 불평을 한다. 그렇다고 처방을 적게 한다는 것도 난처한 일이다. 이 경우 환자는 모든 잘못을 의사의 탓으로 돌린다. 과연 어떻게 해야 옳은 일일까? 많은 병원 경영진들은 똑같이 이 같은 고민을 한다.

환자부담의 급상승 : 1996년 중국정부는 건강의료기관은 더 이상 단순한 사회단체가 아니라 차별화된 공익기관이라고 공표했다. 당시 영리 추구의 병원들과 비영리 추구의 병원들의 차별화는 실제로 병원들 간의 경쟁을 격화시켰다. 현재 국가는 병원이 필요로 하는 자금의 10%만을 지원하는데 그치고 있다. 나머지 90%는 치열한 경쟁 속에서 병원들 스스로가 자구의 노력으

로 충당해야 한다. 국가가 보건체계의 지원금을 특별히 높이지 않는 한, 병원들은 약을 팔아 의료행위를 지속시킬 수밖에 없는 현실로 내몰리게 되었다. 약을 처방하는 병원은 판매된 약의 수수료를 고수한다. 진료비의 상승은 바로 건강비용의 급상승으로 이어진다. 통계에 의하면 1995년부터 2000년까지 환자의 진료비와 입원비는 년 평균 각기 18.7%와 14.8%로 증가하였고 이러한 추세는 최근까지 지속되고 있다. 이렇게 하여 환자는 점점 시장경제 원리 속으로 떠밀려 진다. 예전의 환자들은 의료보험을 가진 봉급자로서 무상치료를 받아왔으나 지금은 중병에 대비하여 공동기금에 부담금을 지불해야 하며, 반드시 치료의 일부분은 본인이 부담해야 한다. 아울러 특별한 치료들의 경우에는 본인이 100% 부담해야 한다. 한 연구조사에 의하면 2000년에 보건비의 60% 이상은 개인들의 부담으로 충당된 것으로 나타났다. 남경대학교 의과대학 교수인 렁 밍시아(Leng Mingxia)에 의하면, 1996년 의료관련 개혁 이래 새로운 부담금의 분배는 아주 복잡한 상황을 야기했다. 의료보험공사와 제약회사와 의료계는 서로 상이한 방향으로 움직인다. 의료보험공사는 예산의 수지균형을 희망하는 반면, 제약회사는 일관된 가격이 고시된 약품시장이 형성되길 원한다. 결국 의료계는 개혁으로 인해 저가의 치료를 제시하게 된다. 이 세 요소는 병원에서 충돌하고, 보건개혁의 일체가 이 병원으로 수렴되어, 결국 병원은 환자와 의료 기관들 간의 모든 긴장의 대상이 된다. 병원은 계획경제체제를 완전히 떨쳐버리지 못한 채 모순 속에서 운영되고 있다.

너무 낮은 보수의 의료행위 : 대부분의 의료단체 회원들은 그들의 보수가 너무 저렴하다고 여긴다. 경험이 많은 의사의 진료행위는 미용사의 미용행위보다 저렴한 가격에 해당한다. "세상이 거꾸로 돌아가는 꼴이다"라고 허뚱청은 불평했다. 현재 중국의 총 보건비용에서 병원에 의해 지불되는 의료공무원들의 인건비는 예산의 극히 일부분인 5-10%에 그치고 있다. 그나마 이 비용도 의료진과 간호사들에게 다 돌아가는 것도 아니다. 의료행위에 지불되는 실제 요금이 너무 낮은 만큼 병원은 처방약의 수수료와 의사의 과다한 검사와 진료행위로 결손을 메워야 한다.

최근 강소성 지방정부는 이러한 문제점을 개선하고 정상적인 의료행위를 정착시키기 위해 공문을 돌렸다. 그러나 의료비에 관한 문제는 전혀 언급하지 않았다. "현재의 상황에서 의료비를 올리기는 어렵다"고 江蘇省의 보건 부국장 탕 웨이신(Tang Weixin)은 말한다. 또 그는 "정부는 이 세 기관들 간의 적대적인 현상이 야기되는 것을 피할 수 있는 최선책을 강구해야 한다. 만약 약값이 내리지 않고 진료비가 증가한다면 환자는 더 이상 감당할 수 없는 상황이 될 것이다"고 말했다." 남경의 공공보건소 의료담당 부소장 후시엔싱(Hu Xianxing)은 그로서는 중국의 사회보장제도와 개혁의 윤곽으로 볼 때 개인의 부담은 무거워 질 것으로 보인다고 말한다. 이것은 심각하게 고려해야할 대상이다. 고위책임자에 의하면, 기본적인 의료보험의 혜택을 받을 수 있는 중국시민들의 권리가 아직까지는 인정되지도 존중받지도 못하고 있다고 한다. 최소한의 치료는 시민으로서의 한 개인에게 주어지는 최소한의 권리로서, 결코 시장경제의 틀 속에서 방치할 수 없는 문제이다. 만약 그럴 경우 사회보호체제는 붕괴될 것이라는 점은 명백하다. 사실 전문가들은 환자와 의사들 간의 최상의 관계가 정립되어 시민들의 건강을 위한 권리가 보장되기 위해서 보건 분야의 법적인 틀을 심화시킬 것을, 뿐만 아니라 번영으로 나아가는 사회에 걸 맞는 정교한 보건체계의 구축을 촉구하고 있다.

12. Peng Xizhe, Guo Zhigang, ≪The Changing Population of China(중국의 인구변동)≫, Oxford University, 2000, 291p.

중국대륙의 인구통계학자들이 쓴 20章의 저작이다. 최근 50년간 중국인구의 변동을 인구통계조사에 근거하여 밝혔으며, 최근 10년간의 인구변동은 몇몇 조사에 근거하고 있다. (홍콩의 인구는 포함되었으나) 대만은 '통계의 부재'로 고려되지 않았다. 인구상황의 다양한 면모가 현재는 잘 알려졌다는 점에서 볼 때, 독창적인 측면은 뒤떨어진다. 또한 저자들은 1990년대의 인구동향을 극히 정밀하게 고찰하고 있으나 세대교체에 필요한 수치에 이르지 못하는 출산율을 기록하는 데 그치고 만다. 그러나 오늘날 중국대륙의 인구통계학자들로부터는 접하기 힘든 개방된 정신과 객관적인 태도는 눈여겨볼만하다. 그들은 오랜 기간 동안 간과되어 왔던 남아의 증가, 아동의 지속적인 미취학 현상, 실업, 유동인구의 증가, 환경파괴 등을 문제시하고 있다. 그리고 저자들은 2030년 경의 중국 인구는 15억으로 유지될 것으로 조심스럽게 예측한다.

13. Pierre Trolliet, ≪Poids du nombre démographque(인구
    수의 무게)≫, Que sais-je(1996판)

중국은 인민공화국 수립(1949) 이래, 40년 동안 인구는 두 배로 증가하였
다. 즉 1949-1950년간에는 5억 6천만이었으나 1994년 12억으로 불어났다.
이는 제3세계 전체의 평균증가율에 해당하나, 인도와 함께 엄청난 양적 팽창
을 수반한다는 것이 그 특징이다. 중국인구변동은 인구증감의 자연적인 추세
에 정치적 이데올로기가 개입됨으로 인해 인구문제는 인구문제로만 그치지
않는다는 것을 그 특징으로 한다.

1949년 이래 중국의 인구증가는 무엇보다 세계의 보편적 현상인 사망률의
하락에 관련된다. 사망률은 1949년 38-40명/1,000명, 1950년대 20-22명
/1,000명, 69년부터는 10명/1,000명 이하로 떨어졌다. 유아사망률 역시
1950년부터 175-200명/1,000명에서 1969년 70명/1,000명으로 줄었다.
반면 출생률은 1949년 이래 대약진운동시기인 1959-1961년을 제외하고는
1973년까지 31-42명/1,000명으로 유지되었다. 이는 기혼녀 1명당 5.5명의
아이를 낳았다는 말과 같다. 이 기간 동안 1958년에 시작되어 1959-62년까
지 사회경제적 재난과 기근을 몰고 왔던 대약진운동과 함께 인구의 자연증가
는 중단되며, 동시에 출생률은 특히 기근에 의한 월경폐지로 인해 22명
/1,000명으로 급락한 반면, 사망률은 45명/1,000명으로 늘어난다. 결국 대
약진운동의 4년 동안 6천만 이상의 인구감소를 겪는다. 이에 중국 당국은
1963년부터 다양한 인구회복정책을 실시하여 그 해만 2천만 명이 더 늘어나
가공할 베이비붐을 맞는다. 1963년의 출산율은 50명/1,000명을 웃돌았으며
1971년까지 평균 35-41명/1,000명 선으로 유지되었다. 1968년 사망률은

대약진운동 이전의 수준으로 돌아와 10명/1,000명의 수준으로 급락했으며, 1963-1970년까지 6년 동안 1억 7천만의 신생아가 양산되었다. 이는 새로운 인구폭증을 의미한다. 이 시기의 신생아들은 오늘날 결혼연령에 달해 출산가능자들로서 毛主席이 제조한 일종의 인구시한폭탄과도 같다.

저자의 도표에 따르면 1982년과 1990년 두 시기의 출생율은 베이비붐 시기의 절반 이하에 머문다. 이는 중국이 새로운 인구변동의 단계로 접어들었음을 말한다. 이 단계는 사망률이 극히 낮으나 임산율의 감소가 행해져 그 증가속도가 상당히 완화된 단계이다. 이 단계는 1970년대 동안 줄곧 이행되어 왔다. 이 기간에는 1인당 임신율은 1970년 5.82명에서 1979년 2.75명으로, 10년 동안 절반으로 줄어든 셈이다.

인구통제 : 임신과 출산의 저지 및 통제는 적어도 농촌에서는 강제적이고 자의적인 조치임이 확실하다. 출산의 통제운동은 다음의 세 가지를 들 수 있다 : (1)1956-1957년간의 낙태의 장려이다 (2)1963-1964년간의 인구폭증으로 인해 기구와 수술을 통한 대규모의 피임운동의 전개이다. 상해에 처음으로 피임약이 등장한 것이 이 때이다. 또한 여자의 결혼적령기를 18살에서 24살로 의무화하였다. 이 운동은 소기의 성과를 거두었으나 1966년 문화대혁명의 발발로 인해 폐지되었다. 문화대혁명의 초기 4-5년 동안의 여자 1인당 임신율은 6명을 넘었다. (3)1970년대 초에 들어 다시 피임기구와 정관수술 및 낙태가 강력하게 추진되었으며, 80년대 초반까지 출생률은 20명/1,000당 선으로 하락세를 보인다. 그러나 1963-1964년의 인구 폭증기에 태어나 1982년 결혼적령기로서 임신 가능하게 된 여자들은 8천만 정도로, 아무리 그 출생율의 저조를 기대할 수 있다하더라도 그 엄청난 수로 미루어 향후 새로운 인구폭발을 충분히 예상할 수 있다. 그리하여 중국 당국은 1980년대 초부터 새로 출범하는 한 가정마다 한 자녀 가지기운동을 강제

적으로 부과했다. 그러나 여전히 전통적인 농촌사회를 기본으로 하는 중국에서 이 운동은 전면적으로 실시되기 어려운 무모한 조치였다. 농촌사회는 마음 속 깊이 多産에 대한 선호도와 대를 이어갈 남아를 확보하기 위해 전력을 다해왔다. 그리하여 그 부작용으로 농촌에서는 여자 영아살해의 사례가 폭증하였으며 강간을 비롯한 다양한 형태의 저항 현상이 빈발하였다. 그리하여 당국은 1984년부터 상속권이 있는 여자에 한하여 아이를 둘까지 낳을 수 있도록 허용하였다. 그러나 1980년대에 결혼한 도시의 세대는 대다수가 한 자녀를 낳아 키우고 있다. 이들은 농촌에 버려진 아이들(黑兒子)과는 변별될 정도로 전 가족으로부터 과잉비호를 받아가며 성장하고 있으며, 이들을 빗대어 小皇帝라고 부른다.

현재의 중국 도시 가정의 70%는 피임을 이행한다. 이 가정들 중 51%는 피임수술을, 39%는 피임기구나 약을 복용하고 있으며, 3%는 콘돔을 사용하고 2%는 그 외 여러 다양한 피임법을 사용하는 것으로 알려진다. 그러나 이러한 조치는 여전히 가난한 나라로서 많은 재정적 부담을 안겨주고 있는 실정이다. 1980년 이래 이 비용의 30% 정도를 국제기금으로부터 후원받고 있다. 게다가 미국은 중국의 낙태와 산아제한조치를 인권손상의 대표적인 사례로 문제 삼으며 끊임없이 협상카드로 활용하고 있다.

14. Tanner, Harold., ≪The Offense of Hooliganism and The Moral Dimension of China's Pursuit of Modernity, 1979-1996(훌리건의 공격과 중국현대화가 추구하는 도덕적 차원≫. Twentieth-Century China 26, 1, Novembre 2000, p.1-40.

저자는 流氓(건달, 깡패)이라는 용어의 사용유래와 流氓罪의 변천과정을 살핀다. 저자의 주요논지는 '流氓罪'와 流氓의 문화적 현상은 鄧小平체제가 현대화계획과 맞물려 지향했던 도덕적 차원에서의 여러 문제들과 관련지을 때 이해될 수 있다는 점이다.

제1장의 서두에서 저자는 서구현대화는 사회도덕을 새롭게 세우려는 복합적인 시도, 특히 범법행위를 定義하고 판단하고 심판하는 과정을 통해 발전되어왔다는 점을 상기시킨다.

제2장은 淸末이래 중국지도자들의 공통관심사였던 현대화에 부응하는 도덕적인 문제를 거론하고 있다. '사회주의정신문화'의 건설을 주창했던 鄧小平의 결정 역시 중국의 근현대화를 이끌었던 선행의 지도자들이 보여 주었던 도덕적 관심이나 실천과 연계된다. 그렇지만 미국의 역사학자인 저자는 문화주의라는 단일한 시각에서 내리는 해석들과는 일정한 거리를 유지하는 가운데, 현대성의 한 부분으로 간주되는 도덕적 금기의 위반과 위협에 대해 중국인들이 가졌던 관점과 태도를 체계화시킬 필요가 있다고 주장한다.

제3장은 용어 流氓과 流氓罪에 내재하는 의미의 변화에 대해 살피고 있다. 원래 중국에서 건달이나 깡패를 지칭했던 이 流氓은 영어 hooligan과 러시아어 khuligan으로 번역되면서 새로운 의미를 얻게 되었다. 그러나 무엇보다도 소비에트의 도래와 함께 hooliganism은 소비에트의 법전 속에

서 합법적인 정의를 얻게 되었고, 이 정의는 다른 사회주의 국가들에게도 모델로서 적용되었다.

제3章은 중국의 형법이 정의하는 流氓罪에 관해 논한다. 1979년 중국형법 160조의 流氓罪에 대한 공식적인 定義를 얻기까지 流氓의 개념은 1950년대와 1960년대 법안 속에서 여러 차례의 변화를 겪었다. 어떤 면에서는 流氓罪의 중국적 정의가 여타 사회주의국가들의 그것과는 다르게 보일 수도 있다. 그러나 이러한 중국적 정의는 hooligan이 갖는 모호한 성격과 그들의 행동이 특별한 개인보다는 공공질서를 공격한다는 사실에 의해 다른 사회주의국가들의 정의와 접점을 이루게 된다. 저자의 闡述에 따르면, 이 공공질서의 개념 속에는 종종 사적인 영역을 침해하는 행동들이 대상으로 될 수 있는데, 바로 이러한 행동들이 중국의 권력당국이 사회도덕의 준칙을 위반했다고 간주하는 것들이다.

제4장은 1983-1984년간의 제1차 정화운동인 '嚴打(엄정하게 때리다)'에 대해 언급한다. 범죄에 대한 범국가적 차원의 운동을 전개할 필요성을 설명할 수 있는 근거가 충분치 않은 당시의 정황을 감안한다면, 사실 이 운동은 流氓과 流氓집단의 타도를 구체적인 목표로 삼고 있었다. 마찬가지로, 저자는 중국공산당이 流氓에 대한 법적 규제를 강화해 왔음을 지적하고 있다. 억압의 대상이 되는 행동유형으로서 첫 번째로 꼽히는 것이 바로 流氓의 '방자한' 행동이다. 아울러 저자는 '嚴打' 운동의 절정기는 정신오염척결운동 시기와 동시적으로 맞물려 있음을 적절하게 지적한다. 마지막으로 저자는 流氓의 관련 법규는 1990년대 동안 중국법조인들의 비판을 받았음을 상기시킨다.

15. Brownell, Susan, ≪The Body and the Beautiful in Chinese Nationalism : Sports women and Fashion Models in the Reform Era(중국민족주의의 육체와 美 : 개혁시기의 운동선수와 패션모델)≫. China Information 13, 2-3, 1998-1999, p. 36-58. (The Body in Contemporary China)

1981년 중국여자배구국가대표팀이 월드컵에서 우승하였다. 이로부터 10년 후에는 제1회 슈퍼모델세계콘테스트가 중국에서 열렸다. 저자는 이 두 세계적인 빅 이벤트 간의 관련성을 부르디에(Bourdieu)의 '身體文化'의 개념을 통해 드러내 보인다. 이 '신체개념'이란 건강, 美, 위생을 비롯하여 衣食과 행동방식에 관련된 일상의 관습을 분석하는데 유용한 사회학적 기제이다. 이 책의 저자는 패션모델과 스포츠가 어떻게 개인 신체로 하여금 특정한 방식 속에 훈육될 것을 요구하는 지, 패션모델과 스포츠가 신체를 공공전시를 위한 문화가공품으로 만드는데 있어 얼마나 중요한 역할을 하는 지를 보여준다. 아울러 저자는 중국당국이 대외개방정책과 이념을 강화하고 일상화하는데 있어 신체를 어떻게 기억증진을 위한 장치로 운용하는 지를 보여준다. 운동선수와 슈퍼모델의 신체는 모두 浮上 중인 중국민족주의의 내부에 자리한다.

여자배구국가대표팀의 우승은 '약골 아시아남자(東亞病夫)'의 이미지를 불식시켜주는 대용물로서, 국가의 자존심을 회복시켜주는 중요한 이정표로 남는다. 여자대표팀이 남자대표팀에 비해 전반적으로 성공적인 성과를 거둠에도 불구하고, 여자선수들은 결코 도전적인 남성의 이미지로 묘사되지는 않는다. 그녀들은 단지 현대중국의 민족주의의 일부를 구성하는 표준적인 수사법, 즉 고난을 인내하는 여성으로서, 국가의 영광을 위하여 기꺼이 결혼을 미루는 자로서, 개인을 희생한 모범을 보이는 자로서 제시된다. 그리하여 그녀들의 큰 손은 뜨개질하는 모습 속에 클로즈업 되고 있으며, 언론들은 시합장 밖에서 비쳐지는 그녀들의 유순함과 여성다운 언행을 부각시키고자 고심한다.

저자에 의하면, 국가적 차원에서의 중국의 남성적 이미지는 1990년대에 이르러 회복되기 시작했다. 이를 계기로 관심의 대상은 운동선수에서 슈퍼모델로 이동하였다. 중국이 공산주의에서 소비중심의 민족주의로 전환됨에 따라 보다 감각적인 여성의 신체가 대중문화의 최전방에 위치하게 되었다. 슈퍼모델콘테스트는 중국이 자신들의 모델을 국가적 자존심의 원천인 국제무대에 진출시킬 수 있다는 방증으로서, 美와 중국의 특질에 관한 핫 이슈를 불러 일으켰다. 그러나 사실, 중국여성들이 국가의 독선 하에 작업복과 유니폼과 같은 억압적인 의상 코드로부터 고급패션으로의 전환을 통해 해방감을 경험했는지는 모르지만, 저자가 볼 때 이러한 해방은 그릇된 환상에 지나지 않는다. 언론들은 이 여자선수들이야말로 여성에게 주어지는 관습이나 남성우월주의에 도전하지 않았으며, 성의 주체적인 존재로서보다는 결혼을 기다리는 수동적인 여성으로서, 또한 화장도 데이트도 허락되지 않았던 군대식 선수촌에서 엄격한 훈련을 감내해 낸 자들로 묘사하는데 열심이었다. 여자대표선수들이 힘과 미덕의 영역에서 판단되는 것과는 달리, 슈퍼모델들은 좁은 무대에서 발휘되는 개성의 관점에서 평가된다. 공식수사학을 빈다면, 표층적인 미는 도덕적으로 부패한 서구의 상징으로서 조롱거리가 될 수 있다. 그러므로 슈퍼모델콘테스트의 경쟁자들은 균형 잡힌 몸매와 공개적으로 노출된 디테일뿐만 아니라 자기표현과 스타일과 심미의식에 기초하여 평가된다. 여기에서 유럽 문화에 대한 지식과 영어구사력은 주최 측과 그 승자들에 의해 요구되는 만큼 국제적인 감각을 보여주는 데 있어 필수적인 요구사항이다. 저자는 새로운 형태의 남성적인 힘을 형성하는데 필요한 것은 자발적인 여성의 참여와 협력이며, 따라서 모델이라는 보다 감각적인 육체로의 이 같은 이동을 해방으로 간주하는 것은 시대착오적인 인식임을 주지시키고 있다. 외모에 착안한 성의 표준화는 비록 여성들로 하여금 해방과 절제라는 虛名을 경험하게 하는 것이며, 본질적으로 그들의 신체를 복종과 순종으로 단련시키는 것에 지나지 않는다.

16. Ebrey, Patrica, ≪Gender and Sinology : Shifting Western Interpretations of Footbinding, 1300-1890(性과 중국학 : 纏足의 서구적 해석)≫. Late Imperial China 20, 2, December 1999, p. 1-34.

이 글은 그 제명이 암시하는 것보다 훨씬 흥미로운 논지 속에 전개된다. 그만큼 저자의 접근방식과 관점이 다양하다는 말이다. 중국의 고대작품에 대한 영미계통의 번역물 혹은 번안물들을 저본으로 삼고 있는 저자는 먼저 서양인들이 중국여자들을 의식하는 방식과 서양인들이 중국을 바라보는 일반적인 생각들을 중국문화의 동조자와 거부자의 것들로 二分化하여 적절하게 대응시켜 보인다. 纏足여성에 대해 전자는 미적 표상으로, 후자는 불결함과 기형의 표상으로 간주한다. 이어 저자는 서양인들이 이 纏足이라는 관습을 판단하는 관점들을 다음과 같은 항목 하에 열거한 다음, 자신의 설명을 덧붙인다. 유행의 강요, 여성을 가두어 두려는 남자들의 욕구, 자기절단에의 취향, 성도착, 여아들의 교육에 대한 강렬한 집착, 淸代의 문화적 고착성 등. 이 논문의 독자들은 저자가 자신이 비판했던 고대인들과 마찬가지로 문화적 독창성의 이름 아래 혹은 저자 자신의 서구적 페미니즘의 감성에 옭매인 채, 육체의 순결성을 간과하고 있다는 느낌을 받게 될 것이다.

17. 『European Journal of East Asian Studies(유럽동아시아연구저널)』 1, 1. Leiden : Brill, 2001.

프랑스 리옹(Lyon)대학동아시아연구소(Asie Orientale de Lyon)와 리즈대학(University of Leeds)에 의해 발행된 이 창간호는 유럽의 8개 연구소의 지원을 받으며 크리스챤 앙리오(Christian Henriot)와 뽈 왈레이(Paul Waley)가 공동 주관한다. 장차 유럽의 동아시아 전문가들의 연구기관이 된다는 포부 속에 출범하였다. 발기인들의 취지에 따르면, 이 신간 잡지는 유럽에서 수행된 연구 성과들을 상아탑의 소수 학회에 한정된 발표영역을 넘어 최대한 가시화시키려는데 있다. 연구 대상은 지리적으로 극동과 동남아 지역을 포괄하며, 인문과학의 전반적인 분야를 다룬다. 이 창간호에 게재된 논문들 중 두 편은 전적으로 중국을 연구 대상으로 삼고 있다. 루돌프 와그너(Rudolph Wagner)의 논문은 중국의 언론보도의 설립 초창기를 연구 대상으로 하며, 특히 上海의 租界에서 발간된 『申報』의 역할을 집중적으로 논하고 있다. 한편, 홍콩의 역사학자인 비르질(Virgil K. Y)은 공화국 시기의 중국 남방의 창녀들이 처한 상황을 고찰하고 있다. 통상 사회의 제물로서 도외시 되어온 여성들의 한 범주에 착근하여 세부적인 논평을 가하고 있다. 그 외에도 눈여겨볼 논문으로는 자유국가로 지칭되는 일본, 한국, 대만의 쌀시장 개입을 논하고 있는 피넬로프 프랑크(Penelope Franks)의 논문이 있으며, 조약 등 외교적 합의에 의해 실행된 조공체계를 다룬 하마시카 다케시(Hamashita Takeshi)의 논문을 꼽을 수 있을 것이다. 이 두 논문은 특히 중국에 큰 비중을 두고 있다.

18. 『Hongkong Journal of Sociology(香港社會學報)』2. Hongkong : The Chinese University Presse, 2001.

홍콩사회학회와 홍콩대학사회학과가 공동으로 발행하는 이 학회지는 중국어와 영어를 공용어로 하고 있다. 2001년 창간호에 실린 8편의 논문 중 4편은 영어로 4편은 중국어로 발표되고 있으며, 주로 홍콩의 사회에 관한 연구논문을 게재의 대상으로 삼는다. 총론에 해당하는 林南의 논문은 타이완에서 시행된 앙케이트에 기초하여 자주 논란을 야기했던 사회 자본으로서의 꽌시(關係)의 개념이 가진 모호성을 논한다. 그러나 이 꽌시는 대만이라는 섬 내부보다는 섬 외부의 華僑들과 정립된 관계라는 점을 감안 할 때, 이 논문은 조사방법론에서 이미 한계를 지니고 있다고 할 수 있겠다. 그러나 루이 타이록(Lui Tailok)의 논문은 상업계에서 통용되는 이 꽌시에 대한 모범적인 연구이다. 찬 잉컹(Chan Ying Keung)의 논문은 친밀감 혹은 유대감이라는 개념이 시대에 따라 어떻게 그 내용을 달리 해 왔는지를 추적하고 있다. 허쿠(Ho Ku)는 홍콩의 가족적 특성을 조명하고 있다. 그 외 다른 두 편은 性에 관련된 것으로서, 출가한 여성이 친정과 갖는 관계를 조사함으로써 여성이 갖는 가족적 사회적 위상을 살피고 있다. 아울러 논자+는 이러한 유형의 연구가 균형감을 잃지 않는 한, 사회적으로 성공한 여성에 관한 연구의 필요성을 제안한다. 마지막으로 짱 샤오웨이(Zhang Xiaowei)의 논문은 중국대륙의 도시에서 漢族과 소수민족 간의 차별은 국가의 '소외화(marginalisation)'에 따른 정책의 시행에 있기보다는 교육수준의 차이와 사회적 동화의 편차에 기인하는 것으로 본다.

19. Yeh, Anthony Gar-On,(ed.), ≪Bibliography on Socio
-Economic Developement and Urban Development in
Hong Kong(홍콩의 사회경제적 발전과 도시 발달에 관한 문헌
목록)≫. Hong Kong : Center of Urban Planning and
Environmental Management, University of Hong Kong,
1999. 253p.

이 목록서는 영국식민 치하에서의 홍콩의 도시화와 그에 부수되는 환경문
제를 다룬 간행물들을 거의 빠뜨림 없이 망라하고 있다. 이 책은 1987년
저자가 발행했던 ≪Urban Development and Planning in Hong
Kong : A Research Guide(홍콩의 도시발전과 계획 : 연구 지침)≫을 개
정한 것이다. 25개의 분야로 나뉘어져 인구분포의 변천, 주거정책, 교통 등
다양한 주제들이 논급되며, 중국으로 이양된 이후의 홍콩이 겪고 있는 새로
운 여러 국면들을 토의에 부치고 있다. 환경이라는 새로운 문제를 환기시키
고 있다는 점에서 참신성이 돋보인다. 공해로 겪게 되는 다양한 문제의식과
동식물의 보호에 관한 관심을 촉구하기 위해 별도의 장을 마련하고 있다.

20. 五十年 回眸, 新中國的城市規劃. Beijing : Shangwu yinshuguan, 1999. 761 p.

　　원로 건축가와 도시기획가 및 지리학자들로 구성된 43명의 전문가들을 필진으로 하는 이 책은 50년간의 중국의 도시화에 대한 비판과 분석을 가한 책이다. 저자들은 이 기간의 전부를 다루기보다는 개인적 경험과 비일관적인 정부정책을 지목하면서, 극히 자유로운 방식으로 1950년대 도시계획의 도입, 대약진운동과 문화대혁명기의 방황, 고도성장으로 특징되는 개혁 후의 비약 등을 논한다. 이 책은 그 동안 알려지지 않았던 많은 정보와 증언들이 풍부한 극히 이례적인 수작이다.

21. Watson, James L.(ed.), ≪Golden Arches. McDonald's in East Asia.(금빛 아치. 동아시아의 맥도날드)≫ Stanford, CA : Stanford University Press, 1997. 256 p.

다국적기업 맥도날드는 동아시아지역에서 막대한 성공을 구가하고 있다. 맥도날드의 이러한 현상에 관한 문제가 인류학적 연구대상이 될 수 있을까? 저자는 바로 이러한 물음을 불식시키기에 충분한 대답을 이 저서를 통해 제공하고 있다. 이 책은 서울의 백상미, 동경의 에미코 오누끼 티에르니, 중국의 다른 세 도시인 북경의 옌 윈시앙(Yan Yuanxiang), 홍콩의 제임스 왓튼(James L. Watson), 타이페이의 다비드 우(David Y. H. Wu), 그리고 후기를 집필한 시드니 민츠(Sydeny Mintz)의 기고문을 포함한 총 6편의 글을 수록하고 있다. 당연히 인류학은 그 연구대상으로서 인간의 일상생활의 모든 양상에 관심을 가져야 한다. 그러한 의미에서, 현대의 일상생활의 한 부분을 차지하는 패스트푸드 또한 당연히 연구 가능한 대상으로 들어올 수 있다. 저자는 혹여 야기될 수도 있는 독자들의 당혹감을 무마시키려는 듯 패스트푸드를 연구대상으로 삼는 이런저런 근거를 서문을 통해 다소 고무된 어조 속에 설명하고 있다. 서문에서 그는 먼저 맥도날드의 국제적인 현상은 제품의 관점에서 연구되었을 뿐, 이 저서가 지향하려는 소비관점에서 연구되지 않았음을 지적한다. 이러한 의미에서, 이 책은 동아시아의 대도시민들이 어떠한 연유로 1970년대 말부터 1990년 초기에 걸쳐 유입된, 두 금빛 아치로 된 간판을 달고 있는 이 미국의 식당으로 무리지어 쇄도하게 되었는지를 설명하고자 한다. 맥도날드는 1971년 동경, 1975년 홍콩, 1984년 타이페이, 1988년 서울, 1992년 북경에 들어왔으며, 이 모든 지역에서 예외 없이 성공을 거두었다. 실제로 맥도날드가 미국과는 섭생문화가 판이하게 다른 이 먼 나라들 속에서 커다란 성공을 거두리라고는 누구도 예견하지 못했다. 여러 기고문들이 입증하고 있듯이, 미국 내에서 성공의 발판이 되었던 원래의 체계는 동아시아의 지역적 특성에 따라 자주 그리고 큰 폭으로 변화되었다. 예를 들면, 화장실 위생을 가장 염두에 두는 맥도날드의 원칙은 명백한 문화적인 이유로 인해 타이페이와 홍콩에서는 엄격하게 적용되지 않았다. 이러한 변화에도 불구하고, 생산합리성의 극대화라는 기본적인 원칙만은 변함없이 고수되었다. 이 생산합리성에는 최대한 빠른 시간 내에 제공되는 서비스의 속도, 종업원과 고객 간의 명랑하고 예의바른 제스처, 위생과 관련된 시설의 쾌적함, 전체적 구성요소들의 미학적인 배열들이 포함된다. 비록 후기를 제외한 다섯 논문들은 동아시아의 대도시민들이 어떻게 이 새로운 미국의 간이식당 형태를 자신들의 구조 내부로 통합시켜 적응시키는 지를 세부적으로 살펴보고 있다. 이 다섯 대도시에서 맥도날드의 식당들은 미국의 제국주의적 억압자로서가 아니라 미국의 쾌적성, 청결성, 편의성, 자유성, 민주성, 평등성을 전이시켜 재현해내는 공간이다. 이 모든 미국의 표상들에 대해 서울 시민들이 거세게 반발하였음에도 불구하고, 그들은 미국을 표상하는 또 다른 이름인 샌드위치에 결국 매료되고 말았다. 나아가 맥도날드 식당은 비공격적인 음식 즉 비 알코올 음료수만 소비할 수 있는 평화의 공간으로서, 어떤 것도 천박하게 변질될 수 없는 미덕의 장소로 간주된다. 바로 이러한 연유로, 이곳은 부모와 아이 모두에게 젊은 세대들이 왕이 되어 자유를 구가할 수 있는 사교장으로서 인식된다. 그곳에서 젊은이들은 성인들의 검열을 염려할 필요 없이 자유롭게 욕구를 표출할 수도 있으며, 어른들처럼 주문할 수도, 또한 특별히 그들을 위해 만들어진 제과품과 함께 생일축하파티를 열 수도 있으며, 집에서 준비한 작은 선물들로 친구를 기쁘게 해줄 수 있다.

저자가 강조하듯 맥도날드 기업의 성공은 아시아와 다른 대륙에 있어, 문화적 영역에서의 비중을 점점 더해가는 동아시아 젊은 세대들의 이러한 요구에 완벽하게 대답할 줄 알았다는 데 있다.

---

22. Lee, Sing, Kleinman, Arthur, <Suicide as Resistance in Chinese Society(중국사회의 저항으로서의 자살)>, In Elizabeth J. Perry, Mark Selden, ≪Chinese Society. Change, Conflict and Resistance(중국사회, 변화, 갈등과 저항)≫ p. 221-240.

중국에서 통계를 발표하는 것이 허용된 것은 1990년대에 들어와서 부터였다. 저자들은 최근의 자살 관련 자료들을 바탕으로, 자살률이 가장 높은 나라에서도 거의 다루지 않는 주제들을 아주 흥미롭게 다루고 있다. 자살은 중국의 문화적 전통과는 상대적으로 거리가 먼 것이다. 홍콩과 대만의 자살률 또한 다른 나라들에 비해 상대적으로 안정적인 편이다. 그러나 자살율의 지역별 차이는 대륙에서는 상당히 심각한 수준이다. 그러나 가장 큰 불변의 항수는 자살의 90%가 농촌에서 발발하며 자살의 성비율에 있어서 남자보다 여자가 두 배 이상이나 더 많다는 사실이다. 자살자의 연령은 15살과 35살 사이에 집중되어 있다. 그들은 대부분 농촌출신으로 교육수준이 낮다. 반대로 서양의 대부분의 나라들은 자살자의 性比에서 남자가 여자들보다 5배나 더 많다. 그러므로 저자들은 자살의 원인은 사회적인 것이며 저항의 한 형태라고 해석한다. 마치 이민이 오늘날 중국에서 보다 발전된 저항의 한 형태로 간주되듯이. 나아가 저자들은 성행하는 집단자살의 원인을 중매결혼의 실패, 부부생활의 불화, 근무지에서의 성적 괴롭힘, 아이들에 대한 부모들의 억압적인 학업요구, 첫 아이로 딸을 낳은 여자들의 수치심, 친정과 시댁의 폭력과 횡포 등 다양한 영역에서 찾아낸다.

23. Perry, Elizabeth J., Selden, Mark(eds.), ≪Chinese Society. Change, Conflict and Resistance(중국사회, 변화, 갈등과 저항)≫. London : Routledge, 2000. XII + 249 p.

이 총서는 미국의 정치학과 사회학도들의 필독서로 선정될 만큼 중국사회의 양상과 문제들과 그로인한 분쟁들을 광범하게 다루고 있다. 각 기고문은 본론에 앞서 반쪽 분량의 요약문들을 제시함으로써 독자들의 이해를 돕고자한다. 이 책의 필자들과 편집자들에게 관건이 되는 중심개념은 '저항'이다. 그러나 여기서의 저항의 개념은 거의 모든 것을 포괄할 만큼 광범하게 적용된다. 영아살해, 낙태, 태아의 성을 구별하기 위한 초음파검사도 이에 속한다. 주목되는 논문으로는 '獨生子'에 관한 홍미로운 논지를 펼치고 있는 티렌느 화이트(Tyrene White)의 논문이 있으며, 사례 연구에 해당하는 준징(Jun Jing)의 <중국농촌의 환경운동>이 있다. 후자는 비료공장으로 야기된 수질오염 탓에 고충을 받고 있는 甘肅省 농민들의 저항과 三峽댐건설로 인한 철거민들의 주거환경에 대한 탄원운동을 다룬다. 이 밖에도 南京교외의 도시개발에 대한 농민들의 불만들을 다루는 데비드 쥬바이그(David Zweig)의 논문, 왕정(Wang Zheng)의 <性, 고용, 여성들의 저항>, 우라딘 불라그(Uradyn Bulag)의 <몽고의 민족투쟁의 사회주의적 특성>, 씽 리(Sing Lee)와 아더 클레인만(Arthur Kleinman)의 <중국사회에 대한 저항으로서의 자살> 등은 특기할만하다.

24. King, Lorenz, Metzler, Martin, Jiang Tong(eds.), ≪Flood Risks and Land Use Conflicts in the Yangze Catchment, China, and the River Rhine, Germany. Strategies for a Sustainable Flood Management(중국 양자강 集水량의 농지사용 분쟁과 홍수위험 그리고 독일의 라인강. 적합한 홍수관리를 위한 전략)≫. Frankfurt am Main : Lang, 2001. 239 p.

이 책은 1998년의 대형 홍수의 재난으로부터 교훈을 얻기 위해 독일의 중국학회가 2000년 8월 31부터 9월 2일에 걸쳐 발레르바그(Waleerberg)에서 개최한 한 토론회의 발표문들을 수록한 것이다. 이 토론회에서 주된 사안은 세 가지 점 즉 홍수를 예측하는 방법의 재조정, 대형 홍수에 의한 피해의 정확한 판단, 도시화로 인해 야기되는 문제점으로 요약될 수 있다. 이 학술토론회의 본 취지는 라인강과 양자강의 홍수에 대한 중국과 독일의 투쟁 경험과 상황을 비교하여 대책을 강구하는데 있었다. 그러나 실제로 발표된 토론문은 대부분 양자강 유역에 관한 것이다.

25. Macle Mayer, <Remember the Population Bomb? How the new demography will shape the coming century 인구폭발을 기억하는가? 새로운 인구변동은 다가오는 세기를 어떻게 형성할 것인가>, Newsweek, 2004년 9월.

인구의 폭발만을 기억하는가? 그러나 지구촌은 과다한 인구 때문이 아니라 대폭적인 인구의 감소로 위협받을 것이다. 막 출범한 21세기에는 새로운 인구지형학이 형성될 것이다.

주지하듯 이 지구촌에는 너무나 많은 인구가 살고 있다. 라호르(파키스탄), 로스엔젤레스, 상해 혹은 상파울로에 사는 사람이면 누구나 엉겨 붙은 차들의 정체, 도시의 확장, 환경악화를 통해 이러한 사실을 매일처럼 확인할 것이다. 또한 저녁 뉴스를 통해 우리는 아프리카의 라말라나 다푸르에서 벌어지는 기아와 빈곤과 전염병과의 전쟁, 뿐만 아니라 전 세계적인 실업 전쟁과 심화되는 자연자원의 고갈을 확인할 것이다.

바로 지난 주 유엔은 세계의 많은 도시가 회복이 불가능할 인구폭증으로 몸살을 앓을 것이라 경고했다. 나이지리아의 라고스의 경우, 1995년의 650만에서 2015년 경 1600만의 인구증가가 예상되어 빈민촌과 쓰레기 더미 속에 아동의 1/5이 5세 이전에 사망할 것이라 한다. 런던의 한 학회의 보고서를 통해 유엔인구재단은 이와 유사한 어두운 전망을 내 놓았다. 모종의 근본적인 대책이 강구되지 않으면 세계에서 가장 가난한 50여국은 2050년 경 3배의 인구 증가로 17억 명에 달할 것이다.

그러나 인구증가에 대한 이러한 우려는 국부적인 것일 것이다. 오히려 더욱 염려되는 것은 이와 반대되는 인구감소로 인해 지구촌이 치러야할 대가

일 것이다. 사실 아프리카의 반대편 사람들은 점점 더 아이를 적게 낳고 있다. 1972년 이후 출산율은 절반으로 줄어든 결과 여자 1명당 6.2명에서 2.9명의 아이를 낳는다. 인구 학자들에 의하면 이 수치의 출산율마저 더욱 빠른 속도로 감소하고 있다. 물론 세계 인구는 당분간 계속해서 증가할 것이다. 현재의 65억의 지구촌 인구는 2050년 경 90억으로 늘어날 것이다. 그러나 2050년을 기점으로 인구는 급격히 감소할 것이다. 더욱 많은 연구를 필요로 하는 이러한 감소현상은 목하 많은 나라에서 시작되고 있으며 지구촌의 모든 것을, 즉 각국의 국경개념과 역량에서부터 세계경제성장과 삶의 질까지 변화시킬 것이다.

이러한 혁명적인 변화는 선진국이 아니라 개발도상국에 의해 유도될 것이다. 우리의 대부분은 유럽인구의 지형학을 잘 알고 있다. 유럽에서는 오랫동안 인구가 감소하였다. 현재의 사회상태의 유지를 위해서는 한 여자는 반드시 2.1명의 아이를 낳아야 한다. 2002년도 유엔 인구보고서에 의하면 유럽의 출산율은 이에 훨씬 못 미친다. 프랑스와 아일랜드가 여자 1인당 1.8명의 아이를 낳아 유럽출산율의 정상을 차지한다. 이태리와 스페인은 1.2명으로 최저이다. 독일은 1.4명으로 유럽의 평균을 유지한다. 이는 무엇을 뜻하는가? 만약 유엔 통계가 정확하다면 독일은 향후 40년 동안 8,250만 인구의 1/5이 감소한다는 의미이다. 이 수치는 현재의 동독의 인구에 해당한다. 이는 30년 전쟁 이후 유럽에서 나타나지 않았던 인구감소이다.

동유럽 또한 서유럽과 마찬가지이다. 불가리아는 38%, 루마니아 27% 에스토니아는 25%가 감소할 것이다. 베를린 인구와 발전연구소장 라이너 킬링홀츠는 "동유럽의 많은 지역들은 이미 인구가 대폭 줄어들고 있으며 조만간 도처가 무인지경과 같이 될 것이다"고 예견한다. 러시아는 이미 매년 75만 명의 인구가 감소했다. 블라디미르 푸틴 대통령은 이를 '국가적 위기'라고 천명하였다. 서유럽도 마찬가지로 21세기 중반이면 매 년 최소한 300만 명이 감소할 것이다.

놀라운 사실은 개발도상국가들 또한 이러한 궤적을 정확하게 밟고 있다는 것이다. 주지하듯, 아시아에서는 일본이 목하 인구감소의 국면에 접어들고 있다. 유엔의 예상수치에 따르면 일본은 1.3명의 출산율로, 향후 40년 동안 인구 1억 2천 7백만 중 4분의 1이 감소될 것이다. 일본 사회의 고령화(평균 나이 42.3세)가 뉴스의 토픽이 된 지는 이미 오래 되었다. 문제는 중국이다. 유엔에 따르면 중국은 1970년대 1인당 출산율 5.8명에서 현재 1.8명으로 격감 하였다. 게다가 중국의 인구조사통계에 따른 출산율은 이보다 적은 1.3명이라 한다. 워싱턴의 국제전략연구센타의 보고는 중국의 이 같은 저 출산율은 노인 들의 수적 증가와 복합되어, 중국사회는 유럽이 100년에 걸쳐 임하게 된 고령 화시대를 한 세대 만에 접하게 할 것이라고 한다. 2015년도 평균 연령이 44살 로 예정되는 중국은 미국보다 평균 연령이 높을 것이다. 2019년 이후부터 중국의 인구는 최고치 15억에 도달하였다가 다시 대폭 급락할 것이다. 금세기 중반 무렵이면 중국은 각 세대마다 20-30%의 인구가 감소할 것이다.

다른 아시아 국가들 또한 이와 유사한 그림을 보여줄 것이다. 이 아시아 국가들은 강제적인 인구 억제정책을 쓰는 중국과는 반대로 정부의 적극적인 출산장려책의 시행에도 불구하고 계속 출산율이 감소하고 있다. 싱가포르, 홍콩, 대한민국과 같은 산업 국가들은 모두 현 상태의 재생에 요구되는 출산 율의 이하를 기록하고 있다고 워싱턴 미국기업연구소의 인구통계학자인 니 콜라스 에벌스타트는 말한다. 이들 국가와 아울러 우리는 태국, 버마, 호주, 스리랑카를, 또한 쿠바와 많은 카리브해안 국가들, 그리고 우루과이와 브라질 을 함께 떠올릴 수 있다. 멕시코는 고령화가 심화되어 수십 년 동안 더 이상 인구가 늘지 않는 탓에, 향후 미국보다 노년층의 인구는 더욱 많아질 조짐이다. 멕시코의 젊은이들의 무리가 리오그린데를 건너가는 영상은 이제 사라질 것인가? 에벌스타트는 "만약 이 수치가 정확하다면, 세계인구의 절반은 현 상태의 재생산이 어려운 나라에서 살고 있는 셈이다"고 평한다.

주목할 만한 예외가 있다. 유럽의 알바니아와 코소보 지방이나 아시아의 일부 국지적인 나라들인 몽고와 파키스탄과 필리핀에서는 이러한 인구재생산이 활발하게 이루어지고 있다. 유엔은 중동지역이 향후 20년 동안 인구가 두 배로 늘어나 현재의 3억 2천 6백만에서 2050년경은 6억 4천 9백만이될 것이라고 예상한다. 사우디아라비아는 세계에서 가장 높은 출산국의 하나인 5.7명을 기록하고 있으며 팔레스타인은 5.9명, 예멘은 7.2명이다. 그러나이 지역에서도 놀라운 사실이 존재한다. 튀니지는 이미 재생산에 미치지못하는 수치로 하강하였으며 레바논과 이란 역시 하강의 문턱에 임해 있다.이 지역의 인구는 계속 증가하고 있으나 이러한 증가는 주로 유아조기사망률의 감소에 따른 것이다. 사실 출산율은 선진국보다 더욱 격감하고 있다.이는 중동지방이 세계의 다른 어느 지역보다 보다 급속히 고령화될 징후이기도 하다. 아프리카의 출산율은 여전히 높으며 에이즈의 창궐에도 불구하고인구는 계속 팽창할 것이다. 미국 또한 인구가 증가할 것이다.

미국의 예외와 그 전조에 대한 거론이 필요하다. 그러나 먼저 우리는 이를 주제로 한 두 저서가 밝힌 바 있는 출산기근의 원인에 대해 살펴보자. 사회학자 벤와텐버그는 그의 저작 ≪Fewer : How the New Demography of Depopulation Will Shape Our Future(더 적게 : 새로운 저인구지형학이 우리의 미래를 어떻게 형성할 것인가?≫에서 "페스트의 창궐 이후 650년 동안, 이처럼 저 출산율이 광범하고 신속하게 만연한 적은 없다."고 논하면서 이는 과거 독립적인 여러 성향들이 복합적으로 작용하여 인구학적 쓰나미를 형성하기 때문이라 한다. 유엔의 지난 주 보고에 의하면, 지구촌

대부분 지역의 사람들은 농촌을 떠나 도시로 이주하여 2007년이면 세계인구
의 절반 이상이 도시에 거주할 전망이다. 도시에서 아이를 갖는 것은 자산이
되기보다는 비용이 된다. 1970년에서 2000년까지 나이지리아의 도시인구는
14%에서 44%로 증가하였다. 대한민국은 28%에서 84%로 증가하였다.
대도시(Megacities)라 불리는 라고스로부터 멕시코시티에 이르기까지 인
구는 하룻밤 사이 폭증한 것처럼 보인다. 그럼에도 출산율은 이와는 반대로
급 강했다.

　다른 요소들이 작용한다. 여성문맹율의 저하와 교육의 향상은 출산율을
감소시켰으며, 이혼 과 낙태 그리고 세계적 경향인 만혼이 함께 작용했다.
지난 10년간 피임은 급격히 늘었다. 유엔통계에 따르면 기혼과 '동거'하는
가임 여성의 62%가 인공적인 피임수법을 사용한다. 현재 세계에이즈예방협
회의 수도인 인도와 같은 나라에서 에이즈는 피임의 한 요소가 되었다. 러시
아에서 출산율 저하의 주범은 알콜 중독, 열악한 조건의 공공보건, 그리고
산업공해가 남성의 정자수를 말살시키고 있다. 그리고 富에 의한 출산율
저하는 이미 유럽에서는 오래전의 일이며 현재 아시아에서 나타나고 있다.
와텐버그에 따르면, "자본주의는 최고의 피임이다."

　인구감소의 잠재적 결과는 막대하다. 와싱톤의 신미국재단의 인구전문가
인 필립 롱맨의 최근 저서 ≪The empty cradle : How falling
birthrates threaten world prosperity and what to do about it(빈
요람. 저 출산율이 어떻게 세계의 부를 위협하는가 그리고 우리가 어떻게
대처해야 하는가)≫에서 묘사되는 세계경제를 살펴보자. 롱맨은 저 출산율
을 세계의 부에 대한 위험요소로 간주한다. 부동산이나 소비의 영역에서
경제성장과 인구는 항상 긴밀하게 연결된다. 그는 "아직도 인구의 증가 없는
경제발전에 집착하는 학자도 있긴 하나 경제학자의 대부분은 이에 대해 비판

적이다."고 말한다. 또한 그는 "미래의 조짐을 파악하려면 현재의 일본과 유럽을 일견하는 것으로 충분하다. 인구 학자들은 향후 40년 동안 이태리의 노동인구는 40% 저하될 것이라 본다. 유럽위원에 따르면 이러한 추세는 유럽 전체에 동일한 비율의 성장저하를 동반할 것이다. 2020년 경 베이비 붐 세대가 대거 은퇴할 때 무슨 일이 일어날 것인가? 독일, 이태리, 프랑스, 오스트리아에서 퇴직관련의 극히 경미한 개혁이 유발한 최근의 데모와 시위 는 유럽의 신구세대 간에 일어날 주요 사회적 분쟁의 시초에 불과하다. 이것은 중국에서 비등하게 될 분쟁에 비교하면 단지 전초전에 지나지 않는다. 중국의 시장개혁으로 인해 계획경제가 지향하는 요람에서 무덤까지의 혜택 이 사라진 반면, 공산당은 이에 대처할 충분한 사회안전망을 구축하지 못했 다. 국제전략문제연구소(CSIS)에 의하면 중국의 인구 1/4 미만이 은퇴연금 의 혜택을 받는다. 이는 곧 노인부양이 전적으로 1자녀세대의 부담이 된다는 의미이다. 1자녀 정책은 소위 자식 한 명이 4명의 친 외조부모, 양부모를 부양해야 하는 소위 4-2-1의 문제를 야기한다.

중국의 수입은 이 부담을 떠맡기에 충분할 만큼 빨리 증가하지는 않을 것이다. 지방 농촌의 많은 젊은이들이 도시로 떠난 탓에 노인을 돌볼 젊은이 들이 남아 있지 않다. 고령화의 증가추세는 저임금의 지속적인 공급에 의존 하는 중국의 경쟁력을 곧 저하시킬 것이다. 경제학자 후안강(Hu Angang) 은 2015년 이후 중국의 노동시장은 고갈될 것이라 한다. 결국 중국은 극히 서구적인 대안, 즉 노동력의 교육수준을 높여 생산성을 증가시키는 방법을 택할 수밖에 없을 것이다. 중국이 이를 달성할 수 있을 지는 아무도 알 수 없다. 어쨌든 한 가지 확실한 사실은 아시아의 떠오르는 경제세력 중 중국은 부자가 되기 전에 노화되어 버릴 첫 경우가 될 것이다.

일본 역시 이와 유사한 혼란을 심각하게 겪기 마련이다. 경제학자이자 최근베스트셀러의 저자인 아키히코 마쯔타니는 그의 저서 ≪인구감소의 경제≫에서 2009년경 일본경제는 '마이너스 증가' 시대로 접어들 것이라 하였다. 2030년경 국가소득은 15% 감소할 것이다. 미래에의 예측은 항상 주사위 놀이와도 같으나 경제학자들의 문제제기는 우리를 곤혹스럽게 만든다. 일본의 신화적인 높은 예금율은 일본경제를 장기간 부상시켰으며 세계 차관, 특히 미국을 지원하였다. 마쯔타니는 향후 발생할 문제들을 다음과 같이 예견한다. 고령화의 일본인들이 은퇴하면서 이 돈을 인출하게 되면 미국과 세계의 이자율은 상승할 것인가? 또한 국내적으로 일본 사업가들은 점차 위축되는 투자자금을 마련하기 위해 고심해야할 것인가? 국내 소비자의 고령화로 인해 최신상품들의 인기가 식을 경우 과연 어디에 투자를 할 것인가? 국내 인프라의 영향은 어떠한가? 국고에 세입이 감소하면 정부는 도로, 교량, 철도 등의 보수를 무시하거나 연기해야 할 것인가? 아무튼 "생활은 더욱 불편해질 것이다." 반짝이는 윤기와 깔끔한 도쿄는 1970년도의 뉴욕처럼 흉해질지도 모른다. 당시 뉴욕의 거주인은 세금과 함께 교외로 이주했으며 도시의 관리자들은 더 이상 도시를 유지시킬 기금이 없었다. 과연 일본인들은 대처할 수 있는가? 마츠타니는 "해야만 한다. 더 이상 다른 선택의 여지는 없다."라고 말한다.

인구변동은 일국의 사회경제적 문제를 비롯한 모든 문제를 증폭시킨다. 고령화로 인한 부담으로 복지국가들은 붕괴되고 있다. 차별화된 출산율은 이주민들의 압박과 더불어 불안을 가중시킨다. 이것은 수입노동력의 필요성이 증가하면서 내일의 유럽이 겪을 가장 중요한 사안일 것이다. 너무나 많은 아이들을 내 버려두는 빈약한 교육체계 또한 개선되어야 한다. 왜냐하면 감소된 노동력은 보다 높은 생산성과 융통성을 요구하기 때문이다. 이 융통성은 계속되는 직업훈련과 이직, 고령의 노동자를 계속 고용하기 위한 건강

복지에도 반영된다.

이상적인 세계에서는, 인구가 줄지만 부자인 나라와 인구가 늘지만 가난한 나라 사이의 차이는 기회를 창출할 수도 있다. 인력은 과도한 인구와 자원이 부족한 남쪽에서 일자리가 줄곧 풍부하면서 인구가 감소할 북쪽으로 유입될 것이다. 부유한 나라들의 자본과 가난한 나라들의 사람들이 부유한 나라에 가서 벌어들인 소득은 반대의 길을 걸어 모두에게 혜택을 줄 수도 있을 것이다. 그러나 과연 그렇게 될까? 아마도 그것은 노동의 유동성이 전제될 때 가능한 일일 것이다. 북아프리카부터의 대 이주에 대한 유럽의 거부와 일본의 0%에 가까운 이민정책을 감안할 때 이를 낙관하기는 힘들다. 태도의 변화가 있었던 것은 분명한 사실이다. 예를 들어 10년 전 유럽인들 역시 0%의 이민을 거론했다. 오늘날 그들은 조금씩 이민의 필요성을 인지하며 이에 대한 계획에 착수했다. 그러나 과연 필요한 규모의 이민이 일어날 것인가?

보다 현실적인 각본에 의하면, 한편으로 자신들의 국가적 정체성을 고수하려는 사람들과 다른 한편 고향의 과다인구와 기회의 부족으로부터 탈출하려는 이주자들 간의 현존하는 긴장감은 더욱 증폭될 것이다. 필리핀과 같은 나라들의 아직도 성장하며 교육받은 노동자들은 가정부나 정원사 같은 賤職을 벗어나 세계의 직업사다리를 타오를 것이 분명하다면 이러한 긴장은 많은 문제를 야기하지 않을 것이다. 그러나 중동과 북아프리카 인구의 대다수를 차지하는 수천만의 아랍 젊은이들 중 적어도 반은 실직상태이며, 이것은 더욱 심각한 문제인 것이다.

미국은 세계의 인구지형학에서 조커의 역할을 한다. 유럽과 아시아의 대부분이 인구감소를 겪는 반면, 미국의 토착인구는 상대적으로 변함없어 보인다. 출산율도 재생산이 유지되는 수준에 있다. 거기에 많은 이민자를 더하면 미국이 계속해서 성장할 유일한 현대국가임을 알 수 있다. 와텐버그의 예상에 의하면 향후 45년간 미국의 인구는 1억이 더 늘 것이며 유럽은 동일한 수치를 이룰 것이다.

그러나 이 사실은 미국이 향후 인구로 인한 타격을 모면한다는 말은 아니다. 미국인들도 고령화로 인한 노동력의 문제와 그 부담에 직면하고 있다. 미국의 의료보험과 연금은 2000년도 국민총생산의 4.3%에서 2030년의 11.5%로, 2050년에는 21%로 증가할 것이라고 국회예산위원회는 예정한다. 미국은 또한 백인인구의 무 변동, 감소하여 소수민족이 되어 버릴 흑인종들로 인해 증폭되는 다문화적 물결 속에서 인종적 갈등이 고조될 국면이다. 상호의존시대에 살고 있는 이상, 미국의 주요 무역상대국인 유럽과 일본이 겪고 있는 고충은 곧 미국의 고충이 될 것이다. 한 예를 들자면, 미국회사들이 집중적으로 투자하고 득의해 하는 '중국시장'은 2050년이면 노동력의 35%를 잃을 것이고 노인세대가 소득의 대부분을 소비할 것이다. 이 경우 중국시장의 미국의 회사들은 어떻게 되겠는가?

미국인구의 '單極性' 또한 깊은 안전성을 내포하고 있다. 워싱턴은 테러리즘과 몰락 도상의 국가들을 우려한다. 현재 분할된 세계의 혼돈은 미래에 닥칠 일에 비하면 아무것도 아닐 것이다. 미국지도자들에게 롱맨은 그의 저서 ≪The empty cradle(빈 요람)≫에서 굉장히 우려될 만한 미래를 시사하고 있다. 미국은 군사적으로 경쟁자가 없을 것이다, 레이저 미사일과 미감지 폭격기 및 거대한 군사 인프라에 이르기까지의 테크놀로지는 세계정치무대에서의 파워를 장악하게 해주기는 하지만, 세계의 경제성장이 둔화되고 사회보장의 유지를 위한 요구가 증폭될 시대에는 너무나 비싼 대가가 될 것이다. 국가안전보좌관인 콘돌레자라이스가 말하듯 테러와의 전쟁은 '세대간 투쟁'이라고 한다면, 미국은 이것을 지불하기는 힘들 것이라고 롱맨은 결론짓는다.

물론 이것들 중 어느 것도 확실한 것은 아니다. 선지적인 정부들은 현상을 유지하는 데 도움을 줄 수도 있다. 프랑스와 네델란드는 친 가족정책(family friendly policies)들을 도입하여 여성이 직장과 가족을 함께 돌볼 수 있도록 도와준다. 이 정부들은 아이들을 위한 세금혜택과 보육비를 지원하기까지 한다. 북구의 여러 나라들은 출산휴가와 보건관리 및 파트타임고용과 같은 관대한 배려를 통해 출산율을 고조시키고 있다. 그럼에도 인구가 감소하는 도시국가 싱가포르는 이와 유사한 정책, 예를 들어 국가가 제공하는 맞선보기 등을 포함하여 많은 서비스를 제공하나 출산율의 저하를 전혀 막지 못하고 있다. 과거의 이와 같은 예측들은 틀렸었다는 사실을 상기하라. 戰後 베이비붐의 정점에서 인구 학자들은 임신과 출산율의 세계적인 감소를 예언하였다. 비록 그들의 예견대로 그렇게 될 수도 있겠지만, 모든 것이 나쁜 것만은 아닐 것이다. 환경적으로, 보다 작은 세계는 분명 보다 나은 세계일 것이다. 좀 더 깨끗한 공기나 혹은 동독의 시골에 버려진 넓은 땅 위에 늑대가 돌아오든지 희귀한 풀들이 소생할 것이다. 사람들은, 적어도 선진국에서는 좀 더 오래 그리고 더욱 건강히 살 것이다. 이는 그들이 은퇴하기 전 더 오랫동안 일을 할 수 있고 해야만 한다는 것을 의미한다.

젊은 세대는 그들이 선배세대를 위해 지불해야할 의무를 질 것임에 틀림없다. 그러나 보상도 있다. 인구가 감소함에 따라 국가소득은 줄어들 것이나 이것이 곧 개인소득의 감소를 의미하지는 않는다고 경제학자 마쯔타니는 말한다. 이와 같은 불확실한 상태에서도 한 가지 세속적인 일은 일어날 것이다. 즉 부동산 시세는 추락할 것이다. 이것은 돈을 집에 묶여 두고 있는 노년층에는 累가 될 것이나 미래의 젊은이들에게는 이익이 될 것이다. 그 누구도 장담할 수 없지 않겠는가? 혹시 공간이 넓어지고 생활비가 싸지면 젊은이들이 보다 많은 아이들을 낳을 생각을 품을 수도 있다는 사실을. 그 경우 이리하여 삶의 주기는 다시 균형을 찾을 것이다.

제2부

정치와 외교

26. Lew, Roland, ≪La Chine populaire(중화인민공화국)≫, Paris : Presss Universitaires de France, 1999. 126 p. (Que sais-je : 나는 무엇을 알고 있는가?)

이 포켓판은 쟈크 기에마즈(Jacque Guillermaz)가 1959년부터 1991년에 걸친 중화인민공화국의 개요를 다룬 개정판이다. 최근의 새로운 연구성과들을 풍부하게 싣고 있는 이 개정판은 일반 대중들에게 쉽게 읽힐 수 있다는 점에서, 그간에 간과되어 왔던 중화인민공화국의 역사에 대한 관심을 증진시키는데 극히 유용하며, 바로 이러한 점에서 그 출판 시기 또한 아주 적절하다. 저자는 50년간의 중국을 크게 比等한 기간의 두 시기, 즉 한편으로는 1949년-1976년에 걸치는 모택동시대, 다른 한편으로는 탈 모택동주의에서 새로운 현대사회로의 진입단계인 1977-1997년의 시기로 나눈다. 여기서 중국공산주의의 세계문명에 대한 복합적인 경험들은 한편으로는 중국과 외부세계간의 장기적인 대치 국면에서, 다른 한편으로는 현대화를 표방하는 서구문명에 대한 도전의 측면에서 살펴진다. 전부 5章으로 된 이 책은 시대별로 나열된다. 첫 시기인 1953~1957년은 혁명의 제도화 시기이자 소련을 모델로 한 정치, 사회, 경제적 변화를 추구하던 시기이며, 1958~1976년간은 모택동의 공상적 모험에 기대어 중국의 활로를 모색하는 과정에서 저질러진 시대착오적인 시기이자 고위 지도자들에 의해 잘못 선택되어진 정치적 실패기로 간주된다. 후반기는 鄧小平의 개혁에 수반되는 변화들, 미해결된 문제들, 등소평 이후 진정한 강대국으로서 극복해야할 불투명한 전망들이 지목된다. 각 시기 속에서 사건들의 분석은 정치와 경제 및 외교, 이 세 관점에서 진행된다.

27. Goldstein, Jonathan, ≪China and Israel(중국과 이스라엘)≫, 1948-1998. A Fifty Years Retrospective(50년간의 회고). Westport, CT : Praeger, 1999. XXXIII + 215P.

공동으로 집필된 이 저서는 50년 동안 대만을 포함한 중국과 이스라엘의 외교관계와 그 단절의 역사를 되돌아보고 있다. 1950년 1월 이스라엘이 중화인민공화국을 전격적으로 승인한 이후, 두 나라 간의 공식적인 외교관계는 1992년에야 수립되었다. 이후 이스라엘은 중화인민공화국에 이어 타이완과도 외교관계의 정상화를 달성하였다. 이 저서의 기고문들 대부분은 중국과 중동국가들 간의 외교적 관계를 논의의 중심에 둔다. 이러한 외교적 관계들은 이스라엘에 대한 중국의 대외 정책으로 결정되는 것들이다. 외부의 입김에 개의치 않는 중국의 외교적 성향을 존중하는 아랍 국가들의 현실적인 외교는 중국 정치권의 변덕으로 인한 피해를 최소화하면서, 중국과의 무기거래에 있어 이익을 끌어내는 것을 최선의 방책으로 삼는다. 중국은 경제의 세계화를 우선시하면서, 기본적으로는 국익을 앞세우는 경제적 민족주의에 대립적 입장을 취하는 한편으로, 대 아랍정책에서는 미국을 위시한 서구 강대국들이 선점하고 있는 중동지역에서의 영향력을 견제하는데 중점을 둔다. 중국공산당과 모스코바의 정책을 충실히 따르는 이스라엘 공산당과의 관계를 분석하고 있는 아론 싸이(Aron Shai)의 논문은 이스라엘 공산당이 양국 간의 외교관계를 정립하는데 있어 아무런 영향을 미치지 않았음을 보여주고 있다. 1949년 이래 이스라엘이 중화인민공화국에게 지속적인 밀월관계를 추구하였으며, 또한 상당한 성과를 거두었음에도 불구하고 이스라엘 지도부는 중국의 내부정치의 일부 문제에 대해서는 극히 신중한 태도로 적절한 거리를 일관되게 유지하고 있다. 비근한 예로는 1994년 달라이라마와 1995년 하리 우(Harry Wu)가 비공식적인 자격으로 이스라엘을 방문한 실례를 들 수 있다.

28. Denécé, Eric, ≪Geostratégie de la Mer de Chine méridionale et des bassins maritimes adjacents(중국남해와 인근 해상 지역의 지정학)≫. Paris : L'Harmattan, 1999. 406 p.

중국의 남쪽 바다인 中南海는 오늘날 세계해상교통에 있어 중요한 역할을 하는 교차로 중의 하나이다. 특히 일본과 중국과 러시아로서는 에너지를 조달하는데 없어서는 안 되는 기본적인 동맥이기도 하다. 아울러 이 지역에서 발견된 광대한 炭火水素層은 인근국가들을 크게 고무시키고 있다. 반면 이 지역에 대해 인근국가들은 여러 군도들이 분포되어 있는 이 지역의 특성으로 인해 각자 나름대로의 권리의 정당성을 주장하면서 서로 대립하고 있다. 게다가 이 지역에 해당하는 인도네시아와 필리핀의 경계 지역은 상대적으로 취약한 정부들의 미흡한 통제력을 틈탄 일부 주변집단들의 테러와 반란이 빈번하게 발생한다. 지질학자이자 지정학자인 저자는 이 지역의 전략적 균형에 관해 수년간의 연구를 진행해 왔다. 이 책은 이 지역의 역사를 환기시키고 20여 개의 지형도에 입각한 세부적인 지형묘사에서 시작한다.

제2부는 이 지역을 관통하는 海路에 얽힌 제반 문제들을 검토하고 있다. 말레이시아와 인도네시아 사이의 해협들은 전략적인 중요성을 띠고 있어 연안국가들 간의 긴장을 야기 시키고 있어, 협상의 원칙 확립과 국제법상의 중재가 필요할 뿐만 아니라 세계해상납치에 있어 높은 비중을 차지함에 따라 그 대책이 더욱 시급하게 요구되는 실정이다. 이어 저자는 이 지역의 헤게모니에 대한 여러 문제들을 다룬다. 유엔의 '해상권에 관한 협정'은 지리적으로 아주 복잡한 지역에서는 다양한 해석의 여지를 남기고 있다. 중화인민공화국의 주장은 여러 역사적 근거를 끌어와 中南海의 모든 영토에 대한 지배권을

요구하고 있을 만큼 간결하고 단호하다. 타이완의 요구는 다소 신중하게 보이지만 중화인민공화국의 주장과 그다지 멀지 않다. 베트남 역시 이 지역의 지배권을 주장한다. 베트남 외에도 브루네오, 말레이시아, 필리핀 역시 프라타스(Pratas), 파라셀(Paracels), 스프라트리스(Spratlys)에 운집한 모래섬과 산호섬을 포함한 여러 크고 작은 섬들의 일부에 대한 헤게모니를 주장한다. 당연히 나투나(Natuna)의 해저가스층을 점유하고 있는 인도네시아의 요구는 말할 것도 없다. 이 책의 말미에는 이 지역에 설치된 여러 국가들의 해군력과 공군력에 대한 상세한 정보가 제공된다.

29. David Fullbrook, <Sous la Coupe de l'Empire(제국의 지배권 아래)>, Courrier international 2004년 12월 16일.

라오스와 미얀마는 중국의 가신이며 태국과 싱가포르는 중국의 채무국이다. 게다가 아세안(ASEAN)은 중국에 경제적으로나 정치적으로 상대가 되지 않는다. 라오스와 미얀마의 지도자들은 무책임한 자들이라는 비난을 감수하더라도, 안정을 기조로 급부상하고 있는 중국 앞에 무릎 꿇지 않으면 불안한 처지가 되었다. 북경과 동아시아의 관계는 唐, 元, 明代에 성행했던 朝貢외교를 상기시킨다. 중국의 강력한 상승은 라오스와 미얀마가 보다 계몽적인 정부를 세우는 것을 어렵게 만들고 있다. 미얀마의 장군들은 자신들을 인정한 서양 국가들의 추파에 득의연하면서도 중국과의 친교를 맺지 않고 버틸만한 방도는 없는 것 같다. 미얀마는 중국의 덤프트럭을 저렴하게 구입한 대가로, 북경정보원들을 위한 盜聽基地들과 혹여 있을 수도 있는 서양군대의 랭군市 주둔에 대비하여 중국의 戰艦이 정박할 수 있는 해군기지를 제공하였다. 라오스 역시 중국을 듬직한 형님으로 섬기는 것 말고는 별다른 묘안이 없다. 라오스와 베트남간의 동맹은 양국의 옛 지도자들의 개인적인 친분에 의존하고 있다. 베트남과 라오스는 역사상 한 번도 친한 적이 없었다. 그렇다고 이 두 나라는 남쪽으로 눈길을 돌려 도움을 구할 의향도 없다. 왜냐하면 이웃사촌이라는 태국은 오만하기 짝이 없기 때문이다. 아무튼 중국은 이 두 나라에 필요한 많은 것을 제공해 줄 수 있는 나라임은 분명하다. 라오스와 미얀마 양국 모두는 언제든지 활용할 수 있는 목재, 광물, 보석 등의 천연자원과 전력자원이 풍부한 나라이다. 이 모든 자원들은 탐욕스런 중국경제를 위해 싼 값으로 처분될 것이 틀림없다. 왜냐하면 이 두 나라는 중국에 의존하여 체제를 유지할 것이며, 따라서 중국에 기꺼이 순종할 것이기 때문이다. 중국과 이웃한 나라들은 10년 전 서양과 수교를 맺기 시작했다. 이때부터 이미 중국외교관들은 이들에 대한 서양의 영향을 차단시켜 왔으며, 마침내 지금의 중국은 25년의 개혁기간을 통해 축적해 온 富를 그들에게 원조하게 됨으로써 인접국경선지대의 안정을 확립하기에 이르렀다.

대륙을 다시 정복하려는 중국의 야심은 동남아에서 시작되었다. 태국의 화교들은 중국의 투자가들 중에서도 가장 큰 손들이다. 방콕은행지사들은 상해의 번화가에 즐비한 외국은행들 중에서도 규모가 가장 큰 은행들이다. 말레이시아가 그러하듯, 중국 또한 자칭 '아시아적 가치'의 옹호자임을 자부한다. 중국은 인도네시아로부터 대규모의 가스와 석유의 구입뿐만 아니라 에너지와 은행과 기타 분야에 점점 투자를 확대해가고 있다. 중국은 지난 1세기 동안 역사상 유례없는 약소국으로서의 수모를 1949년 공산당 집권과 더불어 마감한 이후 30년 동안 국력신장을 위해 全力 질주하였다. 그러나 이웃 나라들에 대한 강대국으로서의 권위는 공산주의혁명을 수출하는데 의거하였고 그러한 노력은 실패하였다. 이에 전략을 바꾸어 1970년대부터는 이웃 나라들을 너그럽게 보살펴 주는 큰형님으로서의 역할에 주력하였다. 이러한 태도의 변화는 즉각적인 성과를 거두었다.

베트남에서 철수한 이후 미국이 다시 동남아시아의 개입에 착수했던 1975년, 태국의 수상 쿠크리트 프라모이(Kukrit Pramoj)는 북경을 방문했다. 이때 그가 중국에 대해 보여준 정중한 예의는 지난 수세기 동안 그들의 북쪽 군주에게 조공을 바치면서 충성을 맹세하러 남쪽 왕국으로부터 온 사신들의 자태를 다시 한 번 상기시켜 주었다. 그의 주인은 그들을 퍽이나 마음에 들어 하였다. 중국은 언제나 한 손에는 당근, 다른 한 손에는 채찍을 들고 있다. 1979년 중국은 이 채찍을 들어, 캄보디아를 침공한 베트남을 단기간의

전쟁으로 축출시켰다. 제국주의 군대의 침공이 그렇듯이, 이 전쟁은 대수롭
지 않은 승리에 불과하지만 준엄한 경고가 되기에는 충분하였다.

중국과 태국, 혹은 중국과 동남아시아연방국들과의 관계는 1980년대에
들어와 다시 한 번 급물살을 타기 시작했다. 태국은 캄보디아 이남에서 자국
의 영토를 노리는 베트남의 침입을 막기 위해 중국과 군사협약을 맺었다.
이 협약에 따라 중국은 태국에게 싼 값으로 무기를 판매하고 있다. 중국은
캄보디아로부터 베트남을 축출하기 위한 협상을 체결하였을 뿐만 아니라
캄보디아연합정부의 수립에도 결정적인 힘을 행사하였다.

중국은 인근 국가들과의 대화에 있어 항상 제국주의의 전형적인 양식인
단호한 발언으로 일관하였다. 작년 7월 싱가포르에 대한 중국의 태도는 그것
을 반증하는 대표적인 예가 된다. 싱가포르의 수상 리 씨엔룽은 공식방문이
지만 개인적인 자격으로 타이완을 방문하였다. 그러나 이 방문은 중국의
자존심을 건드리는 사례로서, 중국정부의 노골적인 비난의 표적이 되었다.
이로 인해 중국과 싱가포르 양국이 추진하고 있는 자유무역협정의 진전은
늦추어질 전망이다. 경제적 파산의 돌풍이 아시아를 강타했던 1990년대 말,
중국은 자국의 화폐를 강고하게 고수하면서, 국제통화기금(IMF)이 요구한
가혹한 처방을 일축시켜 아시아의 경제위기를 회복시키는데 기여하였다. 그
렇지만 1994년에 시행된 중국화폐의 평가절하는 아시아의 위기를 초래한
요인이 되기도 하였다.

아세안(ASEAN)은 아마도 중국과의 자유무역협정을 수년 내에는 체결
하지 않을 것으로 보인다. 2004년 11월에 거행된 예비협의에서는 이 협정의
공식적인 체결 시기를 2010년으로 상정하였다. 그러나 중국의 협상가들은
자신들의 발언권이 해가 갈수록 ASEAN의 조직위원들보다 더욱 강해지고
있다는 사실을 인식하고 있는 이상, 지금보다 훨씬 더 모험적인 조건들을

제시하면서 협상을 성사시키려고 할 것이다.

중국은 국내발전에 관련하여 당분간 타이완과 이 지역의 국가들이 각기 자신의 영토라고 주장하고 있는, 가스와 석유가 풍부한 중남해의 여러 섬들이 안고 있는 문제해결에 더욱 심혈을 기울일 것이다. 해를 거듭할수록 中原의 원정대는 많은 戰功을 쌓아가고 있으며, 동남아시아에 대한 경제봉쇄는 더욱 강화되고 있다. 필리핀은 美軍을 철퇴시킨 것을 후회할 지도 모른다. 그러나 중국은 이라크를 초토화시킨 미국과는 비교의 대상이 될 수 없다. 중국은 많은 모순을 안고 있는 나라로서, 자신의 역량을 외부에서 신장시키는 동안 내부의 역량은 오히려 감소되는 나라이기도 하다. 여전히 지방정부들은 수시로 북경정부로부터 보다 많은 권력을 노리고 있다. 뿐만 아니라 인민들의 시위는 계속되고 있으며, 국경지역에서는 중앙통제를 벗어난 무정부주의가 횡행하고 있다. 요컨대, 중국은 영토를 확장시키면서 가장 강한 나라임과 동시에 가장 약한 나라가 될 수도 있다는 것이다.

30. Francois Loos, <Imposer son hegemonie en Asie de l'Est(동아시아에서 강행되는 중국의 패권주의>, Figaro, 2004년 3월 2일

　높은 경제성장률에 힘입어, 북경정부는 국방예산에 보다 집중적으로 예산을 투여하고 있다. 1989년 6월 천안문사태 이후 중국의 국방예산은 매해 두 자리 수를 기록하고 있다(2001년, 17%). 사실 중국으로서는 이와 같이 군사비용을 늘여야 할 각별한 이유는 없는 것처럼 보인다. 인접한 러시아는 더 이상 위협적인 강대국도 아니며, 미국 또한 현재의 동북아 지역구도 속에서 평화가 지속되기를 바라고 있기 때문이다. 그럼에도 불구하고 중국은 2001년 '군사백서'를 통해, 미국에 의해 주도되는 상호경제불평등과 그에 따른 미국의 강권정치와 신식민지화를 지탄하면서, 이에 대비해 자국의 군비와 군사력의 강화계획을 합리화시키고 있다. 중국 당국은 자국의 이러한 일련의 조치는 군사적 균형을 통한 세계질서의 조정과 노후한 재래식 무기와 군대의 현대화를 위한 방어적 조치에 한정될 것이라고 강변하고 있다. 그러나 그 실상을 들여다보면, 사실　중국은 미얀마를 제외한 그들의 모든 인접국들과 영토분쟁을 야기하고 있다. 중국의 한 전문지에 따르면, 실지로 중국 남쪽 해협의 작은 섬들은 중국 소유의 불가침 영역으로 표시되고 있다. 심지어 인도네시아 인근의 섬들마저도 漢나라 시대로 소급되는 역사를 이유로 중국의 영역 안에 포함되어 있다. 예전에 미국이 베트남으로부터 철수하자, 중국은 西沙群島에서 군사작전을 개시하여 그곳의 베트남 군대를 쫓아내었다. 뿐만 아니라 미국의 공군과 해군이 필리핀에 위치한 쓰빅 灣(Subic Bay)의 미공군기지로부터 철수한 지 1년 후, 중국은 산호섬인 미스치프

(Mischief)를 점령하여 그 유역에 종사하는 자국의 어부들을 보호한다는 구실로 감시단을 주둔시키고 있다. 이후 중국은, 미국이 오끼나와를 일본에 반환함에 따라 자연히 일본의 영역으로 귀속된 釣魚島(SenKaku)의 반환을 요구하고 있다. 나아가 중국은 東海에 일본과 한국을 무시한 채 자의적으로 독점적인 경제 광역구를 설정해 놓고 있으며, 최근에는 베트남에게 국경지대의 일부를 양도하라고 은근히 압력을 넣고 있다.

타이완에 대해서는 과도하리만큼 강경노선을 고수하고 있다. 중국은 오직 '一國兩體制'만을 고수하여 대만은 중국의 한 부분임을 거듭 못 박고 있다. 그리고 중국 본토는 무력으로 대만을 병합시킬 수 있도록 합법화시켜 놓고 있다. 본토의 군사현대화의 중요한 표적은 바로 대만의 무력병합이다. 중국은 福建省과 江西省에 400개의 탄도미사일(M-9와 M-11)을 타이완을 향해 배치해 놓고 있으며, 매년 50개의 미사일을 증가 배치시키고 있다. 이러한 추세라면 지금부터 2010년까지 700여개의 탄도미사일을 동포인 타이완을 향해 배치하게 된다. 이 미사일들은 현재 중국이 홍콩에 적용 중인 '一國兩體制'를 대만이 수용하도록 하기 위한 일종의 협박용으로 사용되고 있다.

대만합병을 추구하는 중국지도층의 기본인식은 "일단 중국에 귀속된 적이 있는 모든 것은 언제나 중국 것"이라는 전통관념에 기초한다. 그러나 이러한 관념은 전략적 계산과도 일치한다. 장기적으로 중국은 동북아시아뿐만 아니라 동아시아와 서태평양에서의 주도권 장악을 목표로 한다. 이를 위해 중국은 절대적인 선결조건으로서 南洋의 지배를 내세우고 있다. 그런데 이 남양은 우선 대만을 경유해야만 접근할 수 있는 곳이다. 따라서 南洋지배의 성공여부는 대만을 장악하는데 관건이 된다. 중국은 대만을 지배함으로써 대만과 필리핀을 가르는 페르시아 해협과 대만해협을 통제할 수 있게 될 것이다. 한국과 일본이 중동으로부터 사들이는 석유의 70% 이상은 이 항로를 통과

한다. 또한 중국은 타이완과 남양을 장악함으로써, 유사시에 말라카
(Malaca) 해협에서부터 인도양의 입구에 이르기까지 길게 이어져 있는 남
양 군도의 해상통신을 통제할 수 있게 된다. 대만의 항구이자 태평양으로
향한 蘇澳의 근해에 주둔하고 있는 중국의 핵잠수함은 그 일대의 항로를
이용하는 모든 국가들에게는 거의 악몽과도 같다. 대만으로서는 이 잠수함대
를 탐지하거나 추적할 아무런 수단이 없으며, 특히 일본과 미국이 중국과의
상호교류를 지속시킬 수밖에 없다는 판단에서 이를 수수방관한다는 것이
커다란 고역이 아닐 수 없다. 중국의 대만에 대한 이 같은 강경책은 공산당
독재체제가 민주적이고 자유로운 정부체제로 이행될 때 변화를 기대할 수
있을 것이다.

31. Alexei Toumanevitch et Maskim Lysko, <Chinoiseries du le fleuve Amour(중국인이 된 아무르 강의 러시아주민들)>, Courrier international, 2004년 12월 15일.

2004년 10월 중순 러시아 당국은 중국에게 아무르(Amour) 강에 위치한 두 개의 섬과 또 하나의 섬의 반을 중국에게 양도한다는 의외의 결정을 내렸다. 따라서 그 곳 주민들은 막막한 처경이 되고 말았다. 그러나 주민들의 일부는 중국인들의 도움에 힘입어 새로운 활로를 찾을 수 있을 것으로 기대하고 있다. 정확한 날짜로 10월 14일, 러시아와 중국의 책임자들은 타라바로브(Tarabarov) 섬과 볼쇼이(Bolchoi) 섬을 비롯하여 볼쇼이 우수리스키(Bolchoi Oussouriski) 섬의 일부 지역을 중국에 이양한다는 협의서에 서명했다. 며칠 후 러시아의 국회의원들은 외무부장관 세르게이 라브로브(Serguei Lavrov)에게 이러한 조치에 대한 해명을 요구했다. 그러나 그들은 명쾌한 대답을 들을 수 없었다. 하바로브스크(Khabarovsk)의 주민들은 동일한 질문을 하였으나 그들 역시 더 이상 아무런 답변을 듣지 못했다.

10월 14일 러시아 국영방송은 이 섬들을 중국에 이양한다고 단신으로 전하였다. 볼쇼이우수리키 섬은 다시 세상으로부터 단절되었다. 군인들은 이 섬을 하바로브스크로 이어주는 水上다리를 분해하였다. 부두의 초소경찰들은 도시로부터 차단당한 섬 주민들에게 통행금지를 내렸으며, 이러한 지시는 중국인들과는 무관하다고 말했다. 또한 그들은 단지 지역 통치자의 지시를 시행할 뿐이라고 했다. 그러나 주민들이 전하는 말은 한결같았다 : "이전에는 수상다리가 해체되는 날짜는 미리 예고되었다. 이 다리는 매년 얼음이 얼기 전인 입동 무렵에 해체되는 것이 상례였다. 그런데 오늘은 우리들이 아무 생각 없이 도시에 갔다 오는 사이에 다리가 없어지고 말았다." 오후가 되니 스무 여대의 차량들이 강가에 빼곡히 모여 들었다. 소련제 라다(Lada) 경찰차, 농업노동자들이 탄 버스, 군용트럭 등 특이한 차량들이 시선을 끌었다. 모두는 중국에의 이양을 격렬히 비난하면서 나룻배를 기다렸다. "푸친(Poutine)이 중국인에게 볼쇼이우수리키를 전부 넘겼다"라고 외국브랜드의 고급승용차를 탄 한 소유주가 말하자 군인 한 명이 "전부가 아니라 그 절반을 넘겼소. 그렇지만 중국인들이 몇 군데 뿌리를 내리기 시작하면, 그들은 모든 것에 끝장을 보고 마는 사람들이오."

배는 초저녁에만 다닌다. 제일 먼저 선적되는 차량은 학교버스이다. 섬에 산재한 주둔지와 촌락주민들은 이 버스를 타고 건너온다. 돌아 올 때 이 배는 적십자가 그려진 군용 지프차를 싣고 온다. 선장은 그의 일과는 끝났으며, 건너오지 못한 사람들은 해산시켰다고 말했다. 군복을 입은 어떤 자는 프리마 깡통을 따면서 말하길, "중국인들이 상륙하게 되면 어떤 일들이 벌어질까? 건초는 우리가 회수할 겨를도 없이 중국인들의 경작지에 쓰이고 말걸. 우리는 결코 그들에게 선물을 줄 수는 없지."

한 농민은 식상하다는 제스처로 'Tchoumka!'라는 말을 내 뱉고는 막 시동을 걸고 있는 버스의 발판에 올랐다. 사실, 볼쇼이 우수리스키는 이 섬의 공식적인 명칭일 뿐, 대부분의 사람들은 그것을 Tchoumka라고 부른다. 이 Tchoumka는 페스트를 의미하는 Tchoma에서 유래되었다. 왜냐하면 이 섬에 최초로 발을 디딘 경작자들은 바로 19세기 페스트와 콜레라에 걸려 이곳에 집단으로 수용되었던 환자들이었기 때문이다. 지명학으로 볼 때 이 섬은 그야말로 불행한 섬이다.

우리는 이 섬을 세 지역 즉 광대한 군사지역, 농업지역, 도시화지역인 우수리스키 읍으로 도식화할 수 있다. 이 섬은 행정적으로는 하바로브스크

(Khabarrovsk)에 속한다. 그러나 이 섬을 다른 섬으로 연결 시켜줄 수 있는 어떤 길도 없다. 이 섬의 주민들을 이동시켜줄 수 있는 유일한 수단은 그들을 水上다리로 데리고 갈 장갑차나 나룻배를 만나는 일이다. 마을에는 약 500여명의 주민들이 살고 있다. "면장의 아내인 발레리 솔로비오브 (Valeri Soloviev)는 외관은 버젓하게 보이나 문과 창문이 망가져 버린 목조건물 2층의 상점을 가리키며" 주민들 태반은 떠나가 버렸다"고 알려 주었다. "해군기지가 폐쇄 된 이래, 더 이상 일거리를 찾을 수 없게 되었다. 게다가 일 년에 두 달, 즉 강에 얼음이 얼기 시작할 때와 녹기 시작할 때는 전혀 왕래를 할 수 없다. 이 때는 하바로브스크와는 완전히 두절된다. 사전에 준비를 철저히 해 두지 않으면 안 된다. 수십 개의 커다란 둥근 빵을 사서 냉동시켜 두어야 한다. 전반적인 정서를 보면, 늙은이들은 푸친에 대한 그들 의 견해를 펴는데 있어 모욕적인 언사를 서슴지 않고 퍼붓는다. 그들은 곡괭 이를 들고 나설 것이라 외친다. 그러나 젊은이들은 중국인들이 길을 닦을 것이고, 그들을 위한 일자리도 마련해 줄 것이라고 희망한다. "러시아는 더 이상 우리를 필요로 하지 않는다. 그들이 우리들을 버렸다." 우수리스키의 한 젊은 상인은 말한다. 그는 하바로브스키에서 최대 15루블에 파는 맥주를 20루블에 팔고 있다. 또한 그는 "무슨 이유로 러시아는 여기에 투자하지 않을까? 이 섬의 자연은 아름답기 그지없고 땅은 비옥하여 모든 것이 싹을 틔운다. 중국인들은 틀림없이 이곳의 넉넉함을 알아 챌 것이고, 우리로서는 결코 비싸지 않은 많은 상품들을 접하게 될 것이다. 별로 나쁠 것이 없을 것 같다."고 말한다.

섬의 다른 끝 군사지역에서 일하는 공무원들은 강을 건널 준비를 하면서 자신들의 거취에 대해 거론하고 있다. 상당한 신분에 해당하는 한 대령은 "우리 연대가 해체되면 나는 아마도 다른 지역으로 전속될 것이다. 나는 이 오지에 갇혀 지내는 것에 신물이 난다. 아마도 나는 서부 쪽으로 발령이 날 것 같다." 이 대령의 말에 두 명의 선장은 고개를 끄떡인다.

이 섬의 군사지역은 다각형의 막대한 지역을 차지하고 있다. 이곳은 무장된 보루와 참호들과 감시초소들로 점철되어 있으며 겹겹의 철조망으로 둘러싸여 있다. 그리고 도처에는 "국방부 지정장소, 출입금지구역, 위반 시 사격"이라는 경고표시가 붙어 있다. 시야로부터 은폐된 건물 내부에는 장갑차가 포진되어 있다. 항상 경계태세에 처해 있는 군대의 임무는 수적으로 우세한 적의 공격을 3-40분간 저지시키는 것이다.

섬 주민들 가운데 푸친에 대해 가장 반감이 많은 자들은 다름 아닌 바로 농민들이다. Tchoumka는 대규모의 콩밭을 보유하고 있다. 콩 재배자들은 속내의 불평을 거침없이 내뱉는다. "이 곳에는 戰車들만 있는 게 아니다. 저 너머에는 가까스로 연명해가는 자들이 살고 있다. 푸친은 우리들을 적의 후방으로 밀어 넣었다. 그런 마을이 한 두 개가 아니다." 그는 손가락을 꼽아가면서 비치카(Bytchikaha), 카자캐비체보(Kazakevitchevo), 오시노비아 레치카(Ossinovaia Retchka) 등의 마을 이름들을 열거해 가면서 아마도 이 섬 전체가 그렇게 될 것이라 하였다.

황량한 농장에서는 한 무리의 전기공들이 電氣架設공사를 하면서 침울한 어조로 빈정거렸다 : "가축 한 마리라도 본 적이 있는가? 가축들은 적의 손을 피하기 위해 깡그리 다른 곳으로 옮겨졌다. 어제는 하바로브스크까지 연기가 자욱할 만큼 이곳 당국은 우리의 농장들을 깡그리 불태워버렸다." 섬에 별장을 두고 있는 하바로브스크의 주민들 역시 그들의 땅이 어떻게 될지 지도를 보면서 확인한다. 아무르 강변을 따라 정원이 딸린 집을 가진 자는 약 16,000명에 달한다. 네두움카(Needooumka) 근처의 사람들은 만약 그들의 별장이 갑자기 국경의 다른 쪽에 처하게 될 경우, 누구에게 손해배상을 청구해야

하는 지를 알아보았다. 러시아와 중국 중 누군가가 그들에게 보상금을 지불해야 할 것이다.

이 섬에서 경작한지 6년이 되는 타마라 루디코바(Tamara Roudikova)는 집 두 채, 농장의 건축 다섯 채와 몇 ha의 농장과 10여 마리의 소를 가지고 있다. 그녀는 논리 정연한 어조로 "내 생각에 중국인들은 모든 것을 부수지는 않을 것이다. 그들은 부지런한 일꾼들이다. 나는 이번 여름에 내 이웃집에서 그들이 열심히 일하여 엄청난 수확을 올리는 것을 직접 보았다. 우리들을 못살게 군것은 바로 러시아인들이었다. 군인들은 줄기차게 땅을 황폐화시켰으며 걸핏하면 노략질과 도적질을 일삼았다. 당연히 나는 이 섬들이 아쉽다. 이 섬들은 우리의 땅이고 또 우리가 개간하여 일구어 온 땅이다. 그러나 대통령이 중국인들에게 이 섬들을 선물로 준 이유를 말해 주었더라면, 우리는 언제나 그랬듯이 그를 이해하고 지지했을 것이다." 샤바로브스크의 주민들의 불만은 커지고 있었다. 교육대학의 역사학도들은 역사적 정당성을 공개적으로 청원했던 최초의 사람들이다. 그들은 대학 내에서 잉크와 종이 비용을 각자의 호주머니에서 갹출하여 5,000부 이상의 팜플렛을 인쇄하였다 : "보통선거로 선출된 우리의 대통령이 2002년 극동러시아지역을 방문하면서 우리와 중국 간의 영토분쟁은 전혀 없다고 선언하였다. 그러나 그는 1860년 국제법의 일체의 기준에 비추어 작성되고 인준된 북경협약에 따라 신성한 동부러시아의 땅으로 인정된 극동러시아의 땅을 중국에 넘겨준다는 문건에 서명했다." 그 이틀 만에 캠퍼스에서부터 대통령을 대표하는 지역당국에 이르는 3km에 걸쳐 이 미래의 교사들은 자신들이 작성한 팜플렛을 살포하였다. 그들은 조만간에 푸친 대통령에게 요구하는 탄원서를 크레믈린과 러시아입법의회에 제출할 것이다. 이러는 와중에 하바로브스크 9구의 우체국 직원들은 자신들의 정치적 주장을 타자로 쳐서 만든 간행물의 1인 1구독을 위한 구독신청계좌를 열었다. 이 간행물은 "존경하는 블라디미르 푸친 각하, 우리 하바로브스크의 주민들은 당신의 결정에 분노를 금치 못합니다. 이 땅은 우리의 아버지와 할아버지들이 개척한 땅입니다." 라는 문구에 이어 50여 쪽에 달하는 하바로브스크 시의 예리에즈노도로주네이(Jeliezno dorojny) 주민들의 서명들이 뒤따르고 있다. 이 우체국 직원들의 탄원서는 우체국의 창구 옆 가장 잘 보이는 곳에 게시되어 있다. 그들은 매일 이 탄원서에 이름과 서명을 기록하길 원하는 사람들을 위해 백지를 부가하기에 바쁘다. 이제 이 우체국장은 우체국의 불량한 서비스 기능 때문이 아니라 서명들이 수합된 책자를 구하고 싶어 하는 사람들로 분주하게 되었다. 심지어 그는 타 지역 주민들의 문의 전화도 받게 되었다. 하바로브스크의 남쪽 구역의 세입자 협회의 어떤 자는 혼자서 100명 이상의 서명을 받아 내었다고 알려주었다. 많은 기업노동자들도 이에 서명했다고 한다.

지역의 정치책임자들은 크레믈린 당국에 대해 거의 아무런 대응도 하지 않았다. 하바로브스크의 책임자인 빅토르 이카이에프(Victor Ichaiev)는 이 섬들을 이양하는데 대해 가장 완강하게 반대한 사람 중의 하나이다. 그러나 그는 지방의 TV를 통해 "나는 대통령이 결정한 사실에 대해 어떠한 견해도 말하고 싶지 않다"고 간단하게 잘라 말했다. 하바로브스크의 TV방송들은 곧 이양될 이 섬들을 거론하는 것은 바람직하지 않다는 점을 주입시키고 있다. 신문들 역시 거의 예외 없이 탄생70주년을 맞는 이 지역의 기념행사에 관한 보도로 일관하였다.

32. Rong Liang, <Chine et Japon Faceá face, deux Etats forets 중국과 일본, 두 강대국의 대결>, Courrier internat ional, 2004년 12월 22일

2004년 12월 10일 일본은 국가방위5개년계획(2005-2009)을 발표하는 것을 계기로 처음으로 중국은 북한과 더불어 일본의 잠재적 위협국임을 공식 천명하였다. 최근 몇 달 동안 釣魚島를 둘러싼 중일영토분쟁, 중국잠수함의 일본해저 순항, 대만과 중국의 긴장 등 일련의 사건들은 일본정부의 초미의 관심사가 되었다. 이 국가방위5개년계획의 목적은 일본의 군사정책을 미일동맹 속으로 통합시키는데 있다.

국제무대에서 중국이 급부상함에 따라 일본은 자국의 역할을 강화하는데 전력을 투여하고 있다. 과거의 역사를 되돌아보면, 중국이 강성했을 시기 극동의 질서가 유지되었다. 반면 중국과 일본 모두가 약했던 시기, 아니면 일본이 강하고 중국이 약했던 시기에는 양국관계는 자주 충격을 받았다. 그러나 지금의 극동은 역사상 보기 드문 상황을 맞고 있다. 왜냐하면, 일본은 강대국이고 중국 또한 강대국이 되었기 때문이다. 따라서 두 나라 국민들과 극동인 들은 중대한 시험을 목전에 두고 있는 셈이다. 극동에 새로운 역사의 논리가 세워질 것인가?

21세기 초반인 지금, 서양의 학자들은 일본학자들에게 중국이 극동의 주도세력이 되는 것을 인정할 수 있느냐고 묻는다. 우리들은 이에 대한 일본학자들의 대답을 경청할 필요가 있다. "경제적 영역에서는 인정할 수 있으나 정치적 영역에서는 결코 인정할 수 없다." 일본학자들이 이처럼 미묘하게 구분해서 말하는 것은 양국이 공존할 수 있는 유일한 길은 힘의 균형이

전제되지 않으면 안 되기 때문이다. 이를 달리 풀어 본다면, 일본이 현재의 자위대가 아닌 일반적인 군대를 보유한 '정상적인' 국가로 그 지위를 회복하지 않는 한, 거대한 이웃 중국이 정치적으로 강대국이 되는 것을 결코 용인할 수 없다는 말이기도 하다.

그리하여 일본은 일찍부터 중국이 조만간 강대국의 대열에 합류할 것이라는 인식 아래, 자국을 정치적 군사적 강대국으로 발돋움시키는데 필요한 제반 준비과정을 밟아왔던 것이다. 예를 들어, 일본은 최근 몇 년 동안 유엔 상임이사국에 합류하기 위한 일련의 외교적 노력을 성공리에 완결지은 상태이다. 그런 한편으로 일본은 강대국이 된 중국과의 공존에 필요한 여러 조건을 조성하기 위해 노력하고 있으며, 극동지역의 질서를 유지하는데 필요한 가장 합리적인 선택을 위해 고심하고 있다. 이 두 강대국의 공존은 현재의 다원화된 세계적 상황에서 달리 대안이 없는 상태에서 유지되고 있다. 극동의 헤게모니가 오직 중국이나 일본 어느 한 나라를 중심으로 편중될 가능성은 희박하다. 중국과 일본은 다른 모든 국가들과 합류하려는 노력 하에, 양국의 협동체제 하에서만 그들의 지리적 정치학적 장점을 최대한 발휘할 수 있다.

毛擇東은 집권과 동시에 다음의 비유적인 표현을 하였다. "거대한 덩치의 중국은 자신을 삼키려는 자들을 스스로 물러나게 만들기도 하였는가 하면, 자신을 돕는 자들 역시도 스스로 물러나게도 하였다." 그러나 소국인 일본은 중국을 무력으로 정복하려 하였다. 역사의 예외적인 순간에 소국은 대국을 삼키려하였다. 그러나 지금은 중국과 일본 간의 힘의 불균형, 즉 둘 중 어느 하나가 결정적인 우세를 지킨다는 것은 가능하지 않다.

1990년대 일본은 미국과는 달리 제일 먼저 중국이 걷게 될 거대한 발전의 행보를 간파하였다. 당시 미국은 중국에 대해 친화와 긴장, 양면정책을 오고 갔다. 반면 일본은 일찌감치 중국으로 하여금 국제조직에 합류할 수 있도록 일관된 태도를 취할 것과 국제규칙을 준수할 것을 권유하였다. 미일동맹에 수정을 가하는 순간에도 중국의 비위를 건드릴 수 있는 용어들은 삭제하였다. 그러나 21세기 초입부터 중국이 자연스럽게 국제적 문제에 적극적으로 참여할 수 있게 되었고 또한 다변적인 국제조직 속에서 그 영향력을 예상외로 증폭시키게 됨에 따라 중국은 일본의 커다란 경계와 근심의 대상이 되었다. 정치적 군사적으로 중국의 급부상은 단지 가능성의 영역이 아니라 이미 현실이 되었다. 이것은 확실한 사실이지만 일본으로서는 수용하기가 쉽지 않다. 그럴수록 일본은 정치적 경제적 초강국으로서의 지위를 고수하기 위한 행보에 박차를 가할 수밖에 없게 되었으며, 그 대안으로서 일본은 더욱 미국의 노선을 따르는 것을 기본입장으로 선택하고 있다. 일본은 대국인 중국에 정면으로 대적하기 위해 미국이라는 또 다른 대국을 활용하고 싶어 한다. 근래의 일본은 중국 때문에 미일군사동맹이 계속 유지될 수밖에 없음을 노골적으로 천명하고 있다. 미일군사동맹의 원래의 취지는 일본의 군사무장화를 저지하기 위한 것이었다. 그러나 지금은 중국을 옥죄기 위한 동맹으로 발전하였다. 중국과 일본은 상대방이 서로 군사적 정치적 강대국이 되길 원치 않는다. 그렇다고 둘 중 어느 누구도 그것을 방해할 아무런 수단을 갖고 있지 않다. 그러나 분명한 것은, 일본과 중국은 평화적인 협동체제하에서만 각자의 힘을 키울 수 있다는 것이다. 그러기 위해 일본은 무엇보다 먼저 침략자로서의 과거에 대한 인식과 자성을 앞세워야할 것이다. 그렇지 않으면 일본은 그들이 요구하는 '정상적인' 국가로 될 수도, 또한 인정받을 수도 없을 것이다.

33. Li jing, <La Politique de la Ouverturee et les Faedeaux de la Presse : 개방정책과 언론의 부담> 2003. 8. 2 courrier international

2003년 6월 말부터 중국의 언론들은 변혁의 몸살을 앓고 있다. 자동구독 체제가 폐지되고, 黨은 더 이상 몇 개의 언론사(당기관보인 <人民日報>, 당 이론지인 ≪求事≫)와 기타 간행물을 제하고는 어떠한 지원도 하지 않기로 결정했다. 더욱이 2004년을 위한 구독신청마저 강제구독을 막기 위한 일환으로 9월 말까지 잠정적으로 금지되었다. 다음은 중국인민대학 언론학부장 위 구오밍(Yu Guoming)과의 대담 내용이다.

질문 : 이번 언론에 대한 구조 조정안은 기존의 것과 무엇이 다른가?

답 : 중국의 구독관행은 개인이 아닌 집단명의로 집단의 부담으로 실행되어 왔다. 따라서 단체나 기업은 이로 인해 생산비에 많은 부담을 느껴왔다. 특히 농촌이나 그와 유사한 불리한 지역에서는 특히 그러했다.

질문 : 어떠한 결과를 가져올 것이라 보는가?

답 : 이 개혁은 언론사의 소유체제를 근본적으로 바꾸어 놓을 것이다. 이전의 언론들은 정부와 당과 공공기관을 위한 것일 뿐만 아니라 이념의 건전한 도구이자 공공이익의 추구를 위한 대변인으로서 그 신분을 고수해왔다. 그러나 이번 조치로 인해 기존의 모든 관행은 전복될 것이다. 예전에는 하나의 언론사는 두 개의 기관에 종속되었다. 하나는 검열기관이고 다른 하나는 관리기관이다. 이 개혁으로 말미암아 검열기관은 사라질 것이다. 이제 언론사들은 도덕적 인격을 갖춘 사회기구로 등장할 것이다. 이전의 당 언론사들은 당지방위원회선전부서의 관할 하에 있었으며 특화된 신문들은 지역의

국영기업에 의존하였다. 검열체제는 원칙적으로 미디어를 통제하는데 목적이 있었다. 지금 우리는 이 검열체제를 불식시키고 언론으로 하여금 시장경제의 원칙에 따라 가동될 수 있는 시도를 하고 있는 것이다.

질문 : 이 개혁들은 WTO(국제통상기구) 가입 이후 불가피하게 취해진 조치인가?

답 : 그럴 수도 있다. 그러나 반드시 그 때문만은 아니다. WTO 가입과 더불어 중국은 대우의 평등, 즉 국내 언론이 외국 언론과 동등하게 경쟁을 할 수 있도록 해야 할 뿐만 아니라 중국자본이 외국자본과 동등한 대우를 받아야 한다는 입장에 합의했다. 외국언론사들은 탄탄한 경제적 토대를 지닌 문화적 산물로서, 강력한 경쟁력을 갖추고 있다. 내 생각으로는, 초기에 행해질 부서의 개혁은 정보의 주요 원천에 대한 투명성에 중점을 두어야 할 것으로 본다.

질문 : 이 변화에 가장 영향을 많이 받을 언론사는 어떤 것들인가?

답 : 가장 고충을 겪을 당사자는 국가기구와 직장조직에 의존하는 특화된 신문들일 것이다. 전국 2,100개의 언론사들 가운데 900개가 이에 해당된다. 그 특징은 구독과 배포방식에 있어 관료행정력에 의한 할당제에 의존하고 있다는 점이다. 따라서 이러한 간행물들이 시장경쟁에서 살아남을 확률은 거의 희박하다. 더군다나 그들은 개혁을 받아들일 역량도 극히 미흡하다. 이러한 특화언론들은 대부분 지배조직의 연장기구였다. 더욱이 시장경제에서 정부의 권한이 약화됨에 따라 검열기구의 주변에서 직접 얻어오는 그들의 정보는 점점 권위를 잃고 있는 것이 사실이다. 그들 중의 상당수가 특히 특화신문들은 우리 연구소에 시장연구의 실시와 편집전략을 잡는데 있어 도움을 요청하고 있다. 이것은 이제 그들이 상당한 압력을 느끼고 있다는 조짐으로 보인다.

질문 : 권력이양의 속도와 규모에 대한 당신의 의견은?

답 : 8월 12일 중앙위원정치국회의에서 후진타오는 처음으로 "국가가 문화의 안전과 사회의 안정을 보장해 줄 필요성"에 관한 성명을 발표했다. 나로서는, 언론에 관련된 구조조정은 극히 신중하게 취해져야 한다고 본다. 많은 문제로 인해 아주 많은 크고 작은 논쟁을 야기할 것이다. 졸속한 시행은 변화를 종종 엉뚱한 길로 몰고 갈 수도 있을 것이다. 따라서 나는 정해진 방향 속에서 작은 걸음이지만 보다 빠른 걸음으로 나아가는 것이 좋다고 본다. 나의 정보로는, 신문사의 구조조정은 급격하게 행해지지는 않을 것이다. 안정을 추구해야 할 것이다. 어떻게 구체적으로 전개시킬 것이고, 어떻게 신문사들을 시장경제 속으로 끌어 낼 것인가를 알기 위해 우리는 먼저 선도적인 몇 십 개의 신문사들을 선별하여 2년에 걸쳐 실험적으로 구조조정을 실시하는 것이 좋을 법하다. 그러한 시도가 설사 결론에 도달하지 못한다할지라도 감수해야할 위험 부담을 최소한 줄이기 위해.

질문 : 구조조정 이후의 언론들의 장래는?

답 : 대중적인 관점에서, 특화신문은 일반 언론과 겨룰 수 있는 여력이 없다. 그렇지만 각자 고유의 영역에서, 그들은 생각보다는 재력이 풍부하고 정보 또한 질량 면에서 우수하다. 만약 그들이 시장경제에 적응하면서 이러한 장점들을 잘 활용하여 독자로부터 각별한 신뢰를 얻는다면, 그들 나름의 영역에서 권위를 갖춘 미디어가 될 수 있는 호기를 맞이할 것이다. <中國汽車報>가 그 좋은 예의 하나이다.

나는 많은 정기간행물들이 대량으로 사라질 것이라고는 예상하지는 않는다. 아마도 그 생존 방식은 세 가지 전형으로 나타날 것이다. 첫째, 그들은 현재의 그룹신문사에 병합되어 계열사로 존속할 것이다. 아니면, 그들이 가지고 있는 강력한 재력으로 시장경제법칙에 따르면서 전문화될 것이다. 마지막의 경우는 최악의 경우이다. 즉 새로운 환경에 적응하지 못해 완전히 사라질 것이다. 이 경우는 설사 새로운 투자를 한다 해서 살아날 가능성은 없을 것이다.

34. Muriel Signouret, <Cybercensure, mode d'emploi(사이버검열양식)>, Jeune-Afrique, Intelligent紙 2004. 6.27

　과연 인터넷은 검열과 국경을 초월하는 자유항인가? 가상공간은 개인의 의견이 여한 없이 개진되는 자유의 광장인가? 많은 국가에서 Web (World Wide Web)의 규칙은 준수되면서 정보는 자유롭게 유통된다. 그러나 사실은 컴퓨터 설비의 부재와 포탈 사이트에의 주문 부담으로 지구촌의 9할이 이 웹으로부터 배제되어 있다. 게다가 이러한 소외는 권력의 어떠한 이양도 불허하는 일부 독재자나 反테러리즘을 내세우는 일부 '자유' 세계의 지도자들의 압력으로 인해 더욱 심화되고 있다. 최근 들어 엠네스티(국제사면위원회)는 금년하반기의 보고서를 통해 인터넷상의 자유로운 정보유통을 규제하기 위해 공권력이 어떠한 수단들을 동원하는 지를 알려주었다. 중국 또한 인터넷은 더 이상 권력이 범할 수 없는 불가침의 영역이 아니다. 금년 들어 이 지구촌에는 2003년에 비해 27명이 늘어난 70명의 네티즌들이 옥고를 치르고 있다. 물론 인터넷 사용자와 편집자의 증가와 지속적인 정보의 변화로 인해 공권력에 의한 통제는 점점 어려워진 것이 사실이다. 그렇지만 많은 정부들은 이에 대한 효과적인 대안을 찾아내어 강행하고 있다. 그 중에서도 가장 철저한 대안은 큐바를 선두로 북한과 미얀마가 시행하는 방식이다. 이 방식은 인터넷 자체의 접근을 근본적으로 차단하는 것이다. 단지 외국 관광객들만 지정된 호텔이나 사이버 까페에서 시간당 7불의 요금을 지불하는 한에서 그것이 허용되고 있다. 카스트로 정권 하의 큐바에서 내국인은 지정된 우체국에 주민등록증을 제시하면 정부에 의해 선별된 웹사이트 Tu Isla에 접속될 수 있다. 웹사이트는 정보의 중심이며 세계화시대의 경제발전에 필수불가결한 도구이다. 그 외 또 하나의 검열방식은 중국과 사우디아라비아와 싱가포르에 의해 대표적으로 시행되는 방식이다. 이 방식은 곧 기술적 장치를 동원하여 정보의 유통을 저지시키는 것이다. 구체적으로, 사이버 경찰들은 그들이 표적으로 삼는 '체제전복적'인 낱말들을 검열장치를 동원하여 검색해냄으로써, 바람직하지 못한 정보들을 차단하는 것이다. 또한 사이버경찰들은 금지된 사이트를 조회하거나 '위험한' 전자우편을 보내는 네티즌들의 신분을 아이피의 추적으로 확인하고 있다. 북경정부는 넷티즌들을 감시하기 위해 3만 명의 인력을 동원하고 있다. 중국에서 만약 어떤 네티즌이 정부에 의해 금지된 사이트를 방문할 경우, 그는 해당 사이트가 더 이상 존재하지 않는다는 의미의 "Host not found(찾을 수 없는 사이트)"이나 "Connection time out(이 페이지를 위한 기한 만료)"라고 게시된 하얀 화면과 마주치게 될 것이다. 또 다른 방식으로는 도메인 네임 서버를 전환하는 것이 있다. 이 방식은 우즈베키스탄 정부가 상습적으로 사용하는 방식이다. 이는 정부의 표적이 된 주소에 접속을 원하는 네티즌들은 즉각 무효화된 사이트가 아니면 다른 사이트로 옮겨지는 것이다. 이 다른 사이트란 바로 찾고자 하는 해당 사이트의 변경된 복제일 것이다. 정보의 검열과 조작과 선전을 위해 공권력은 이러한 방식을 동원하는 것 외에, 사이버 경찰들을 동원하여 전자메일을 감시하고 있다. 그 검열 시스템은 인터넷의 검열과 동일한 방식으로 진행된다. 만약 전자우편이 공권력이 표적으로 삼는 중심단어로 인해 검색됨과 동시에 가로채어 지게 된다. 일견 표현의 자유가 점차 신장되고 있는 로버트 무가비 Robert Mugabe 체제 하의 잠비아에서는 2003년 대통령을 비난한 메일을 발송하였다는 명목으로 14명이 심문을 받았다. 이미 2000년에 공표된 잠비아의 전자우편통신법은 포탈사이트와 오퍼레이트(operator)간의 긴밀한 공모를 예정하고 있다. 오퍼레이트들은 그들에

게 요구되는 정보를 제공해야 하는 것 외에 경찰과 정보요원들이 그들의
서버에 접속할 수 있는 권한을 허용해야 할 것을 의무화 하고 있다. 그 외,
공권력이 정보를 차단하는 방식 중의 하나로 검색기에 부하를 거는 방식도
있다. 예를 들어 중국에서 대만독립에 관한 정보를 얻고자 Google에 접속하
는 것은 불가능하다. 어떠한 검색 결과도 없이 연결은 잠정적으로 차단된다.
중국에서 Yisou(易搜)로 불리는 Yahoo(雅虎)는 당국의 의중을 먼저 알아
차려 토론포럼을 스스로 통제하고 검열함으로 인해, 국내의 중국인 누구도
포럼논쟁에 참여할 수 없는 실정이다. 그렇지만 이에 반대하는 네티즌들은
적극적이고 전투적인 화교들의 도움으로 외국에 기지를 두고 있는 서브들과
의 중개를 통해 연결되고 있다.

35. Catherine Rollot <Le movement du droit de l'homme á travers de Cyber(사이버를 통한 인권운동), courrier international, 2004년 7월 15일.

해를 거듭할수록 드세어지는 네티즌들의 公論에 중국정부는 고심하고 있다. 네트웍 상의 토론들은 정치적 영역에서 통제되는 言路에 숨통을 열어주고 있다. 구체적이고 直敍적인 표현이 가능한 사이버 공간에서의 토론을 통해 중국시민들은 목하 표현의 자유를 경험하고 있다. 그들은 기존의 다른 어떤 인쇄매체에 비해 검열과 통제가 어려운 인터넷의 소형화면 하나로 천안문보다 더 넓고 자유로운 공간을 얻은 셈이다. 중국시민들은 1989년 봄의 천안문사태 이후 사이버 공간을 이용한 새로운 민주화 운동의 위력을 체감하고 있다. 사스가 확산될 당시, 주석 후진타오와 수상 원자바오는 네티즌들이 올린 발언들을 인용하는 등 깊은 주의를 기울였을 뿐만 아니라 이 발언들을 기조로 대책을 강구하였다.

이 새로운 민주화운동은 '인권운동의 해'로 불리는 2003년부터 시작되었고, 이 운동의 전위대는 8천만에 이르는 네티즌들이다. 이들의 상당수는 인라인 상의 토론에 참여하여 사회적 불의의 폭로와 정치개혁과 사회진보를 요구하는 극히 비판적인 정치성 담론들을 쏟아 내었다. 특히 '리우띠 사건'과 '쑨쩌강 사건'으로 불리는 이 두 사건은 애초 네티즌들이 예상치 못했던 가공할 위력으로 오프라인상의 실제 세계에 영향력을 미쳐 일반시민들의 公憤을 조성하였다. 리우띠는 북경여사대 3학년 여학생으로 모 사이트를 운영하면서 반정부적인 행동을 선동하였다는 죄목으로 정부에 의해 1년 동안 투옥되었다가 2003년 11월에 석방되었다. 쑨쩌강이란 청년은 2003년 투옥되었다가 공안의 고문으로 인해 옥사하였다. 전통적인 매체들이 거의 다루지 않고 방치했던 이 두 사건은 사이버상의 빗발치는 비판과 항의로 중국정부에 압력을 가하였다. 2004년 1월 27일 후진타오는 프랑스 국회의사당에서 가진 연설에서 중국의 민주화와 인권에 대해 언급하였다. 그에 따르면, 현재 중국 정부는 중국 시민의 사회정치적 권리개선을 위해 국제협약이 규정하는 인권 보호 조항들을 적극적으로 연구하고 있는 중이며, 중국의 정치제도의 개혁과 법치국가로서의 체제를 지속적으로 증진시켜 나갈 것이라고 하였다. 또한 그는 2004년 전국인민대회에 이 인권보호에 관련된 국제협약의 재가를 제안할 것이라고 한다(중국은 이 인권보호에 관련된 국제협약에 1998년 10월 5일 서명한 바 있다). 후진타오의 이러한 의지가 천명되자마자 일부 지식인들은 집단성명을 통해 인지도가 높은 네티즌들을 정부가 체포하는 이유를 밝힐 것을 요구하였다. 그러나 이들은 정부로부터 어떠한 반응도 얻어낼 수 없었다. 오히려 '두따오빈 사건'이 터지고 말았다. 胡北省 샤오판市의 한 관리인 두따오빈은 사이버 상의 한 글을 통해 투옥되어 수감 중이었던 리우띠의 석방을 요구했고 많은 네티즌들을 이에 동참시켜 2003년 말에 그녀의 석방을 가능하게 하였던 인물이다. 그러나 정작 두따오빈 자신은 그녀가 석방되기 몇 주 전에 국가전복혐의의 죄목으로 체포되었다. 그를 체포한 샤오판市 공안 당국에 의하면 그는 인라인 상에 300여 편의 반국가적 기사를 올렸다 한다. 그의 기사들 가운데는 <국가전복이란 말이 합당한가?>, <홍콩을 방어하자>, <홍콩기본법 23조의 개정은 홍콩을 배반하는 것이다>, <천안문 민주화운동의 참여자들은 안전하게 고국으로 돌아올 수 있는가?> 등이 포함되어 있었다. 두따오빈 자신은 자신의 글이 '국가권력 전복 혐의 죄'와는 전혀 무관한 선의에 입각한 비판이며, 부패와 권력이 통제되지 않는다는 입장에서 약간의 건설적인 의견을 제안했을 뿐이라고 말한다.

최근 외신기자들은 두따오빈과의 접촉을 시도했으나 결국 성공하지 못한 채, 단지 두따오빈의 변호사인 모샤오핑을 만날 수 있었다 한다. 모샤오핑에 의하면 두따오빈은 정신적으로 전혀 이상이 없는 상태이며 공안당국에 의한 어떠한 자백이나 체벌이나 고문도 받지 않았다 한다. 그러나 금년 2월 초, 두따오빈의 석방을 위해 102명의 지식인들을 발기인으로 하는 공동성명이 발표되었고 많은 시민들의 서명을 얻어 내었다. 이 성명서는 최고법원과 전국인민대회를 대상으로 "국가권력전복죄"의 법적 근거를 구체화 할 것을 요구하고 있다. 그들의 성명서에서 이 지식인들은 언론과 표현의 자유가 헌법 35조에 의해 명시되어 있으나 그 구체적 의미와 적용의 한계가 모호하여 특히 지방법정에 의해 자의적으로 시행된다는 점을 주지시킨다. 이들 지식인들은 전혀 체제 반대자들이 아니다. 이들 가운데에는 상당수의 제도권 지식인들도 포함되어 있다. 그들 중 1/3은 행정관료들이며, 나머지는 법조계와 학계의 인사들과 작가들로 구성되어 있다. 예를 들면, 여기에는 유명한 자유경제주의자 마오위쓰의 서명도 보인다. 그는 "나의 이 서명은 진심으로 나의 양심의 부름을 따른 것이다"라고 말한다. 정치소설 <황색위기>의 사이버 작가인 북경의 왕리씨옹의 서명도 보인다. 그는 이른바, "두따오빈이 체포된 것은 그의 정치적 견해가 현재의 중국에서는 여전히 불가능한 것처럼 보이기 때문이다. 나는 인권의 근본은 바로 표현의 자유에 있다고 본다." 이 성명서의 다음과 같이 표명하고 있다 : "우리는 호북성의 공안당국이 헌법의 정신과 조항을 존중할 것을 요구한다. 또한 현재의 중국이 인정하고 있는 국제협약의 규칙을 존중할 것을 요구한다. 그리고 조속한 시일 내에 두따오빈을 석방하여 정부가 국민의 권리를 존중한다는 것을 보여주기를 바란다." 북경의 지식인 리우샤오보 역시 작년 11월에 "원쟈바오에게 보내는 공개서한"으로 두따오빈의 석방을 요구했다. 이 공개서한에는 100명의 지식인들이 발기인으로 참여했으며 수천명 시민들의 서명을 얻어 내었다. 리우샤오보에 의하면, "두따오빈의 사건은 형법 105조 제2항에 대한 몰이해와 남용으로 인한 국민의 언론자유의 탄압에 해당되는 것으로 간주된다. 불행히도 최근에 들어와 두따오빈 사건과 유사한 사건들이 자주 일어나고 있다. 3년 형을 선고받은 吉林省의 루오용쭝 사건이나 2년 형을 선고받은 四川省의 오우양 의 사건들은 모두가 인터넷에 올린 그들의 글들이 국가권력전복의 혐의가 있다는 것 때문이다. 내가 볼 때, 그들은 자신들을 표현하는 데 극히 평화적인 방법을 동원하였을 뿐이며, 글의 내용 역시 국가전복적인 어떠한 악의도 보이지 않는다. 정부의 국가전복죄의 오용과 남용은 헌법이 정치적 목적의 수단으로 이용되는 명백한 사례로 남을 것이다. 이는 현 정부가 스스로 정의 를 거부했다는 오명을 남길 것이다."

2003년은 '중국인권운동의 新年'이다. 2003년 사이버 상의 토론이 두따 오빈과 같은 일부 인지도가 높은 지식인들에 의해 주도되어 활기를 띠면서부 터 무수한 생각들이 쏟아져 나왔다. 그러나 사실 토론을 야기한 것은 인터넷 매체가 아니라 토론에 박차를 가하게 하고 네티즌들의 방문을 부추겼던 사회 내부의 문제들인 것이다. 인터넷은 마치 잠재적인 천안문 광장과도 같다. 사이버 공간을 얻기 전까지는 일반시민들은 자신들의 의견을 표현할 수 있는 합법적인 통로를 가지지 못한 채 어떠한 의사결정이나 정치적 사회적 참여로 부터 소외되었으며, 어떠한 사건들의 중재에도 가담할 수 없었다. 이제 인터 넷을 통한 사이버 공간은 권력체제의 여러 결정들에 효과적인 견제 기능을 행하며 '제4권력'의 역할을 수행하고 있다. 북경과 상해와 광동과 무한 같은 대도시에서는 많은 네티즌들이 정해진 사이트와 정해진 날짜에 모여 포럼을 열어 사회정치적 현안을 대상으로 열렬한 토론을 벌이고 있다. 최근 2년 동안 중국 시민들은 이들에 의해 언론의 자유를 쟁취하고 있으며 인권 또한

크게 신장되면서, 바야흐로 중국은 독재국가에서 자유사회를 향해 한걸음씩
나아가고 있다.

36. Chen Pingshu, <La Manidestation Pour la Liberté de la Presse de Qiao Guobiao(焦國標교수의 언론자유를 위한 성명서)>, Courrier International, 2004 6월 15일

이 글은 북경대학교 언론학과 焦國標 교수가 2004년 5월 모 사이트를 통해 발표한 <언론자유를 위한 성명서>의 일부를 발췌하여 번역한 것이다. 焦교수는 1963년 河南省 출생으로 언론 관련의 많은 집필 활동을 통해 영향력 있는 언론인으로서도 활약하고 있다. 이 성명서에 대한 정부의 조치는 아직까지 가해지지 않고 있다. 그러나 2004년 10월 焦교수는 다시 '民選에 의해 선출되지 않은 주석은 무효이다'는 과격한 논설을 발표한 후 11월 현재 미국과 유럽을 순방 강연 중에 있다.

현재 중국 사회 문명의 발전에 걸림돌이 되고 있는 병목 현상은 어디에서 오는가? 바로 中央宣傳部 때문이다. 현재 중국문명발전의 장애물은 무엇인가? 바로 중앙선전부이다. 현재 중국의 사악한 세력과 부패한 분자들에게 가장 유력한 보호막이 되고 있는 세력은 누구인가? 바로 중앙선전부이다. 왜 이러한 발언을 해야 하는가? 현재 중국의 언론자유는 극히 미진한 상태에 있음을 모두가 주지하는 사실이다. 이러한 판국에 중앙선전부는 언론의 자유를 더욱 옥죄는데 박차를 가하고 있다. 언론자유는 한 사회의 문화정도를 가늠하는 척도이다. 서양의 한 철학자는 정부는 없어도 되지만 언론자유가 없어서는 안 된다고 하였다. 중앙선전부는 언론자유를 적대시할 뿐만 아니라 '언론자유'라는 네 글자의 사용마저 금지시킴으로써 문명의 최소원칙을 공공연하게 짓밟고 있다. 중앙선전부가 중국의 가장 우매하고 낙후된 세력의

보루가 된 지는 이미 오래 되었다. 그들이 권력을 남용하여 쾌락과 뇌물을 챙기는 사이에, 당과 정부의 이미지는 훼손되었으며, 국가문명의 발전 역시 심각한 타격을 입게 되었다. 만약 국가를 해치는 중앙선전부의 불법행위와 직권남용이 계속될 경우, 중국은 재기불능의 나락으로 떨어질 뿐만 아니라 중국의 정치문화의 발전은 크게 늦추어질 것이며 수백만 중국지식인들의 권위는 땅에 떨어지고 말 것이다. 이러한 견지에서 우리는 살신성인의 정신으로 궐기하여 중앙선전부를 성토하고자 한다.

1. 중앙선전부는 14가지의 중병을 앓고 있다.

첫 번째 병은 중앙선전부의 비상식적인 업무방식이다. 2003년 어느 날 정부가 사스(SARS)를 인정하기 전에 먼저 사스의 심각성을 발견한 군의관 지앙 옌용(Jiang Yanyong)의 발언을 일체 금지시켰다. 그날로부터 우리는 사스에 관한 질문을 해서는 안 되었고, 公器인 미디어의 사회적 역할을 더 이상 기대해서는 안 되었다. 중앙선전부의 이러한 조치는 어디에서 비롯하는 것인지는 모르지만, 완전히 자의적이고 인간의 기본 권리에 위배되는 것이다.

두 번째 병은 로마교황청에서나 볼 수 있는 그들의 절대적인 권위이다. 중앙선전부는 모든 것을 통제하나 어떠한 것에도 통제받지 않는다. 그들은 전지전능하여 모두가 선전부의 명령에 굴복해야 한다. 중안선전부는 뭇 언론인들과 편집자들을 임명하기 때문에 이들 중 누구도 감히 제 목소리를 낼 수도 또한 높일 수도 없다. 기자들에게 다른 부서들의 행위에 대한 시비의 여지는 있으나 선전부에 대한 거론은 불가능하다. 선전부는 법 위에 군림한다. 직사광선이 닿을 수 없는 음지의 왕국이다.

세 번째 병은 일본교육성이 앓고 있는 병과 같다. 일본교육성은 누차에 걸쳐 학술서적들을 개정하면서 1935년의 일본의 중국 침략사를 왜곡시켰다.

'侵入'이란 단어를 '進入'으로 바꾸었다. 중국의 중앙선전부도 예외가 아니다. 왜냐하면 선전부는 중국이 범한 역사적 오류를 지적하는 것을 금지하고 있다. 1957년의 反우익운동, 1966-76년의 문화대혁명, 1960-62년간 수천만 명의 인민들이 굶어 죽은 일, 1989년 7월 4일 북경의 천안문에서 발동된 민주화운동에 대한 정부의 유혈진압은 발설해서는 안 되는 금기사항이다. 이것은 일반시민들을 기만하는 일이며, 언론인들과 학자들로서는 참을 수 없는 노릇이다.

네 번째 병은 헌법의 말살행위이다. 표현과 출판의 자유는 중화인민공화국에 의해 보장된 권리이다. 중앙선전부는 중화인민공화국의 해당 기구로서, 이 기본적인 자유의 보증인이 되어야 마땅하다. 그러나 실제로 중앙선전부는 시민들의 법적 권리를 왜곡시키고 유린하는 가장 큰 적이다. 따라서 이 선전부에 대한 토벌 없이 헌법은 결코 수호될 수 없을 것이다.

다섯 번째 병은 중국공산당의 고결한 이상의 반역자라는 것이다. 40년대 국민당 독재에 대한 중국공산당의 항쟁시기는 가장 영광스러운 시기였다. 그런데 어떤 자가 이 시기 重慶의 <新華日報>와 <解放日報>의 사설과 일반 언론의 문장을 출판하려하자 이를 금지시켰다. 이 문장들은 당시의 민주주의와 언론자유에 대한 요구와 진보적인 문화 창달을 위한 장대한 족적을 반영하고 있다. 이러한 출판물의 금지조치는 중앙선전부가 중국공산당 본연의 理想을 저버리고 있다는 명백한 반증이다.

여섯 번째 병은 냉전시기의 흑백 논리, 즉 "적과 싸우는 일체에 대해 지지해야 하며, 적을 지지하는 일체에 대항하여 싸워야 한다"는 논리에 묶여 있다. 그들은 미국에 관련되는 일체에 대해 적개심을 고취시키고 있으며, 미국을 찬양하는 어떤 것도 용납하지 않는다. 모출판사의 ≪미국인들의 통치술≫이란 책은 이러한 연유에서 금지되었다.

일곱 번째 병은 중앙정부의 정신을 관철하는 기구가 아니라 그것을 차단하고 방해하는 기구라는 것이다. 선전부의 훈령과 지시를 받기 위해 선전부에 출입하는 언론계의 유력인사들에 의하면, 일단 선전부에 들어가면 중앙정부에 지도자의해 제시된 미래에의 희망찬 청사진은 완전히 먹구름에 가려 전도가 막연하고 아둔한 나라로 둔갑하고 만다는 것이다. 한 언론계 인사는 "내가 느끼기에, 중앙의 정신에 가장 큰 적은 타이완도 홍콩도 아니며, 부패한 공무원이나 외국에 거주하는 반정부인사도 아니다. 또한 제국주의 미국도 아니고 法輪功도 아니며 또한 천안문사태 때 희생된 자들의 유족들도 아니다. 중앙의 적은 바로 선전부에 있다.

여덟 번째 병은 그들의 무지이다. 선전부는 얼마 전 한 언론사가 지방기관의 판단과 조치에 반대한 일반시민들의 청원을 보도했다는 이유로 이 언론사를 징계했다. 이러한 청원을 보도하는 것이 무슨 연유에서 국가와 사회 안녕을 해친다는 것일까? 상부를 향하여 소리치는 시민들의 목소리를 어떻게 公器인 언론이 무관심할 수 있겠는가? 비참한 시민들의 고위층을 향한 원성이 비롯된 지 이미 오래되었으나 선전부의 잔인하고도 야만적인 처사로 문제의 해결은 찾을 길이 없다.

아홉 번째 병은 악독하고 패륜한 자들을 비호한다는 것이다. 언론계는 2003년 12월에 선전부로부터 25조항의 금지사항을 통보받았다. 그 중 하나는 선전부 자체가 雲南省委宣傳部長에게 내린 징계 조치에 대한 기자들의 보도를 금지시켰다. 그 이유는 간단하다. 바로 선전부의 명성에 누가 되는 것이 두렵기 때문이다. 이러한 조치로 기자들은 자괴감으로 괴로워하는 동안 부패한 인물들은 이를 즐긴다.

열 번째 병은 무례함이다. 선전부는 언론을 마치 고손자처럼 다루어 자존심을 짓밟는다. 언론을 관리하는 선전부는 응당 언론을 보호해야할 의무가 있다. 선전부가 언론을 후원하여 발언한 적을 한 번도 보지 못했다. 기자를 다루는 방법은 각양각색 천차만별이다. 기자들이 억울함을 호소하거나 公道를 요구할 때, 선전부는 목을 움추린 자라처럼 복지부동한 채 콧방귀도 끼지 않는다.

열한 번째 병은 겉으로는 고상하나 속으론 돈 밖에 모르는 금전의 노예라는 점이다. 언론 미디어에 '안전제일주의'를 표방하면서 금지령을 내리지만, 사실 그들이 추구하는 것은 '안전제일주의'가 아니라 權錢交換인 것이다. 결국 선전부는 부패한 惡人들의 청탁을 수행하여 사익을 도모하는 데에 당과 국가가 그에게 부여한 권한을 탕진한다.

열두 번째 병은 양심가들에 대한 시기심이다. 그리하여 이 양심가들은 언급됨과 동시에 封殺 당하며 그들의 정의감은 생매장 당한다. 지금의 상태에서 중국의 서적들은 베스트셀러로서 흥행에 성공할 수 없다. 왜냐하면 성공적인 서적들은 하나같이 선전부에 의해 금지 조치를 당하기 때문이다. 이는 중국사회의 창조정신을 파괴하는 소행이다. 악 세력의 창궐, 도덕의 붕괴, 정의의 상실로 이 사회를 파괴하고 있는 주범은 바로 선전부이다.

열세 번 째 병은, 선전부는 힘없는 사회집단들이 겪고 있는 재난의 간접적인 제공자라는 것이다. 원자바오가 수상으로 취임하기 전까지 농촌에서 이주해 온 도시노동자(民工)들은 줄곧 임금을 지급받지 못했다. 왜냐하면 선전부가 이 문제를 언론에서 언급하지 못하도록 금지시켰기 때문이다. 수년 동안 일반시민들의 진정서가 끊임없이 지속되는 연유는 바로 선전부가 뭇 죄악들을 은폐시켜주기 때문이다. 무수한 가정에 비극적인 참사를 야기하였던 출산의 통제 또한 언론이 이를 다룰 수 없었기 때문이기도 하다. 惡人들은 더 이상 관료를 무서워하지 않는다. 단지 일반시민들의 고충을 해결하고 재앙을 예방하고자 하는 언론을 무서워할 뿐이다. 그러나 선전부의 저능하고 퇴행적인 사고방식으로 인해 언론의 무수한 보고들이 지하에 묻히고 말았다.

　열 네 번 째 병은 언론사 간부들의 판단력과 정의감과 문화적 감성을 도살한다는 것이다. 이 간부들은 선전부의 훈령을 들을 때마다 그곳에서의 시간은 시대의 흐름과는 반대로 퇴행하고 있다는 느낌을 지울 수 없다고 실토한다. 얼핏 이 간부들은 어떠한 外傷도 입지 않은 것 같지만 사실 그들의 양심은 적지 않은 상처를 입고 있다. 그들의 진실감과 정의감과 문화적 감성은 심각한 동요를 겪고 있다. 정의감에 상처를 주는 것은 우리가 가할 수 있는 상처 중에 가장 비정한 것이다.

37. UNDP,≪The China Human Development Report(중국 인간개발보고서)≫, New York : Oxford University Press, 1999. 135P.

1990년부터 '국제연합개발계획'(United States Developement Program)'이 年鑑으로 발행하는 인간개발세계보고서는 개인의 요구, 열망, 능력의 질적 향상을 기하려는 국제연합의 의지와 노력을 반영하고 있다. 1998년 노벨경제학 수상자인 아마르타 쌩(Amartya Sen)의 주도로 진행되고 있는 이러한 접근은 개발의 가속화가 단순히 사람들에게 특정한 洗滌劑의 상표나 자동차들의 모델들로부터 선택의 여지를 넓혀주는데 도움을 주는데 있는 것이 아니라, 최선의 생활방식이나 소비양식을 영위할 수 있도록 돕는 것을 목적으로 한다. 정기적으로 발행되어 유포되는 이 보고서는 최대가 반드시 최선의 동의어는 아니라는 점을 일관되게 주지시키면서 개발의 문제를 전반적인 차원에서 인식할 것을 요청한다. 이 보고서에서 거론되는 하나의 국가는 여타 국가들과 결코 고립되거나 대립되어 고려되지 않으며 국가개발의 문제 역시 항시 세계개발의 상관적 맥락 속에서 재정립된다.

이미 여러 해 전부터 일부 국가들은 국가보고서를 작성할 때 인간개발에 대한 확고한 개념적 인식 하에 개발의 우선순위를 공표하고 있으며, 개발계획의 공정성과 국민요구의 통합을 중시하고 있다. 이러한 국제적인 추세에 비해, 이번 중국의 인간개발보고서의 처녀 출간은 늦은 감이 있으나 다행스러운 일이라 하겠다. 그러나 이 보고서는 많은 부분에 있어 중국의 유보적인 태도 속에 기록되고 있으며, 그 접근방식 또한 중국을 하나의 균일한 전체이자 하나의 고립집단으로 인식함으로써, 지역 간의 차이에 대한 분석을 배제하고 있다는 점은 놀라운 일이다. 지역 간의 불균형 문제는 중국의 규모나 비중을 고려할 때 간과될 수 없는 중대한 문제가 아닐 수 없다. 그럼에도 불구하고 부록에 첨부된 통계자료는 지역 간의 사회경제적 불균형을 조사가 능하게 해주는 단서가 된다. 오직 이러한 조사가 가능할 때만이 중국이 당면한 지역적 불균형을 감소시킬 수 있으며, 인간개발증진을 위한 국가정책과 재원의 충당을 위한 국내의 경제구조를 구상할 수 있기 때문이다. 작성자들이 천명하듯이, 이 보고서는 총서의 제1권에 불과하다. 이후의 보고서들은 우리가 지적하는 이러한 근본적인 문제를 더욱 심층적으로 다루었으면 하는 바람이다.

38. Perry, Elisabeth, J., Challenging the Mandate of Heaven ≪천명에의 도전 : 중국의 사회 저항과 정부권력≫ : Social Protest and State Power in China. Armonk, N.Y. : Sharpe, 2002.XXXII + 343p.

이 책은 1980년 이후부터 저자가 발표했던 논문과 기타 기고문 10편을 수합한 것으로, 1850년대에서 2000년까지 150년에 걸친 사회운동들을 연구 대상으로 삼고 있다. 특히 이 책은 현재 일어나고 있는 여러 운동들에 대한 명확한 분석을 위해 광범한 분야에 걸쳐 역사적 재조명을 시도한다는 점에서 눈여겨볼만 하다. 10편의 논문들 중 5편은 중국의 농민운동과 농촌문제를, 4편은 노동자 운동을, 마지막 한 편은 학생운동을 주제로 삼는다. 서문에서는 法輪功을 상세하게 천착한다. 저자는 특정한 일화를 대상으로 논평을 진행하는 과정에서 하나 혹은 여러 이론적인 문제점을 제기할 만큼 탁월한 통찰력을 발하고 있다. 물론 저자의 이러한 통찰력은 중국의 다양성과 중국 외부의 문화에 대한 해박한 지식에 의거한다. 이 책의 독자들은 중국의 농민운동과 노동자운동을 시칠리아의 마피아들, 19세기 리옹(Lyon)의 노동자들인 까누츠(Canuts), 생페테스부르그(Saint-Petesbourg)의 파업자들, 혹은 지미 호파(Jimmy Hoffa)의 시카고의 노동조합(Teamsters)과 비교함으로써 명확하게 파악하게 될 것이다. 게다가 독자들은 서양의 사회운동의 토대위에 세워진 여러 운동이론에 대한 풍부한 지식을 얻을 것이며, 지적인 토론에 참가하는 즐거움도 얻게 될 것이다. 저자는 이러한 이론들을 중국적 경험에 비추어 입증하기도하고 재구성하기도 한다. 그러나 어떤 경우이든 저자는 이러한 지적 작업을 통해 중국의 사회운동에 관한 논리적 사유를 한껏 풍성하게 해주는 것만은 명백하다. 물론 반론의 여지가 있을 법한 몇몇 무모한 논지들이 없지는 않다. 그러나 이러한 논지의 무모함 역시 학자로서 지향하는 학문적 열정에 따른 피치 못할 대가로서 인정할 수 있을 것이다. 이 책에 수록된 모든 글들은 그러한 열정의 반증에 다름 아니며, 근대와 현대의 중국사회와 그 역사를 소개하는 촉매제가 될 것이다.

제3부

지리와 역사

39. Pierre Trolliet, ≪Géographie de la Chine(중국지리)≫, Que sais-je? Paris, 1996.

흔히들 역사가들은 商나라(BC1600-1100)를 중국의 기원으로 삼는다. 이 시기의 중국은 북으로는 北京, 西로는 현재의 西安, 남으로는 양자강 유역에 이르는 이른 바 中原을 그 활동 영역으로 하였다. 그러나 秦漢시기에 (BC 2세기-AD3세기)에 걸쳐 현재의 티벳을 비롯한 일부 변방을 제외한, 南쪽으로는 海南島 西쪽으로는 四川省에서 甘肅省에 이르는 광대한 영토를 차지하였다. 이때의 영토의 크기는 대략 현재의 22개의 省 가운데 吉林, 遼寧, 靑海, 臺灣省과 현재의 5개 자치구를 제외한 18개 省에 해당한다고 볼 수 있다. 변방에 해당하는 현재의 자치구들은 唐代(AD 7-11세기)의 원정을 비롯하여 宋, 元, 明代에 정복과 동화의 과정을 통해 복속되었다. 18세기의 淸代에는 만주와 한반도 및 인도차이나에 이르기까지 그 세력을 미쳐 총 면적 120만 제곱km의 영토를 점하였다. 그러나 아편전쟁(1839-1842년) 이후 국력의 쇠퇴와 더불어 러시아에 국경 지대를, 영국과 포르투칼에 각기 홍콩과 마카오를, 또 대만을 일본에 넘겨줌으로써 현재의 국토로 축소되었다.

현재의 중국대륙은 발해와 황해를 비롯한 태평양연안(東海와 南海)을 따라 해안선 11,000km를, 내륙으로는 15개국과 국경선을 형성하고 있는 22,800km에 둘러싸여 총 면적 95만 6천 제곱km를 주요 영토로 하고 있다. 이는 러시아와 캐나다에 이어 세계 3위의 크기에 해당하며, 우랄산맥에 서부터 대서양에 걸친 유럽이나 미국을 다소 능가하는 규모이다. 이는 또한 대한민국의 44배의 크기에 해당한다. 위도 상으로는 대략 50도에서 20도에 걸치고 있으며 내륙간의 시차는 최대 5시간이다. 북쪽 끝 아무르(Amour)강에서 남쪽 끝인 珠江의 삼각지대까지는 5,000km 이상의 간극을 두고 있으며(최남단의 曾母暗沙까지는 5,500km), 서쪽 끝 티벳에서 동쪽의 上海까지도 5,000km의 간극을 지닌다. 내륙으로는 5,460km의 黃河가, 더 남쪽으로는 6,300km의 揚子江이 서에서 동으로 흐른다. 양자강의 流量은 세계 최대에 해당한다.

전체적으로 중국지형은 히말라야 산맥, 파미르 고원, 天山과 같은 해발 7,500m 이상의 서쪽 고지대로부터 점차 고원과 구릉과 평원의 저지대를 이루면서 황해와 중국 연안지역까지 펼쳐진다. 중국은 多山國家로서 산지가 전 국토 면적의 69%를 차지하며 전 국토의 58%가 해발 1,000m 이상에 자리하고 있다. 산맥은 주로 북서 방향과 동서방향으로 펼쳐지며 교통의 왕래가 힘들 정도로 공간을 차단시켜 놓는다. 그렇지만 이러한 공간간의 고립은 상대적인 것에 불과하다. 예를 들어 몽고고원은 백여만 제곱km의 광활한 면적으로 펼쳐지고 있는가 하면, 華北평원은 한국의 다섯 배가 넘는다. 그러나 지형은 기후에 비해 국토의 물적 경제적 조직이나 인구형성에서 보다 많은 영향을 미친다. 전체적으로 보아 세 부분 즉 동서방향을 따라 연안지역과 내륙지역과 변방지역으로 나뉜다. 이는 제7차 5개년계획(1986-1990년)에 시행되어 행정적으로 공식화된 구분방식이다.

1. 연안지역

발해와 황해 및 중국해 연안에 위치한 10개의 省(黑龍, 遼寧, 吉林, 河北, 山東, 江蘇, 浙江, 福建, 廣東, 海南)은 여러 산맥들로 이어져 서쪽과 경계를 이룬다. 이 연안지역은 국토의 1/5에 해당되며, 45%의 인구와 2/3의 대도시들이 이곳에 집중되어 있으며, 국내총생산의 60% 이상을 생산하고 있다. 북에서 남으로 4,000km 이상 펼쳐지는 이 지역은 바다를 안고 있다는 공통점에도 불구하고 극히 다양한 기후를 나타낸다. 黑龍省과 같은 북쪽 지역은 년 평균 7도 이하인 반면, 남쪽인 海南島는 25도에 이른다. 강우량 역시 북쪽에 비해 남쪽이 훨씬 많다. 북쪽은 년 평균 1m, 남쪽은 2m가 넘는다. 지형 또한 아주 다양하다. 華北의 대평원, 산동성의 구릉지역이 있는 가 하면, 남쪽의 복건과 광동은 지대의 기복이 극심하다. 그러나 지형과 기후가 다양함에도 불구하고 바다와 접하고 있다는 공통점은 이 지역을 지리 적으로 통합시켜주는 주요 동인이 된다.

2. 내륙지역

국토의 중앙에 위치하는 내륙지역은 10개의 省(山西, 河南, 安徽, 江西, 湖南, 湖北, 四川, 陝西, 甘肅, 貴州)으로 구성된다. 이 지역은 연안지역보 다 면적이 더 넓고 인구도 더 많다. 황하와 양자강과 그 주요 지류들 流域으 로서 광대한 평야가 펼쳐진다. 그러나 기본적으로 이 지역은 구릉과 고원과 중간 고도의 산들로 되어 있다. 山西와 陝西의 거대한 황토고원은 30만 제곱km에 해당한다. 이 내륙지역은 공간적으로 서로 단절되어 있다. 四川省 의 수도인 成都가 그 대표적인 경우이다. 成都는 대평원의 중심에 위치하고 있으나, 이 대평원은 가파른 산악지대로 둘러싸여 거의 외부와 차단된다. 이러한 지형적 고립은 이 지역을 고유한 구역 속에 나름의 특수성을 유지시 키고 자급자족적 방식을 촉진시켰던 반면에, 경제발전을 저해하는 요인이 되기도 했다. 이 내륙지역의 북쪽은 한랭 건조한 바람의 영향을 받는 지역으 로 년 강수량이 0.6-1m에 불과한 반면, 남쪽은 아열대로서 년 강수량은 1.6m에서 2m에 이른다. 그러나 남쪽과 북쪽 모두 농사에 적합하여 중국의 주요 농업지역으로서 총 농업생산량의 40% 이상을 생산하고 있다. 북쪽은 주로 밀을, 남쪽은 쌀을 경작한다.

3. 변방지역

이 지역은 5개의 自治區(廣西, 內蒙古, 寧夏, 西藏, 新疆)와 2개의 省 (靑海와 雲南)으로 형성된다. 이 지역은 전 국토의 3/5의 면적을 가지고는 있으나 척박한 자연 조건으로 인해 총인구 10% 미만이 살고 있다. 인구의 대부분은 소수민족들이다. 이 지역의 북으로, 내몽고의 광대한 고원은 대륙 성 냉대기후로서 겨울에는 얼음이 얼고 여름에는 덥다. 년 평균 기온은 5도 이며 평균 강수량은 0.5m 이하로서, 특별한 예외를 제한다면 황하의 상류지 역과 함께 방목만 가능할 따름이다. 그 대부분이 사막인 新疆과 靑海는 대륙성기후의 건조현상이 극심하며, 내륙의 수로 망에 의해 오아시스를 형성 한다. 구름 위로 침엽수림으로 뒤덮여 있는 티벳 고원은 협곡을 이루는 일부 지역 외에는 사람이 살기에 극히 적합하지 않다. 서남쪽의 廣西와 雲南 역시 극히 가파른 지형에다 열대와 아열대 植林들에 의해 교통이 연결될 수 없어 바다로의 접근이 용이하지 않다.

변방지역을 제외한 중국의 나머지 국토는 대체적으로 인간이 살기에 적합 한 환경이다. 높은 인구밀도는 이에 대한 반증이 될 수 있다. 그러나 남쪽의 태풍, 연안지역의 홍수, 토양의 급격한 침식으로 인한 내륙지역의 지반 침하 및 지진과 해일 등 빈번한 자연재해는 끊임없이 중국인들을 괴롭히고 있다. 특히 높은 인구밀도는 이러한 자연 재해의 발생 시, 대규모의 참사를 야기한 다. 1952년 이래, 중국은 천만 이상의 거주지와 수천만의 인명 손실을 입고 있다. 1976년 唐山의 지진은 25만 여명의 생명을 순식간에 앗아 갔다. 자연 재난을 막고자 중국인들은 수천 년의 장구한 세월에 걸쳐 공간을 다스리는데 진력하였다. 이러한 노력은 오늘날에도 계속되고 있으며 최근 몇 년 동안 더욱 박차를 가하고 있다. 오늘날 하천의 관리와 통제는 기술의 진보와 댐과 수로의 건설에 힘입어 급진전을 보여 황하와 같은 주요 하천들의 물길이 바뀌게 되었다. 현재 중국 정부는 양자강 유역인 湖北省의 三峽에 세계 최대의 댐을 건설하고 있는 중이다. 그 외, 중국정부는 태풍과 거센 파고의 바람을 막기 위해 동쪽 해안 지역을 따라 나무를 심어 방풍림을 조성하고 있다. 마찬가지로 토양의 침식과 사막화를 둔화시키기 위해 최근 10년 동안 600만 ha의 면적에 나무를 다시 심었다.

40. Fédéric Bobin, <Desertation du Notd de La Chine et L'aforsetation 중국북방의 사막화와 植樹造林事業>, Le Monde紙, 2004년 4 월 20일

매년 봄 황사(중국어로 黃龍)바람이 중국북방의 모래사막을 드세게 몰고 온다. 요즘 북경의 가옥들과 자동차들은 黃塵의 장막에 덮여있다. 통행인은 제대로 숨을 쉴 수 없는 탓에 병원은 호흡기 질환에 시달리는 환자들로 만장을 이룬다. 모든 기계와 장비들은 구석으로 옮겨지며 경우에 따라서는 공항도 폐쇄된다. 추수를 망쳐버린 농민들은 농토를 버리다시피 방치해 놓고 있다. 이 드센 바람의 원인은 국토의 사막화에 있다. 과잉방목과 숲의 황폐화와 가뭄은 부서지기 쉬운 지표층을 만들어 버려 바람이 이 흙을 옮기는 통에 땅은 마침내 사막화되고 만다. 황사로 인해 고비 사막은 최근 2500 제곱km나 늘어나고 말았다. 2008년 올림픽 개최 준비에 여념이 없는 북경시 당국은 북경으로부터 240km의 지점에 모래언덕이 생겨난 것을 보고 대규모의 植樹조림사업을 펼치기로 결정하였다. '중국녹색만리장성'이라 칭해지는 이 사업은 4500km에 해당하는 대규모의 植樹조림사업이다. 중국산림청의 전문가에 의하면 이 나무들은 바람을 막아주고 사막화로 땅이 잠식되는 것을 막아줄 것이라고 기대한다. 유엔의 최근 보고서에 의하면, 중국정부는 36,000 제곱km에 걸쳐 시행하게 될 이 현대판 만리장성에는 80억 달러의 예산이 투입할 예정이며, 이 사업의 완료와 함께 2050년에는 건조한 땅의 대부분이 생산 가능한 땅으로 새롭게 복원될 것으로 낙관한다. 계획에 따르면 2010년에는 녹색지대가 내몽고 지역을 가로질러 북경 교외의 순환도로에까지 미치게 될 것이다. 이 사업에는 두 가지의 기술이 동원될 것이다. 첫째는 다소

덜 건조한 지역의 지대를 덮어 줄 풀씨를 뿌리는 일이다. 다른 하나는 농민들에게 보수를 주어 극히 미묘한 지대에는 나무와 소관목을 심게 하는 것이다. 정부는 地圖의 구축과 토지의 鑑定에 필요한 12억 달러 예산을 우선적으로 지원하는 대책을 마련하였다고 한다. 모래의 유동을 관측하기 위한 설비비용은 일본과 대한한국의 지원을 약속 받았다 한다. 만리장성 자체도 외부로는 폭 235m에서 540m에 해당하는 녹지대를 갖추게 될 것이며, 내부에는 모래에서도 생장 가능한 기본적인 식수들이 바둑판 모양으로 배치되어 모래언덕의 증식을 막는 인공림의 기능을 맡게 될 것이다. 현재 이 공사를 위한 지원금이 유전학적으로 변종된 나무를 활용하기 위한 연구, 벼를 모래땅에서도 자랄 수 있게 해주는 경작기술개발을 위한 연구, 그리고 모래언덕을 화학적으로 고정시켜버리는 연구 등 다양한 연구 분야에 주어지고 있다.

그러나 과연 특정 지역에 전략적으로 심은 풀덤불과 고액의 산림지대가 과연 사막의 확대를 막을 수 있을까? 이러한 경험은 과거에 겪어보지 못한 초유의 실험이기도 하다. 1935년, 미국남부에 있는 평원의 경작 가능한 흙 8억 5천만 톤이 과잉방목과 가뭄으로 인해 유실되어 16,000 제곱km의 땅만 남은 적이 있었다. 이 일화는 먼지 사발(Dust Bowl)이라는 닉네임으로 전해져 오고 있다. 더 이상의 사태 진전을 막기 위해 미국은 당시 보호벨트(Shelterbelt)라는 계획 하에 텍사스와 캐나다의 경계에 위치한 160km의 제방 위에 그 지방의 토종나무인 에센스라는 나무를 심었다. 결과는 성공적이었다. 몇 년 후, 이 지역은 바람으로 인해 유실되는 土砂의 60%가 감소했다. 그러나 중국은 이와 사정이 다를 수도 있다. 이에 관련된 중국의 지대가 혹시 나무들이 자라기에는 너무 건조하지 않은 지를 신중히 검토해야 할 것이다. 게다가 더욱 중요한 것은 이 나무들이 뿌리를 가지게 되면 엄청난 양의 물을 먹어 치운다는 것이다. 중국정부는 국부적인 치유책에 얽매이지

말고 보다 전반적인 정책을 취해야 할 것이다. 아울러 보다 구조적인 변화에도 적극성을 보여야 할 것이다. 농민들이 그들의 가축 규모를 줄이도록 후원금을 지불해야 할 것이며, 물을 낭비하지 않도록 水稅를 올리고 땅이 회복되도록 건조한 지역의 주민들을 이동시켜야 할 것이다. 이 황사 돌풍 현상은 한국과 대만 및 일본뿐만 아니라 1,000km 밖의 샌프란시스코 연안까지 태양 층과 먼지 띠를 야기하면서 현재 미국의 북부에까지 영향을 미친다.

41. Twitchett, Denis, Mote, Frederick W., ≪The Cambridge History of China Vol. 8, The Ming Dynasty (캠브리지 중국역사 8권: 明代)≫, 1368-1644, Part 2. Cambridge : Cambridge University Press, 1998. XXVI + 1203 p.

햇수로도 정확히 셈할 수 없는 오랜 기간 동안 공력을 기울인 끝에 빛을 보게 된 이 기념비적인 대작은 明代를 연구하는 저명한 학자들 15명이 발기인으로 서명하고 있다. 총서의 취지에 부합되게 각 분야마다 한 명의 저자가 그 집필을 맡았다. 그러나 이 책은 필진들이 전체적인 조율을 거치면서 집필되었기 때문에 단순히 개별적인 논문들을 수합한 총서들과는 근본적으로 변별된다. 이 총서의 제2권은 사회경제적 발전과 제도적 변화의 관점에서 明代를 조감해 내고 있다. 이 총서의 전반을 관류하는 전반적인 명제는 당시 대부분의 중국지도자들이 의식하지 못했던, 화폐경제의 지속적인 발전과 당시 세계경제의 통합적인 경향이다. 이러한 명제에 대한 지도자들의 몰이해는 결국 17세기 중국의 위기와 권력의 붕괴를 자초하게 만들었다. 이 대목에서 독자들은 기존의 명제, 즉 중국은 서양과의 접촉에 실패했을 것이라는 가정 위에 세워진 '資本主義萌芽'라는 해묵은 명제를 떠올릴 수 있을 것이다. 당시 당도할 변화를 예견해주는 가장 현저한 징후로서는 무엇보다 먼저 중국의 은본위제도로의 전환을, 아울러 공적 자금과 재정과 상업에 있어 점점 큰 비중을 점하였던 은화의 중요성을 꼽을 수 있다. 이러한 사실에 입각한 이 총서의 저자들은 明代의 대외관계를 아주 방대하게 다루고 있다. 저자들의 관점은 기본적으로 윌리암 아트웰(William Atwell)의 관점 위에 서 있는 것으로 보인다. 윌리암 아트웰은 이 2권의 발기인들의 청탁을 받아들여

<Ming China and the emerging world economy, 1470-1650년(明代 中國과 부상하는 세계경제, 1470-1650년)>라는 제명으로 한 章의 글을 기고했다. 그는 세계질서 속에 편입된 17세기 중국의 위기를 직접적으로는 유럽으로 인해 겪게 된 고충으로 인해, 또 간접적으로는 세계경제의 흐름을 주도하던 미국의 은 생산의 저하에 인한 것으로 보고 있다. 이러한 논지의 타당성을 문제 삼을 필요는 없다. 그럼에도 지적해 두어야 할 것은 중국지도자들이 징세를 은화로 지불할 것을 더욱 재촉하게 되는 근거제시가 미흡하며, 경제활동에 있어 귀금속의 재도입을 허용한 메카니즘에 관한 연구가 간과되고 있다는 점이다. 이미 오래 전에 추안 한성(Chuan Hansheng)과 그 제자들의 연구들을 통해 밝혀졌듯이, 明 政府의 銀에 대한 수요의 증대는 군사비용과 일상생활을 사치스런 행사들로 일관했던 황제들의 낭비가 그 주된 요인이다. 게다가 이 책에서 은화가 경제발전의 촉진제가 될 수 있는 방법에 관한 극히 소량의 언급만을 접할 수 있을 뿐이다. 이러한 몇 가지 지적사항으로 인해 이 대작이 갖는 의미가 경감되는 것은 결코 아니다. 여전히 이 총서야말로 오늘날 明代에 관한 종합적인 인식을 도모해주는 서양에서의 가장 훌륭한 수작으로 남을 것이다.

42. 曹樹基, ≪中國人口史(중국인구사), 淸時期≫, 제5권, 복단대
학출판사, 2000, 970p.

　淸代의 인구에 관한 저서이다. 책의 전반부는 雍正시기에 할애되고 있으
며 후반부에 省과 縣을 단위로 1776년에서부터 19세기 초반(1820-1851
년) 까지의 중국인구의 동향이 여러 도표의 도움으로 상세히 언급된다. 이어
1880년경의 인구의 동향과 태평천국의 난이 미친 영향에 대한 연구가 많은
지면에 걸쳐 개진된다. 마지막 章은 淸代의 도시화에 대한 것으로서, 저자에
따르면 청대 동안의 도시화는 축소되었다. 즉 도시의 인구는 7%에서 6%로
감소하였다. 이 책은 '인구분포상황'에 대한 정보는 다소 미흡하지만, 허핑티
(He Pingti)의 개척적인 작업이 시도된 이래 현재까지 가장 완벽한 종합서
에 해당된다. 저자가 구성해내는 그래프에 의하면, 淸代는 17세기 후반부부
터 인구의 조숙한 증가현상을 보이다가 18세기 중반 무렵 폭발적으로 증가한
후, 1776년부터는 다소 완만한 증가추세를 보인다. 중국 인구는 18세기가
끝나기 전에 이미 3억을 넘어선다. 저자는 청대의 인구를 保甲의 관련 사료
에 기록되어 있는 공식적인 수치보다 4,000만이 더 많은 3억 1천 100만으로
집계하며, 19세기 중반의 중국 인구는 겨우 4억 2,000만에 불과한 것으로
추산한다. 이는 75년 간 인구의 자연증가가 1/3에 그쳤다는 것이다. 태평천
국의 난과 북방의 난은 6-7천만의 인구가 감소하는 주요인이 된다. 20세기
초 중국인구는 1850년도의 수준으로 회복된다. 이로써 저자는 제임스 리
(James Lee)가 그의 近著인 ≪One Quarter of Humanity(인류의 4분
의 1)≫에서 제시한 '완곡한' 인구증가이론을 반박한다. 중국인구의 변동은
정치와 역사의 성쇠를 반영한다.

43. 侯楊方, ≪中國人口史(중국인구사), 民國時期≫, 제6권, 복단
대학출판사, 2002, 656 p.

복단대학의 역사지리중심의 후원으로 발행된 총서의 마지막인 제6권은
한편으로는 전통적인 호구조사, 다른 한편으로는 통상 중국 최초의 '과학적
인' 인구조사로 간주되는 1953년 인구조사가 보여주는 수치를 비교 검토하
고 있다. 저자는 이 총서의 취지에 부합되게 현대인구조사의 다양한 프로젝
트의 결과와 정부가 제공하고 있는 통계 등, 가능한 모든 자료들을 면밀하게
검토하고 있다. 예를 들어, 1908년 청조는 인구의 완벽한 집계를 계획한
적이 있었으며, 공화정부는 통치지역주민에 대해 최대한 정확한 통계를 얻고
자 끊임없이 노력했다. 그러나 정부기관의 노력에도 불구하고 인구상황은
파악되지 않은 채 미지로 남았으며, 그 시대의 정치인들은 대표성이 결여된
수치인 4억 혹은 4억5천이라는 통념에 젖어 있었다. 저자는 1930년경 로싱
벅(Lossing Buck)이 행한 조사를 최대한으로 활용하여, 중국은 20세기
초부터 중일전쟁 시기까지 지속적으로 인구가 증가하였다고 본다. 그 기간
동안 중국은 출산율의 증가와 사망률의 감소로 특징되는 '인구전이'의 첫
단계에 접어들었다. 그 당시 인구는 5억을 훨씬 넘었다. 그 후 십 수 년
간 국토의 내우외란으로 수 천 만이 감소되었다. 1953년 이전에 행해진
인구조사에 대해 새로운 정보를 제공한 저자의 노고는 널리 치하될 일이다.

44. 吳宋弟, ≪中國人口史(중국인구사), 遼金元時期≫, 제3권. 복
단대학출판사, 2001, 717p.

청대에 관한 두 권, 청대와 공화국 시기에 관한 두 권의 집필에 앞서
이 책에서는 宋代에서 元代까지를 다루고 있다. 저자는 30년 전 인구통계역
사학자 허 핑티에 의해 보편적으로 인정된 도표와는 판이한 인구도표를 구성
해 낸다. 저자는 宋-元代에 사용된 인구조사체계를 검토하면서, 전체적으로
인구조사가 양호하게 기록되었으며, 조세단위인 매 戶당 평균 5.7명을 곱하
는 것이 타당하다고 결론짓는다. 11세기의 중국은 급진적인 인구증가를 겪었
다. 즉 980년 경 3,500만이었던 인구가 12세기경의 北宋시대에는 1억을
웃돌았다. 현재 중국에 포함된 지역의 인구를 합치면 1억 4,000만에 달하였
다. 金이 중국북방을 침입한 후 인구는 급격히 감소되어 중국의 영역으로
남게 된 지역의 인구는 9,000만 명에 불과했다. 이후 12세기 南宋과 金의
통치기에 인구는 비약적으로 증가하였다. 몽골의 침입 이전 1200년 무렵의
인구는 1억 4천만에서 1억 4천 5백만의 수준에 육박하였다.

45. Ritter, Jürgen, ≪Sima Guangs ZiZhi tongjian und seine Rezeption in Taiwan(司馬光의 資治統鑑과 타이완에서의 그의 수용)≫ Frankfurt am Main/Berlin : Lang, 2000. 403 p.

저자의 접근방법은 이 책의 구조에 의해 반영되고 있다. 이 책은 짤막한 소개문에 이어 3部로 된 12개의 章으로 구성된다. 도입부와 함께 시작되는 제1부에서 저자는 자신을 사료 편집자이자 추론주의자이며 문헌학자로서의 입장을 천명한 후, 작품에 대한 세 가지의 주된 접근방식을 개술한다. 이어 그는 역사가와 정치가로서의 司馬光이라는 인물을 분석하며, ≪資治通鑑≫의 歷史記述體의 기원과 그 배경을 조명한다. 제1부의 말미는 타이완에서 전개되는 ≪資治通鑑≫의 수용방식을 검토하는 것으로 마무리된다.

제2부는 ≪資治通鑑≫에 대한 비 제도권 학자들의 업적을 기술하고 분석하는 것으로 시작된다. 비 제도권 학자들 중 일부는 ≪資治通鑑≫을 역사적 전례로 삼기에 충분한 유용한 저작으로 여기는 반면, 다른 일부는 오히려 유해한 저서로 폄하한다. 이어 저자는 문화비평을 위한 도구서라는 측면에서, ≪資治通鑑≫을 세밀하게 闡述해 들어간다. 여기서 저자에 의해 인용되는 ≪資治通鑑≫의 예문들은 저자가 가장 모범적인 번역서로 인정하는 보양(Bo Yang)의 현대판 번역서이다.

제3부는 연구범위를 正史에 관련된 원문에 대한 제도권 학자들의 비평에 국한시킨다. 먼저 저자는 ≪資治通鑑≫의 연구로부터 고립된 타이완의 연구실정을 거론하며, 텍스트의 정치적 기능에 관한 담론을 금기시해야하는 타이완 학자들의 풍토를 언급한 이후, ≪資治通鑑≫에 내재한 역사의 정치적 초월성과 형이상학성을 찾고 있다. 제3부는 중국의 전통과 역사에 관한

타이완의 토론현실과 그러한 토론이 사회의 다원화를 정착시키고자 하는
타이완에 미치는 영향들을 논의한다. 이 책의 요약집에는 세 개의 부록을
동반하고 있다. 이 부록들 안에는 ≪資治通鑑≫의 계열을 잇고 있는 작품들
의 이름이 열거되어 있으며, 타이완의 현대역사가와 현대작가들의 傳記的
자료가 제공된다. 아울러 타이완에서 행해진 ≪資治通鑑≫에 대한 수용의
역사적 과정이 년대별로 주어진다. 마지막으로는 이 책의 방대한 참고문헌들
이 중국어와 서양어로 제공되고 있다.

46. Nishizato Kiko 西里喜行, ≪(册封進貢體制의 動搖와 그 제
반 契機 - 嘉慶과 道光년간의 중국과 오끼나와의 관계를 中心으
로≫. Toyoshi kenkyu 59, 1, June 2000, p.69-113

아편전쟁 전 오끼나와 섬에서 출항한 일본의 배들은 자주 격침되었고 해적
들의 약탈을 감수해야 했다. 그러나 이와 유사한 事故들은 嘉慶(796 -1821)
과 道光(1821-1886) 시기에 이르러 점차 줄어들었다. 이러한 노략질이 빈
번했던 주된 이유는 중국과의 교류를 원했던 오끼나와가 이와 같은 불법적인
행위들을 묵인해 주었기 때문이다. 이와 더불어, 서방상인들은 廣東지역 외에
도 중국해안으로부터 멀지 않은 오끼나와와 같은 곳에 港稅를 지불하지 않는
항구의 개방을 절실히 원했다. 그리하여 오끼나와는 敍任式 당시 서방의
상인들뿐만 아니라 중국의 상인들로부터도 강력한 압박을 받았으며, 특히
외국상인들은 오까니와의 구관세법을 바꿀 것을 요구하였다. 이러한 여러
시도들은 아편전쟁 기간 동안 더욱 확고해졌다. 이후 대영제국은 중국과의
전쟁에서 승리하자마자 福建省에 외국상인들 특히 영국 상인들을 위한 새로
운 항구를 개방하게 하였다. 이어 영국은 오끼나와에도 함선을 통한 무력으로
압력을 가하였고, 결국 오끼나와는 구관세법을 폐지하고 영국 商船들의 입항
을 받아 들일 수 밖에 없었다. 오끼니와는 영국의 힘에 저항할 수 없었을
뿐만 아니라 더 이상 중국의 도움 또한 기대 할 수가 없었기 때문이다.

47. 오카모토 히로미치(岡本弘道), ≪"明朝における朝貢琉球の
位置附とその變化14-15世紀お中心に"(14-15세기를 중심
으로 살펴 본 明代와 오끼나와의 관계와 그 변화)≫. Toyoshi
kenkyu 57, 4, March 1999,

간행본은 물론 필사본들까지 참고문헌으로 활용하고 있는 이 책의 저자는
明나라가 그 통치기의 前半期 동안 오끼나와와 가졌던 해상무역에 관한
문제들을 검토한다. 그에 의하면 중국과 오끼나와 群島의 외교관계는 13-14
세기에 커다란 변화를 겪게 된다. 이 군도는 明나라와 1383년부터 1450년까
지 우호적인 관계를 지속하였다. 물론 저자가 설정한 이 시기설정은 통용되는
학설보다는 다소 이른 감이 있다. 이 시기의 다른 해상무역국들에 비해 明나
라는 오끼나와 群島에 경건한 태도로 예우를 다했던 것으로 보인다. 明나라
는 오끼나와의 선박들이 중국의 항구에 자유롭게 드나들 수 있도록 허용했으
며, 오끼나와의 사신들이 중국인을 고용하는 것을 인정해주었다. 이러한 우호
정책은 일본출신의 해적들인 倭寇를 제거할 목적으로 중국에 파견된 일본의
외교사절단과도 밀접하게 관계된 것으로 보인다. 1440년대에 들어 明나라는
그동안 지속해오던 오끼나와를 비롯한 인근 해상국들과의 우호적인 정책을
변경하였다. 오끼나와 군도의 경우, 明나라의 이러한 정책변화는 1460년대
중국정부가 이 군도들이 東南海연안의 중국해적들과 공조하고 있다는 사실
을 알게 된 이후부터 더욱 현저해졌다. 이 시기의 중국왕조는 오끼나와 뿐만
아니라 다른 여러 나라들과의 관계도 제한시켰다. 이 시기는 오끼나와 군도가
중앙집권화를 꾀하던 정치적 과도기에 속한다. 이러한 정황들로 미루어, 이러
한 변화는 시기적으로 오끼나와 왕국에게는 이로울 것이 없었을 것이다.

48. Larner, John, ≪Marco Polo and the Discovery of the World(마르코 폴로와 세계의 발견)≫. New Haven, CT : Yale University Press, 1999. 250 p.

마르코 폴로(Marco Polo)가 중국에 갔었는지, 그 진위에 관한 논쟁에 관심을 가진 자라면 누구나 이 책을 눈여겨 보아도 될 것이다. 왜냐하면 이 책의 저자는 이 논쟁의 새로운 논객으로 가담하고 있기 때문이다. 저자의 박학다식은 이 논쟁의 수위를 새로운 차원으로 끌어 올리고 있다. 유럽의 관점에 비추어 이 주제에 접근하고 있는 저자는 마르코 폴로 수고본의 가장 중요한 번안물들의 시기설정에 대한 매우 설득력 있는 주장을 펼치고 있다. 그는 자신이 직접 원문으로 읽은 이 수고본을 10개의 章으로 나누었다. 이 저서는 1300년대와 그 이후의 유럽지성의 맥락을 그려내는데 있어 탁월한 성취를 보이고 있다. 저자에 의하면 ≪존 맨드빌 경의 책(The Book of Sir John Mandeville)≫과 같은 저작들은 평소 마르코 폴로의 곁을 떠나지 않고 탐독되었던 책이었다. 저자는 최근의 세 논쟁을 거론한다. 이 논쟁들은 論敵들의 주요 관점들을 성실하고도 진지하게 받아들이고 있다는 점에서 모든 학자들이 주목할 만한 것들이다. 저자는 바르바라 웨흐 (Barbara Wehr)가 내세우는 가설, 즉 지금은 유실된 루스티첼로 (Rustichello)의 저서는 마르코 폴로와 상의 없이 마르코 폴로의 수고본에 기초하여 쓰여졌다는 가설을 설득력 있게 뒤집는다. 아울러 저자는 싸이드 만슐 이슬람(Syed Mansul Islam)이 ≪The Ethics of Travel from Marco Polo to Kafka(마르코 폴로에서부터 카프카까지의 여행의 윤리)≫(Manchester; Manchester University Press, 1996)에서 에드

워드 싸이드(Edward Said)의 용어인 '동방예찬론자(Orientalist)'의 개념
을 마르코 폴로에게 적용하는 것은 잘못이라고 밝힌다. 마지막으로 저자는
프랑스 우드(Frances Wood)가 그의 저서 ≪Did Marco Polo go to
China?(마르코 폴로는 중국에 갔는가?)≫(London : Secker & Warburg,
1995)에서 그렇지 않다고 하는 주장에 동의하지 않는다. 중국의 학자들은
이 마지막 논쟁에 가장 매력을 느낄 것이다. 저자로서는 마르코 폴로가 大汗
에서 갖고 왔다는 금박의 파이사 타블렛을 비롯해 그의 임종 당시의 소유물
목록을 제시하는 것만으로도 그가 중국에 갔었다는 사실을 충분히 인정할
수 있다고 본다. 마르코 폴로의 중국남방에 관한 저자의 묘사는 실망스러울
정도로 모호하게 그치고 만다. 저자는 마르코 폴로의 일행들은 중국남방의
정보들을 몽고와 페르시아 사람들로부터 제공받았을 것으로 상정한다. 그러
나 저자는 그의 일행들이 중국북방까지 여행을 했을 것이라고 본다. 저자가
내세우는 주장의 진위 를 묻기 전에, 이 책은 마르코 폴로의 연구의 새로운
장을 열어주고 있으며, 중국역사를 공부하는 모든 학자들의 필독서로 평가받
을 것이다.

49. Ho Ping, ≪Some Critical Reflections on the Russo-Japanese War Among Late Ch'ing Elite and Their Impacts on Reform Movements(魯日전쟁에 관한 몇 가지 비평적 성찰. 지식인들과 개혁운동이 그들에게 미친 영향)≫. Dong Wu lishi xuebao 5, March 1999, p.93-138

필자는 魯日전쟁은 중국의 지식인들이 개혁의지를 확고히 하게 되는 전환점이 되었다고 본다. 이전의 연구들이 노일전쟁에서 일본이 승리한 것을 계기로 중국 지식인들이 일본식 입헌정치에 관심을 두게 되었다는 주장에 그치고 있다. 반면 필자가 인식하는 이 전쟁은 중국지식인들에게 정신적 각성을 통한 새로운 시민정신 함양과 새로운 교육실천이 당면의 급선무임을 깨닫게 해주는, 보다 근본적인 변화의 동인으로 작용하였다는 것이다. 중국 지식인들에게 군국주의는 일본을 승전국으로 이끈 일본정신의 중요한 요인으로 인식되었다. 그리하여 중국지식인들은 그들을 중심으로 하는 대중 단체들을 조직하였고, 새로운 교과과정을 도모하여 대중의 정신적 무장화를 꾀하였다. 국가와 엘리트 및 혁명단체들도 그들의 이러한 노력에 가세하였다.

50. Chiu Ling-yeong[Zhao Lingyang] 趙令揚, Mingshi lunji ≪明史論集≫. Hong Kong : University of Hong Kong, Department of Chinese, 2000. 392 + VII p.

이 책은 저자가 1964년부터 1993년까지 30년 동안 다양한 과학저널에 기고한 18편의 사회과학 논문들을 수록하고 있으며, 그 전부가 明代와 관련된 것들이다. 이 모음집에 실린 글들은 明代의 정치와 사회, 지성과 역사 등 광범한 영역을 어우르고 있다. 이 책을 여는 첫 두 논문은 정치체제의 붕괴를 유발시킨 두 가지의 심중한 악폐에 대해 논급한다. 그 하나는 왕조의 全般적인 시기에 걸쳐 창궐했던 漢奸들의 폐습이며, 다른 하나는 南明 시기에 만연했던 당파의 폐단이다. 몇몇 논문들은 베트남과의 외교 정책, 鄭和에 의해 출범된 해상원정, 明代의 譯官의 역사를 다루고 있다. 대부분 역사에 관한 연구들이긴 하지만 지식인의 역할을 다룬 2편의 논문과 지성사에 관련한 1편의 논문이 있다.

51. Wilkinson, Endymion, ≪Chinese History : A Manual, Revised and Enlarged (중국역사교본 증보판)≫. Camb ridge, MA : Harvard University Presse, 2000. 1181 p. (Harvard Yenching Institue Monograph Series 52)

이 책은 1998년 초판본의 증보판이다. 이 증보판은 전체적으로 초판의 구상을 견지하고 있으며, 특히 앞부분 네 部는 기존의 내용을 보충한 것이다. 그러나 '시대별 주요자료'라는 부제의 제5부는 100여 쪽의 분량에서 알 수 있듯이 많은 정보를 담고 있으며, 주로 淸代의 사료에 관련된 것들이다. 특히 고문서보관소의 자료들과 徽州에 관련된 선본들 외에도 1차 사료에 대한 많은 지식을 제공하고 있다는 점에서 연구자들의 주목을 끌고 있다. 특히 많은 지면을 할애하고 있는 제9부는 초판에서 언급하지 않았던 공화국 시기를 다루고 있다. 이 증보판으로 인해 우리는 중국대륙의 두 주요 역사문 서보관소인 북경의 제1역사문서보관소와 남경의 제2역사문서보관소에 대한 극히 유용한 안내서를 확보한 셈이다. 오늘날 이 두 문서보관소는 연구자들 에게 전면적인 개방을 허용하고는 있으나 실제적인 열람에 있어서는 많은 애로 사항이 있기 때문이다. 역사문서보관소의 여러 현황에 대해서는 ≪A travers le dédale des Archives historiques no1(제1역사문서고의 미 로를 통과하여)≫를 참조하면 될 것이다.

52. 許保林,≪中國兵書通覽(북경병서통람)≫北京, 지에팡쥔 출판사(Jie fang jun chu bans she), 2002. 695쪽.(초판 : 1990)

이 책은 1990년에 발간되어 주목받았던 저서의 개정본으로서, 兵書들을 3부로 나누어 다룬 훌륭한 개관서이다. 제1부는 일반론에 관련된 6장으로 구성되어 있으며, 兵書의 기원과 역할, 그 군사적 철학적 의미, 그 변천과 시기구분, 전승양상과 목록작업에 관해 논하고 있다. 15章으로 구성된 제2부는 매 章 마다 선정된 특정 주제의 해당되는 저서들에 대해 상술하고 있다. 이 저서들은 주로 병법이론, 군대배치, 전술, 훈련, 도시방어, 군대규율, 용병, 무기, 군사지리, 戰士의 일대기, 백과사전을 다룬 총서들이 주류를 이룬다. 마지막 3부는 현재까지 전승되는 전술을 기록한 저서들을 그 발행 시기에 준하여 목록화하고 있으며, 그 발행인과 所藏 도서관도 기재하고 있다. 이 3부의 마지막 장에는 1911년부터 1987년에 걸쳐 발행된 병서의 참조문헌들에 대한 저자 개인의 견해들이 제시된다. 이 책의 끝에는 兵書들의 제명이 기록된 색인이 첨부되어 있다. 저자의 연구결과와 참조문헌에 대한 견해가 조합을 이루고 있는 이 책은 1988년 리우 선잉(Liu Shenying)이 현재까지 所藏되고 있거나 유실되어 버린 4,221편의 병서들을 撰述한 북경 판본 ≪中國兵書總目≫을 보완한 것이다.

53. ≪傅衣凌敎授誕辰90年紀念專刊≫.中國社會經濟史硏究 2001, 4, 94 p.; 2002, 1, 112p.

이 책은 2001년에 90세가 되는 故 傅衣凌(1911-1988) 교수를 기념하기 위한 발간논문집들의 전반부의 두 권을 요약 정리하고 있다. 2002년도 판본은 이 明代연구의 大家에 의해 夏門大學에서 1982년에 발족된 권위 있는 학술지의 창간 20주기에 맞추어 간행되었다. 제1권은 현재 이 간행물의 主幹인 楊國楨 교수의 학창시절과 문화대혁명 당시에 겪었던 수난과 귀중한 手稿들의 散失에 대한 안타까운 감회들을 적고 있다. 이 두 권에 게재된 25편의 글들은 작고한 원로교수의 제자들과 그 동료들이 기고한 것이다. 그 중에는 저명한 일본학자와 3명의 대한민국 교수들의 글이 포함된다. 15편은 순수한 기념논문으로 明代의 시기 전체를 다루고 있다. 專題論文에 수록된 10여 편은 이 간행물의 창간 20주년을 기념하면서 중국의 역사를 전반적으로 개괄하고 있다.

3편의 개괄적인 논문은 傅衣凌 교수의 학설을 충실하게 따르고 있다. 李龍潛의 ≪試論明代社會經濟發展的特點(明代사회의 경제발전에 관한 試論)≫(2001, 4, p.20-32)은 明代의 경제적 사회적 발전에 관한 오늘날의 논점들을 약론하고 있으며, 林金樹의 ≪略論明中葉以後政治腐敗與經濟繁榮同時竝存的奇特現象(明代 중엽 이후 정치 부패와 경제 번영이 공존했던 기이한 현상에 관한 약술)≫(2002, 1, p. 6-12)에서는 明代 말엽의 여러 예증들을 근거로 당시의 경제발전과 부패의 공존을 규명하고 있다. 저자는 이러한 현상을 자연법칙으로 인식한다. 모리 마싸오(森正夫)는 1983년의 학회발표논문인 ≪關於鄕族(향족에 관해)≫을 다시 수정 보완하여 혈연과 지연집단의 결속력에 관계되는 100편의 일본논문들의 참고문헌을 제시한다.

다른 대학 교수들의 연구는 보다 구체적인 질문 속에, 공공재정의 역사와 독점에 관한 다양한 연구를 선보인다. 林楓의 ≪萬歷礦監稅使原因再談(萬歷 시기의 礦監稅使의 원인에 대한 재론)≫(2002, 1 p.13-19)은 '萬歷 시기 채광의 열풍'에 관련된 한 일화를 재론한다. 비합리적인 재정체계와 商業稅의 부족으로 인해, 황제는 일시적인 수요를 충당하기 위해 은광을 개설하였다고 한다. 다꾸치 고지로(田口宏次郎)의 ≪畿輔礦稅初探(畿輔 광산세에 대한 시론)≫은 해박한 식견과 함께 戸部와 工部가 관장하였던 소득명부를 조사하여 총 3,600萬량에 달하는 萬歷시기의 재정 상황을 추량 해내고 있다. 範金民의 ≪明代官營絲織業三題(明代의 면직업 관리에 관한 세 가지 문제)≫는 관청에 의해 감독되는 비단업종은 萬歷시기에는 그 생산쿼터가 증가하였으나 崇禎년간에는 생산이 중단된 사실에 대한 원인을 규명하고 있다. 金弘吉의 ≪明末四川皇木采辦的變化(명말 四川省의 皇木 채벌의 변화에 관해)≫는 목재의 운송에 따른 여러 문제를 검토하고 있다.

관청의 鹽田관리에 주목하는 方志遠의 ≪明淸湘鄂灨地區食鹽的輸入與運鎖(湖南, 江西, 湖北 지구의 염전수입과 운송 및 판매)≫은 湖南과 湖北 및 江西지역의 소금 보급은 福建省의 '私鹽田'의 도움으로 가능했다는 주장을 펼친다. 福建省의 鹽田관리의 특징은 하시모토 히데이치(橋本英一)의 ≪依山與附海. 明代後期的福建鹽政(산과 물에 임하여. 명대 후기 복건성의 염전정책)≫(2001, 4, p.65-71)에서 논구되고 있다. 欒成顯의 극히 전문성이 요구되는 논문인 ≪明代數值研究中的兩個問題(명대 수치 연구 중의 두 가지 문제)≫는 인구조사에 관련된 것이다.

馬雪芹의 ≪明代西北地區農業經濟開發的歷史思考(명대의 서북지구

농업경제개발의 역사적 고찰)≫, 張海瀛의 ≪明代山西的民佃屯田(명대 산서의 민전과 둔전)≫, 이 두 논문은 농업의 변화를 천착하고 있는가 하면, 후자는 山西지역의 屯田兵들의 열악한 생활조건을 조명하고 있다.

푸이링(Pu Yiling)의 논문인 ≪徽州學의 誕生≫은 傅衣凌 교수의 획기적인 발견에 해당하는 徽州의 사료들에 그다지 의존하고 있지 않는다는 점에서 이례적이다. 曹永憲의 ≪明代徽州鹽商的移居與商籍(명대 휘주 염상들의 이주와 조합)≫은 다각적인 관점에서 徽州 상인들의 여러 활동들, 구체적으로 鹽商의 영향력, 지역 간의 결속력, 활동범주, 혈연조직 등을 논한다. 劉秋根은 ≪明代工商業中合會制的類型(명대 상공업 중의 회합제도의 유형)≫에서 수공업과 상업계에서 작성된 계약서의 두 유형, 즉 자본의 결합 혹은 자본과 노동의 결합에 대해 논한다.

李和承의 ≪明代傳統商人與職業神(명대 전통 상인과 직업 신)≫은 종교적 양상에 관한 연구이다. 마쑤라 아키라(松浦章)의 ≪明代朝鮮船漂到中國之事件(명대의 조선 선박이 중국에 표류한 사건)≫은 萬歷 시기의 중국 연안에서 침몰당한 조선의 선박 20여의 경우를 살피고 있다.

제2권의 후반부는 다양한 시기에 걸쳐 있는, 최근의 대표적인 연구논문 10편을 수록하고 있다. 개괄적 연구에 해당하는 方行의 ≪中國封建賦稅與商品經濟(중국의 봉건적 부세와 상품경제)≫은 秦代에서 商代까지 稅制가 경제통화를 이끄는 원동력이었음을 밝힌다. 봉건시대 대지주 계층의 발전은 사회경제적 조건의 변화를 동반하였으며, 이에 따라 대지주들은 잉여생산물을 시장에 내놓게 된다. 이에 대한 저자의 새로운 자료 제시는 없다. 이에 비해 趙岡의 ≪地權分配的長期趨勢(지권 분배의 장기적인 추세)≫는 '토지소유의 집중화' 이론에 반대하는 한편, 地權을 인구문제와 관련시켜 논하고 있다. 그는 地權분배가 인구를 모델로 이행될 때 지권은 오히려 증가되어

배분된다고 주장한다. 이러한 경향은 宋代 이후의 인구증가가 선형적인 양상으로 나타날 경우 더욱 두드러지게 된다.

지역학 연구의 보다 새로운 논문으로는 徐東升의 ≪唐北宋河南地區交通與經濟變遷(당과 북송 시기의 하남 지국의 교통과 경제의 변천)≫과 林日舉의 ≪北宋廣南的鹽政(북송시기 광동의 남쪽 지역의 염전 정책)≫을 지목할 수 있다. 전자는 汴江의 중요성을 강조하면서 교통망에 따른 河南의 위상을 비교 검토한다. 후자는 소금의 독점에 관련된 주제에 입각하여 상업화에 대한 엄격한 통제와 소생산자들의 상대적인 자유간의 모순에 대해 논구한다.

현대사에 관한 글로는 林天乙의 ≪淺析戰後廣東的糧荒(전후 광동의 기근 현상에 관한 천석)≫, 劉鵬佛의 ≪湘鄕曾氏元吉祠祀業試探(중국변 일족의 원길사의 제사에 관한 고찰)≫, 趙鹽亮의 ≪淸至民國時期山東震災的初步數量分析(청대에서 민국 시기까지 산동의 지진에 관한 계량적 고찰)≫이 있으며, 戴一峰의 ≪近代環中國華商國網絡硏究論綱(근대 중국 화교상인들의 국제적 조직망에 관한 연구)≫은 특히 청대 말엽의 상업조직에서 화교들의 역할들을 조사하고 있다.

---

54. Trombert, Eric, ≪Textiles et tissus de la Route de la soie. Elements pour une géographie de la production et des échanges(비단길의 섬유. 생산과 교환의 지리적 요소≫. La Serinde, terre d'échanges, p. 107-120

이 글은 바론 리히트호벤 경(Baron von Richthofen) 이후 실크로드에 대한 많은 연구를 주도했던 고정관념을 정면으로 반박하고 철저히 전복시키고 있다는 점에서 극히 중요한 글이다. "국제무역에서 섬유산업이 우위를 점하게 된 것은 중국의 사치품에 대한 서양의 탐욕만을 이유로 설명될 수 있는 것은 아니다. 오히려 그 본질적인 이유는 섬유가 화폐의 대체물로서, 재정과 예산문제에서 지배적인 영향력을 미칠 수 있었던 중국경제의 내적 요소들에 비추어 더욱 잘 드러날 수 있는 것이다. 唐代의 전체적인 시기를 통틀어, 비단은 그 선호도에 있어 동전보다 우위를 점했다. 왜냐하면 비단은 가격의 변동 폭이 더욱 작았고, 1,000개의 한 묶음이 4kg를 웃돌았던 동전보다 무게가 훨씬 덜 나갔기 때문이다. 당시 가장 전형적인 교환은 중국에서 로마까지 낙타로 비단을 운송하는 것이 아니라, 비단을 매개로 상업 활동을 활발히 전개했던 중국 내부의 일상적인 상거래이다. 이러한 상거래는 저자에 의해 인용된 자료인 펠리오의 선집(Pelliot Collection) 3,348면에 잘 묘사되어 있다. 745년에 중앙정부는 敦煌에 주둔하는 수비대의 총 소요 경비에 상당하는 비단 15,000필을 送達시켰다. 이 비단은 敦煌에서 700km 동쪽에 위치한 武威에 보관되었다. 이 비단을 敦煌까지 운송하는 데에는 두 개조의 수송대를 필요로 하였으며, 개인 무역상은 여기에 포함되지 않았다. 唐 정부가 집수한 비단들은 가장 단순한 無染의 비단에서부터 직조한

지방의 이름이 기명된, 극히 정교하고 다채롭게 염색된 비단 등 다양한 종류가 있었다. 저자에 의하면, 비단만이 新疆 지역의 유일한 직물은 아니었다. 그곳은 면화와 麻 재배에도 아주 적합한 지역이었다. 그리하여 일부 수정론자들은 敦煌에서 발견된 방대한 부피의 자료들 중 어떠한 것에도 비단은 언급되고 있지 않음에 비추어, 지방의 직조물은 모두가 麻였다고 주장하기까지 한다. 이 논문은 실크로드 경제에서 비단의 위상에 관련하여 異論의 여지 없이 수용되어 오던 기존의 가정들을 철저한 분석을 토대로 결정적으로 전복시키고 있다.

55. Li Bozhong 李伯重, ≪選精, 集粹與宋代江南農業革命 : 對傳統經濟史硏究方法的檢討(選精, 集粹와 宋代 江南의 농업혁명 : 전통경제사의 방법론에 관한 검토)≫. 中國社會科學 2000, 1, p. 177-192.

중국역사학의 가장 중요한 주제는 '宋代의 경제혁명'이다. 이 논문은 宋代의 경제발전의 이러한 특성을 옹호하기 위해 적용되어 왔던 방법론과 시대구분법에 대한 재평가를 행하고 있다. 필자는 대부분의 연구들이 변화의 공간적 장소로서 江南을 선호하는 것이 적절한 지의 여부를 묻고 있다. 이어 저자는 경제적 변화의 혁신적 양상은 양적 팽창과 질적 발전 중의 어떤 하나를 토대로 삼는다고 주장한다. 저자는 '宋代의 경제혁명'에서 혁명이라는 용어가 주어질 만한 질적 변화나 양적 변화가 있었는지의 여부를 고증하고 있으며, 토지생산성을 연구하기 위해 학자들이 수집하여 다루는 자료들의 문제점들을 면밀히 검토한다. 아울러 저자는 선택된 참조자료들이 본질적이든 부분적이든 대부분의 학자들은 토지생산성의 평균적 수준을 그럴듯하게 과장하는 경향이 있음을 적시한다. 저자의 이러한 논지의 중요성은 일반적인 통념에 대한 재평가를 요구할 뿐만 아니라, 宋代의 낮은 수준의 토지생산성은 이후 明代와 淸代의 토지생산성이 큰 폭으로 증가하였음을 대변해 준다는데 있다.

56. Kaneko Hajime 金子肇, ≪清末民初における江蘇省の認
捐制度(淸末民初에 있어서 江蘇省의 상품 통과세에 대해)≫,
Toyoshi kenkyu, 59, 2, 9월 2000. p.68-97.

認捐은 이전 중국에서 시행되었던 상품의 內地통과세를 말하며, 厘金이
라 일컫기도 한다. 저자는 이 厘金제도에 관련된 문서를 살핌으로써 지방권
력자들과 江蘇省 상인조합들 간의 복잡한 관계를 보여주고자 한다. 이 새로
운 稅法은 廣東과 浙江지역에서 처음 실시되어 이 지역들의 商業稅收를
증가시켰다. 그러나 저자에 의하면, 상인조합들도 이 제도에 불만을 가진
상인들, 특히 上海의 인근지역 상인들을 진정시키기 위해 세금을 조정하게
되었다. 이러한 과정은 나중에 관리들 자신들의 이익을 위해 합법화되었고,
淸末期에는 상인들의 이견이 대두되었다. 상인조합은 그들의 특권을 유지하
기 위해 子口半稅라 불리는 일정한 총액의 지불을 통해 그들의 회원들을
통제하려고 하였다. 그러나 정부는 거꾸로 認捐制度가 그들에게 유리하다고
판단하여 이 제도를 다시 적용하였다.

57. Wu Yue 伍躍 ≪淸代地方官の病死：病氣休養-人事管理に一考察する(淸代地方官의 病死와 病暇와 休養 및 人事管理에 대한 考察)≫, Toyoshi kenkyu 59, 2, 9월, 2000. p. 31-67.

이 책의 저자는 사료들에 입각하여 지방 관리들의 數와 그들의 질병과 病暇와 회복과 죽음을 주제로 하여, 지방 관리들의 일상사의 문제들을 검토하고 있다. 지방 관리들은 많은 민원들을 담당했다는 점에서, 그들의 삶을 드러내는 것은 곧 행정체계를 그려내는 작업과도 연관된다. 지방의 문서들 속에는 가족의 탄원서와 보고서가 포함되어 있다. 저자는 이와 상응하여, 淸 왕조의 관료체계가 지닌 특성을 규명하고 있다. 이 문서들은 주로 지방 관리들의 감독자이자 지방에서 권력서열 2인자에 해당하는 督撫에 의해 작성되어 布政使나 題咨에게 제출되는 것들로서, 우리는 이 문서들을 통해 지방 관리들의 포상에 대한 요구들, 질병으로 인한 그들의 비운과 죽음에 대해 알아 볼 수 있다. 이러한 문서들은 한 체계를 움직이는데 있어 필요한 것으로서, 우리에게 刑名과 錢糧이나 地稅에 관한 지식뿐만 아니라, 그들의 업무에 관한 정보를 제공해 준다. 저자는 관청과 관리들의 계급구조에 관한 세목들도 알려주고 있다.

58. Jia Zhigang 賈志剛, ≪唐代羊業研究(唐代의 羊축업에 관한 연구)≫, 中國農史 2002, 1, p. 54-63

이 글은 唐代 정부의 羊축업을 다른 가축인 말과 소의 축산과 비교하여 연구한 아주 참신한 논문이다. 당시 羊떼들은 국고수입에 있어 상당한 비중을 차지하였다. 특히 정부는 양을 키우기 위해 특별히 隴右라는 들판을 따로 두었다. 이 논문의 주된 관심은 기존의 연구성과물들과 고전자료에 대한 상세한 고증작업을 통해, 가축자산의 주요 변동 현황을 파악하는 데 있다. 665년경에는 수적으로 말(馬)이 가장 많았던 시기로서, 706,000여 필에 이르렀고, 8세기 초인 725년에는 소와 말이 가축의 주류를 이루었다고 한다. 말과 양은 서로 경쟁관계에 있었다. 말 한 필은 양 한 마리에 요구되는 사육지의 11배를 필요로 하였다. 저자는 중국의 다양한 지역, 특히 羊축업의 중심지가 되었던 山東, 福建, 四川에서 公共草地를 둘러싸고 발생되었던 농부와 개인가축업자 간의 분쟁에 대해 흥미로운 이론을 펼치고 있다. 아울러 저자는 말과 마찬가지로, 조공국과의 무역에서 차지하는 羊의 중요성을 언급하며, 당시 선호의 대상이 되었던 羊의 분배문제도 논한다. 그 밖에 저자는 군대에서의 소와 양의 소비에 관한 정보도 알려주고 있다.

59. 科大衛, 《中國資本主義萌芽(중국자본주의맹아)》. Zhongguo jingjishi yanjiu 2002, 1, p.57-67. Zhongguo jingjishi yanjiu 2002, 1, p.57-67

저자는 '자본주의 맹아'의 문제를 단순히 노동과 기술을 분리시켜 접근하는 것이 아니라 '투자'의 문제에서부터 접근한다. 저자는 혈연공동체를 중심으로 하는 소유제도 하에서는 '자본주의'가 형성될 수 없는 이유를 살피고 있으며, 明代의 중반이후부터 소금이 화폐의 기능으로 대체되면서 '소금환'으로 사용되었음을 강조한다, 따라서 시장의 동향에 입각한 소금환의 가치 변동의 여부에 따라 소금의 독점 현상이 야기되었다. 이는 시장의 재정적 형태의 초보적 형태에 해당한다.

60. 鄒逸麟, ≪我國古代經濟區的劃分原則及其意義(중국의 고대경제구역의 분할 원칙과 그 의의)≫, Zhonguoshi yanjiu, 2001, 4, p.157-166.

이 논문은 중국경제사를 다양한 개념 속에서 재해석하고 있다. 저자에 의하면, 중국영토는 지리적으로 크게 3구역, 즉 半사막지대인 서북의 건조지역, 고원지대인 티벳과 靑夏의 冷寒지역, 동부의 온습지역으로 분명하게 나뉜다. 이러한 구분에 따라, 이 지역들은 각기 하나의 경제공간으로 통합되는 것이 중국경제사의 특성이다. 저자는 특히 江南을 언급하는 부분에서는 쓰바 요스노부(斯派義信)와 李伯重의 연구성과에 기대고 있으며, 큰 강 流域의 상대적인 독자성을 언급하는 부분에서는 윌리엄 스킨너(William Skinner)의 논문을 참조하고 있다.

61. 藍勇, ≪明淸美洲農作物引進對亞熱帶山地結構性貧困形 (明淸代의 美洲農作物수입이 아열대 산지에 미친 구조적 빈곤 성에 대해)≫. Zhongguo nongshi, 4, p.3-14.

이 글은 삼협댐의 건설로 수몰될 위기에 처한 三峽지역에 대한 아주 최근 의 연구성과들에 의거하고 있다. 특히 이 책은 '미국작물'의 역할에 관한 핑 티허(Ping-ti Ho)의 유명한 연구를 재조명하고 있다. 저자는 중국의 3대농업혁명인 漢代의 중앙아시아 식물 도입, 宋代의 부生種 쌀의 발명, 16세기 이후 美洲로부터 식물도입의 논리를 기본적으로 수용하고 있다. 저 자에 의하면, 옥수수와 고구마와 같은 '美洲작물'의 도입은 淸代의 '인구폭 발' 시기에 있어 생존문제를 해결하는데 크게 기여하였다. 그러나 이 식물들 은 고온 다습한 고산지대에 알맞은 부차적 농업기술을 요구함으로써 산림의 황폐화와 토양유실 등 환경에 부정적인 요인으로 작용하였고, 그 결과 '구조 적인 빈곤(結構性貧困)'을 야기하고 말았다. 기존의 다양한 농업사 관련의 논문들을 참조하고 있는 저자는 美洲작물의 보급이 시작된 것은 乾隆시대 후반이며, 이 작물의 수확량은 평야지대의 작물수확량의 절반에도 미치지 못했음을 논증한다.

62. Stary, Giovanni, ≪An Additional note on Abkai sure (皇太极에 관한 부언)≫. Central Asiatic Journal 44, 2, 2000, p. 301-304.

이 글에서 다루는 주제는 필자가 일련의 논고들을 통해 발표해왔던, 만주의 두 번째 황제인 皇太极의 이름과 年號에 관한 문제제기와 그 맥락을 같이 한다. 이러한 문제제기는 중국어와 만주어로 쓰인 자료상의 차이로 야기된 것이다. 중국어 자료에서 볼 때, 1627-1635년간의 皇太极의 年號는 天聰인 반면, 만주어로 된 원본에는 sure han의 정의만이 발견된다. 만주어에서 'sure han'은 年號로 사용될 수 없다. 왜냐하면 그것은 단순히 '현명한 군주'를 뜻하기 때문이다. 예를 들어 'sure han hendume'은 '현명한 군주께서 말씀하시다'이며, 이로 미루어 'sure han'은 분명히 年號가 아니다. 단지 乾隆시대 이후부터 만주의 年號인 'Abkai sure'가 출현한다. 이러한 논지 속에 기술되는 본 논고는 왜 이 年號가 皇太极이 사망한 백여 년 이후에 출현하는 지를 역사적인 상황에 비추어 분석하고 있다.

저자는 성 페테스부르그(Saint-Petersburg) 동방학연구소에서 귀중한 자료를 발견하게 된다. 중국어로 된 이 자료는 중국어 年號인 天聰을 언급하고 있다. 동일한 한 작가가 이 자료를 만주어로 번역하면서, 皇太极시대에는 존재하지 않았던 만주의 年號인 'Abkai sure(현명한 군주)'를 상기시키는 축자적 번역을 부여했던 것이다. 초기의 만주황제들은 漢族의 인명만 사용했을 뿐이다. 왜냐하면 年號는 중국의 전형적인 체계일 뿐, 퉁구스와 만주족의 해당 사항이 아니기 때문이다. 皇太极은 後金(1627-1635년) 말기에 인명 Sure han을 사용했으며, 단지 그가 1636-1643년간 沈陽에서 淸왕조를 선포한 이후인 그의 통치후반기 동안만 年號를 사용했다. 상술한 바와 같이, 이 짧은 논고는 중국학과 만주학전문가들의 주목을 받을만한 만주학 분야의 과학적인 발견에서 나온 것이다.

63. Wilkinson, Endymion, ≪Chinese History : A Manual
(중국의 역사 교본에 대해)≫. Cambridge, MA : Harvard
University Presse, 1998. XXIV + 1068p. (Harvard
Yenching Institue Monographs Series 52)

하바드 옌칭 모노그라프 연구소(Harvard Yenching Institue Mon
ographs)가 발행한 권위 있는 연속간행물의 마지막 두 번째이자 24권에
해당하는 방대한 부피의 이 책은 중국의 역사에 관계되는 연구자들의 요구에
부응하는 일차적 자료와 부차적 자료의 정보를 얻는데 있어 손색없는 지침서
이다. 이 책은 크게 3부로 나뉜다. '기초(Basic)'라는 표제의 제1부(17-328
쪽)는 언어와 사전의 역사, 명명술, 공간배치법, 시간의 측산법과 그 표기법을
비롯한 여러 기술들, 심지어는 발행된 문학작품 속의 다양한 정보들, 그리고
중국, 일본, 미국, 유럽 각지의 도서관과 연구소가 소장하고 있는 圖籍들의
검색 방법들을 알려주고 있다. 제2부는 선정한 주제의 연구 현황과 활용 가능
한 자료들에 관한 정보를 알려준다. 제3부와 제4부는 역사의 큰 흐름을 주도
하였던 주요 왕조들을 연구하는데 그 필독이 요구되는 여러 저서들과 자료들,
그리고 연구 工具書들의 참조문헌을 제공한다. 단지 유럽의 저서들을 소개하
는 데 있어 다소 미흡한 점이 있다는 것은 지적해 두어야할 사항인 것 같다.

64. Staiger, Brunhild(ed.), ≪Länderbericht China : Geschichte, Politik, Wirtschaft, Gesellschaft, Kultur(중국의 국가 : 역사, 정치, 경제, 사회, 문화)≫Darmstadt : Primus, 2000. 342p.

이 책은 저명한 전문가들의 개별적인 논문 8편을 수록하고 있다. 이 책을 시작하면서, 고대에서 현재까지의 중국역사를 개관하고 있는 호프만(R. Hoffman)의 글에 이어, 헤일만(S. Heilmann)은 중국정치체제에 관한 세 편의 글을 기고하고 있다. 이어 프리에드릭(S. Friedrich)은 중국의 외교정책과 경제체제, 농업과 공업, 대외무역정책에 관해 논하고 있다. 이 책의 후반부는 20세기 중국의 사회와 문화의 변천을 다루고 있다. 첫 번째 연구는 세계은행의 고문이기도 한 베티나 그랑쏘우(Bettina Gransow)의 글로서, 중국의 산아제한정책, 도시이주농민, 單位의 역할, 환경보호 등 다양한 현안 문제들을 다룬다. 토마스 하르니히(Thomas Harnisch)는 최근 20여 년 동안의 교육과 과학의 현황을 검토한다. 에머리히(R. Emmerich)와 스테이저(B. Staiger)와 웨이젤린 슈비에드리직(S. Weigelin-Schwiedrzik)이 공동집필한 글은 고대 이래 중국에 영향을 미쳐왔던 지식의 역사와 주도적인 종교의 경향들을 논하고 있다. 저자들은 유교, 도교, 불교의 근본적인 성격을 제시할 뿐만 아니라, 국가주의와 모택동의 우상화를 논한다. 마지막은 이 책의 발행인의 글로서, 5.4 운동 이후의 중국문화의 변천을 논술한다.

65. Petersson, Niels P., Imperialismus und Modernisierung. Siam, China und die europäischen Mächte 1895-1914 (제국주의와 현대화, 태국과 중국과 유럽 강대국, 1895-1914), München : Oldenbourg, 2000. 492 p.(Studien Internat ionalen Geschichte 11)

중국이나 태국과 같은 문명국의 경우, 서양의 압력에 대한 반작용으로서 근대화는 여러 면에서 서구화를 의미했다. 이 아시아의 문명국들의 근대화의 여부는 서구열강들의 큰 주목거리가 되었다. 이 책은 근대화라는 맥락 속에서 중국과 태국을 대상으로 유럽인들이 품었던 생각들, 중국과 태국이 유럽의 정치에 미친 영향들, 나아가 이 새로운 발전에 서구열강들이 어떻게 관여하였는지에 관해 기술하고 있다. 저자는 특히 영국, 프랑스, 독일의 고문서연구를 통해 아시아주재 유럽대표자들과 유럽의 여러 외무성에 보관되어 있는 외교문서들을 중심으로 심도 높은 연구를 행하고 있다.

이 연구는 먼저 일본과의 전쟁에서 참담하게 패배한 이후의 중국 내부에서 서구열강들이 벌였던 패권 다툼에 그 초점을 맞춘다. 특히 중국의 산업발전에 대한 서구열강들의 개입과 세력균형을 위해 고심하는 그들의 노력들에 주목한다. 저자는 義和團運動 이후의 시기를 한편으로는 패배를 거듭했던 청나라 다른 한편으로는 근대화의 노력을 시작했던 새로운 중국 간의 과도기로 보고 있으며, 이 근대화의 노력 속에 국제무대에서 상실한 주권회복을 위해 최초로 시도한 경제개혁이 포함시키고 있다. 1905년 이후, 개혁은 괄목할 성공을 거둠과 동시에 중국과 서구의 관계에 있어 새로운 출발점이 되었다. 즉 중국은 이러한 개혁의 성공을 계기로 현대화를 이행하는데 있어 보다 독립적인 위상을 확보할 수 있었다. 淸代 말엽의 몇 년 동안에 걸친 진보에 비추어 볼 때, 1911년의 辛亥革命은 중요한 걸림돌이었으며, 서구로 하여금 중앙의 통제를 가능하게 만들었다.

저자에 의하면, 유럽의 열강들은 아시아의 근대화에 대해 현존하는 비공식적인 종속관계를 계속 유지시키기 위한 전제 조건으로서 인식하였을 뿐이다. 중국이나 태국의 입장에서 자신들의 근대화는 그 통치권과 주권을 수호하고 회복하는데 필요한 기본적인 토대였다. 프랑스, 독일, 영국만을 놓고 보더라도, 아시아의 근대화에 대해 이 세 강국들은 국제적 요인이나 지역적 요인에 따라 서로 다른 생각들과 전략들을 구사하고 있음을 알 수 있다. 이러한 국제적 지역적 요인들은 아시아 국가들을 '이권 다툼'이 성행했던 침략적 제국주의로부터 보다 자유로운 형태인 세계시장으로 통합시키고자 함에 따라 변동하였던 것이다. 저자는 역사적 배경에 대한 설명을 비롯하여 중국과 서구열강 간의 상호작용을 이론적으로 긴밀하게 연결시키고 있다. 이 책은 제1차 세계대전 이전의 동아시아에 대한 유럽인들의 인식과 전략에 대한 주의 깊은 통찰력을 보여주고 있으며, 오늘날의 발전에도 여전히 영향을 미치고 있는 현대화의 과정과 그 배경을 조명해주는 좋은 전범이 되고 있다.

66. Sharf, Frederic A., Harrington, Peter, ≪The Boxer Rebellion. China, 1900. The Artist Perspecive(의화단 사건. 중국, 1900년. 예술가의 관점)≫. London/Mechanicsburg, PA : Greenhill/Stackpole, 2000. 95 p. + ill

이 사진전시회의 카탈로그는 '義和團의 亂'으로 알려져 있는 역사적 사건과 이 난을 평정하기 위해 서구 열강들이 개입하는 과정에서 서양의 북경사절단원들이 포위된 사건을 기술하고 있다. 이 카탈로그는 전시회에 대한 소개에 이어, 중국북방의 지리와 군사 활동들을 약술하고 있으며, 이 亂으로 1901년 9월에 체결된 강화조약 이후에 진행된 일련의 상황들을 개술하고 있다. 이와 병행하여 1895년부터 1905년까지 중국 내에서 발발했던 대외적 사건들에 대한 연대표를 제시하고 있다. 이 카탈로그에는 두 명의 영국 예술가인 시드니 아담슨(Sydney Adamson)과 프레드 파이팅(Fred Whiting)이 베이징사절단원의 포위사건 이후에 발생한 사건들에 직면하여 각자가 실제로 겪었던 경험들을 기록하고 있다. 아울러 4주일 동안 지속되었던 天津市의 포위광경을 직접 목도했던 장래의 미국 대통령 허버트 후버(Herbert Hoover)에 대한 약간의 소묘를 포함하고 있다. 마지막에는 영국과 미국 화가들이 그린 37폭의 삽화와 일본화가가 그린 12폭의 삽화가 이 화가들의 약력들과 함께 부록되어 있다.

67. Bennett Peterson, Barbara(ed.), He Hong Fei, Han Tie, Wang jiyu, Zhang Guangyu, ≪Notable Women of China. Shang Dynasty to the Early Twentieth(중국의 유명 여성들. 商代부터 20세기 초까지≫. Armonk, NY : Sharpe, 2000. 402 p.

이 책은 ≪Notable American Women(미국의 유명 여성들)≫와 ≪Notable women Hawai's(하와이의 유명 여성들)≫과 함께 한 질의 총서를 이루고 있다. 총서의 취지를 따라 이 책은 개인으로서의 여성이 시대에 미치는 영향을 살펴보고 있으며, 이 여성들이 女性史에서 차지하고 있는 위상과 영향력 및 독창성을 규명하고 있다. 저자의 노력과 구상이 실현될 수 있도록 武漢大學의 많은 교수들과 연구자들의 협력을 성공적으로 이끌어 낸 편집자의 노고가 엿보인다. 수합된 총 91편의 傳記들을 중국역사의 통상적인 분류법에 따라 6章으로 나누어 시대 순으로 기술하고 있다. 책 전체는 저자의 구상에 부합되게 여성들의 관점에서 중국사를 기록하고 있다. 주인공들에 대한 저자의 열정과 애정이 짐작되는 이 책은 무엇보다 여성영웅들이 남긴 덕행을 찬미하는 이야기의 형식으로 전개된다. 武則天의 경우도 마찬가지로, 그녀의 실책과 죄상을 묻기보다는 과거제도의 시행을 통한 그녀의 善政만을 부각시키고 있을 따름이다. 그렇지만 이 책의 의미는 적지 않다. 이 책의 권미에는 72권의 영미계와 중국계 서적에 대한 참고문헌이 목록으로 작성되고 있으며, 인물들의 색인이 첨부되어 있다.

68. Hua R. Lan, Fong, Vanessa L., ≪Women in Repub
lican China(공화국 시기의 여성들)≫. A Sourcebook.
Armonk : Sharpe, 1999. 239 p.

이 선집은 5.4운동 시기, 여성들의 자유화에 관련된 신문기사와 잡지의
기고문들을 번역하여 4부의 형식으로 수록한 책이다. 제1부는 사랑, 결혼,
가족 제2부는 새로운 순교자들 즉 여성들의 자살, 제3부는 여성의 교육,
제4부는 여성해방, 제5부는 여성의 사회활동으로 세분화된다. 13명의 여성
과 18명의 남성, 총 31명의 필진에 의해 쓰여 진 43편의 글을 게재하고
있는 이 책은 중국전문가가 아닌 일반 대중들을 대상으로, 여성에 관련된
주제를 다룬 많은 글들을 소개하고 있다는 점에 의미가 있다. 또한 이 책은
모든 경향의 인물들, 예를 들어 공산주의자뿐만 아니라 자유주의자와 친일파
여성 등이 망라되고 있다.

문학과 예술

69. Kamenarovic, Ivan, ≪Arts et Lettrés dans la tradition chinoise. Essai sur les implications artistiques de la pensée des Lettrés(전통중국의 예술과 문인. 문인들의 사유 속에 깃든 예술적 내용에 관한 試論)≫. Paris : Le Seuil, 1999. 143 p. Préface de Léon Vandermeersch

중국 전통지식인을 통칭하는 文士는 비록 도교와 불교의 세례를 입고 있지만 주로 유가의 사유와 감성에 정신적 뿌리를 내리고 있는 자들을 말한다. 유가의 사유와 감성은 인간존재의 사회적 측면을 고려하면서 인간과 자연의 도덕적 관계를 중시한다. 이 책의 저자는 중국에 관한 현행의 일부 기정관념들, 특히 서구인들의 이분법적 구도에 대한 반박에서 시작하여, 중국의 세계관에 내재한 약간의 특성들, 즉 인간과 세계, 정신계와 물질계, 도가와 유가, 예술가와 예술 혹은 그 작품의 개념과 영역들을 긴밀한 상호관계 속에서 논구한다. 또한 저자는 예술로 칭해지는 것들에 대한 중국적인 접근방식을 고찰한다. 아울러 '의례'와 감응체계, 數, 음양, 질서, 虛의 개념들, 유가와 도가의 주된 경향들의 의미 규정과 그 해석 작업에 全心한다. 그러나 저자는 접근 방식에 있어 유가와 도가의 경향들을 대립적으로 구분하기 힘들다는 자신의 주장에도 불구하고 전체적으로 유가를 옹호하는 입장에 서 있다. 아울러 저자는 문사들의 정신적 근간을 이루는 예술적 개념이 무엇인지를 살펴본다. 그는 음악이 문사들의 교육에 차지하는 중요성과 감성적인 리듬을 통해 문인들을 세계에 이어주는 음악의 조응체계를 논구한다. 구체적으로, 사회성을 담보하는 예술은 의례의 보완물로서, 美와 감각 어느 한 곳에 치우쳐 황홀경에 빠져서는 안 되는 균형과 조화를 관건으로 한다. 아울러 저자는 많은 악기들 중에서도 琴은 세계의 형상을 표상하는 대표적인 악기임을 논증한다. 그리고 저자는

文士들의 삶뿐만 아니라 민중들의 생활기저에 자리하는 詩의 역할과 그 功能性을 ≪詩經≫에 입각하여 규명해낸다. 詩는 감흥을 고무시키고 성찰을 도우며 화합을 촉진시키고 슬픔을 표현하게 해준다. 시와 마찬가지로, 2-3 세기경에 자유로운 예술의 영역으로 편입된 서예는 의외로 민중예술로 자리 잡게되었다. 저자에 의하면, 서예는 지식과 정서, 개인과 그 개인의 표현을 조건짓는 사회적 규약, 힘과 형식, 정신적 힘(精)과 물질적 힘(氣) 간의 긴장이墨筆과 종이에 조응하여 공간(虛와 實)과 시간(리듬) 속에 기록되는 일종의예술적 動線으로 간주된다. 후에 文士들의 예술 영역으로 들어온 文人畵는이 서예에서 파생된 것이다. 文人畵는 저자가 詳述하고 있는 6세기의 유협(劉勰)이 정초한 이론적 틀을 따른다. 文士들의 산수화는 중국사유와의 완벽한 조응 속에 펼쳐진다. 그것은 각기 陽과 陰에 대응되는 山과 水를 항존하는虛에 의해 유동하는 全一的인 세계 속에 배치하는 것이다.

모든 예술들은 긴밀한 관계 속에 상보적으로 존재한다. 문사들의 취향에부응하는 규칙과 소통의 방식 속에서 개인의 정서와 본성의 결속감을 표현하기 위해 취해진 이 예술들은 도덕적 삶과 사회적 삶과 우주의 리듬을 동시에진작시킨다. 아울러 이 예술들은 개인과 전통적 표현형식들(의례, 음악, 서예) 간의 긴장을, 내용과 형식 간의 긴장을, 나아가 내부와 외부간의 긴장을통해 文士들을 도야시켜 그 인격의 완성을 기해준다. 이 예술들은 자아의완성을 일관되게 추구하는 자로 하여금 세계와의 일치된 조화 속에 자신을이루고 꽃피게 할 수 있는 역량이자 樣式이다.

70. Liscomb, Kathlyn Maureen, ≪Li Bai, a Hero Among Poets, in the Visual, Dramatic, and Literary Arts of China(회화와 연극과 문학 속의 영웅시인, 李白≫. The Art Bulletin81, 3, Sept. 1999, p.354-389

이 논문은 일부 문인들이 어떠한 이유로 중국사회에서 그 명성을 떨칠 수 있게 되었는지를 묻는 데 대부분의 지면을 할애한다. 필자는 唐代의 詩人 李白이 內侍인 高力士(683-762)에게 자신의 신발을 벗기도록 한 故事의 다양한 번안들을 검토한다. 그 진위는 확실치 않지만, 이 사건은 10세기와 11세기의 唐代의 여러 史書들 속에 분명히 언급되고 있으며, 이후 다양한 유형의 경로, 이를테면 기록문학, 공연예술, 이야기꾼들의 口傳, 심지어 광범한 영역의 시각적 매체의 다양한 번안물을 통해 유전되어 왔다. 이 시청각 매체로는 繪畵, 木版畵, 石刻畵가 있으며 陶器, 漆器, 玉器 및 건축의 장식 또한 여기에 포함된다. 저자는 宋代에서 晩淸 시기에 이르기까지, 이 상징적 사건이 어떠한 연유에서 지속적인 영향을 미쳐 왔는지, 또 후대의 여러 번안들 속에 내재하는 시대적 개별적 의미는 무엇인지를 탐문한다. 이 고사에 관련하여 유래되는 가장 오래된 그림은 1256년의 어느 石碑에 새겨진 것이다. 이 그림을 일견하면, 李白이 신발을 벗기게 하는 이미지는 궁정의 비루한 자들에 의해 사회적 출세의 길이 막힌 재능 있는 자들에게 많은 영감을 주었음을 알 수 있다. 이후 후대의 번안들은 물론 이러한 의미를 반영하고 있으나 다른 맥락에서 부가적인 의미를 발전시키고 있다. 칠기와 도기의 상서로운 장식의 한 부분으로서 그려진 이 故事의 이미지는 이 칠기와 도기의 주인 혹은 그 아들이 李白처럼 시에서 명성을 떨치고 싶어 하는 바람을 나타내고 있는 것 같다. 아니면 그 주인이 고아한 취미를 즐기는 사람임을 증명하는 것일 수도 있다. 明末부터 영웅적인 시인으로서의 李白의 이미지는 다른 한 故事가 가세됨에 따라 더욱 늘어나게 되었다. 이 고사에서는 이백은 황제의 면전에서 만취한 상태로 침략을 획책하고 있는 일부 오랑캐들의 기세를 꺾기 위한 중대한 문서를 작성하는 것으로 그려진다. 故事의 이러한 번안은 그것이 새겨진 선물을 증정해야하는 경우에는 그다지 어울리지 않는 까닭에 후대의 그림에서는 재현되지 않는다. 단편 혹은 장편 소설들, 극본, 地方劇들을 통해 李白이라는 인물은 文盲의 대중들에게도 친숙해지게 되었다. 특히 무대에 올려 진 李白의 표상들은 후대의 그림과 도기에 나타나는 그의 묘사에 지대한 영향을 미쳤다. 힘 있는 자들이 가하는 수많은 모욕을 부당하게 감수해야하는 대중들은 李白이 대담하게도 교만한 朝臣들을 굴복시키고 자신의 재능을 뽐내는 것을 보며 대리만족을 얻었던 것이다.

71. McMahon, Keith, ≪Opium and Sexuality in Late Qing Fiction(晚清小說 속의 아편과 性愛)≫ Nan Nü 2, 1, 2000, p.129-179.

긴 분량의 이 논문에서 저자는 그의 소설 연구를 性 관계, 성 차별, 성 위반에 관련된 아편흡연에 대한 이해를 통해 행하고 있다. 저자는 일부다처제의 난봉꾼들을 주인공으로 하는 일부 소설들과 창녀의 세계를 묘사하는 소설들을 대상으로 하여 아편을 피우는 남녀흡연자가 당대인들의 시각에서 어떻게 다르게 비처지는 지를, 또한 비흡연자와는 어떻게 다른 지를 보여주고 있으며 소설에서 제시되는 아편의 사회적 문맥과 흡연자에 의해 사용되는 언어에 대한 성찰도 겸하고 있다. 아편은 여러 부정적인 역할 뿐만 아니라 사회적 몰락의 상징이자 성적 위계질서를 무너뜨리는 원인이 되며, 남자들이 강정제로 인식하는 것과는 반대로 성적 기능을 저하시킨다. 그 폐해는 여기서 그치지 않는다. 아편에 의한 환각상태는 그 가족과 사회에 대한 책무를 몰각게 하여 결국은 가산을 탕진케 하여 빈털터리로 남겨놓는다. 여자에게도 아편은 특히 중독의 경우, 불임과 같은 치명적인 독소로 작용하기 마련이다. 아편은 사회의 파괴적 상징이다. 저자의 가정에 따르면, 술과 섹스에 비교되는 아편은 서구의 중국지배와도 무관하지 않은 것으로, 중국문화의 보전을 위협하는 가장 위험한 것들 중의 하나이다.

---

72. Kubin, Wolfgang(ed.), Hongloumeng, Studien zum
"Traum der roten Kammer(홍루몽에 관한 연구)". Bern :
Lang, 1999. 302 p. (Schweizer Asiatisches Studien/ Etudes
asiatiques suisse Mongraphien/ Monographies 34).

전적으로 18세기 소설 ≪紅樓夢≫의 연구문을 專載하고 있는 이 모음집
은 1992년 4월 본(Bonn) 대학에서 주관한 국제학술대회에서 발표된 논문
들을 위주로 한다. 부분적으로는 이 학술대회에서 발표되지 않은 다른 논문
들을 게재하고 있다. 이 학술대회의 주관자였던 쿠벤(Kubin) 교수는 서문에
서 중국소설에 대해 퍽이나 무관심한 독일어권의 실정과 이러한 논문집을
발간하면서 겪어야 하는 적지 않은 고충들을 토로하고 있다. 기고문들은
모두 4章으로 나뉜다. 첫 章의 다섯 편은 모두가 짧은 분량 속에 이 소설의
서술체계를 들여다보고 있다. 모니카 모츠(Monika Motsch)는 이 소설
속의 오브제로 등장하는 거울을 논제로 삼고 있으며, 마리온 에제르(Marion
Eggert)는 소설 속에 묘사되는 다양한 꿈의 명부를 제시한다. 하로 본 쌍제
(Harrot von Senger)는 소설의 구조와 플롯의 사용에 대해, 리우 후이루
(Liu Huiru)는 이 소설 속에서 전통미학을 연상시키는 聚와 散의 긴장양상
을 찾고자 한다. <언어와 문체>를 표제어로 하는 제2장은 단 두 편으로만
채워진다. 여기서 토마스 지메르(Thomas Zimmer)는 이 소설의 작가 曹
雪芹이 운용하는 작법의 작위성을 논하며, 마슈더(Ma Shude)는 ≪紅樓
夢≫에 나오는 다른 여러 종류의 속담과 警句의 다양한 운용을 상술하고
있다. 제3장은≪紅樓夢≫의 문화적 배경에 대한 탐구에 초점을 맞춘다.
에르하드 로스네르(Erhard Rosner)는 '질병'에 관한 묘사와 그러한 묘사의

소설적 기능을 탐색하고 있다. 볼게르 클로스피츠(Volger Klöspsch)는
이 소설에 나오는 모든 종류의 놀이의 성격과 그 기능을 살피고 있다. 마리안
갈릭(Marián Gálik)은 <우울과 우울학파>에서 林黛玉과 賈寶玉과 薛寶
釵의 관계를 로우 살로메(Lou Saiomé), 페드리히 니이체 (Friedrich
Nietzche), 뽈 레에(Paul Rée)의 삼각관계와 연결 짓는, 착상의 기발함을
돋보여 준다.

　제4章과 마지막 章은 <수용(reception)>이라는 제명으로 4편의 글을
싣는다. 올드리흐 크랄 (Oldrich Král)은 체코어로 ≪紅樓夢≫을 번역한
자로서, 자신의 번역 경험담을 기술하고 있다. 또한 징 몰(Jing Möll)은 ≪紅
樓夢≫의 출현 이후부터 19세기 초까지 이 소설의 연구발전사를 <우울한
경악을 넘어서 : 紅學역사의 이해를 위해』(『Beyond Melacholic Amazing
: A Contibution to the History of Redology』>라는 제명 하에 재조명하
고 있다. 이럼트라우드 페센 한제스(Irmtraud Fessen-Henjes)는 <전통극
에서의 소설 ≪紅樓夢≫의 수용(The Reception of the Novel Hong
loumeng in the Traditional Chinese Theater>이라는 논문에서 19세기
혹은 20세기 전반부에서부터 중화인민공화국 시기 동안 무대에 올려 진 이
소설의 다양한 각본들을 소개한다. 이 책의 마지막에는 마리안 갈릭(Marián
Gálik)과 當代의 詩人, 顧城(1956-1993)이 ≪紅樓夢≫의 소설적 매력에
대해 나눈 대담 내용을 독일어로 번역하여 싣고 있다.

　크랄(Kral) 교수를 제외한 기고자들 모두는 전통소설 분야의 전공자가
아니라는 점에서, 각 논문들은 양적인 면이나 논지전개에 있어 다소 미흡하
거나 미덥지 못한 부분들이 없지 않은 것은 아니다. 그럼에도 이 책은 독일어
독자들에게 이 소설을 처음으로 체계적으로 소개한다는 점에서 의의가 깊다.
전공자들도 이 모음집으로부터 유용한 자료와 지식을 얻는 바가 많을 것이다.

73. Wei Shang, ≪Ritual, Ritual Manuals, and the Crisis of the Confucian World : An Interpretation of Rulin waishi(의례와 의례교본, 유가세계의 위기)≫. Havard Journal of Asiatic Studies 58, 2, 1998, p.373-424.

이 논문은 吳敬梓(1701-1754)의 이른바 '견책'소설, ≪儒林外史≫의 37章에 나오는 孔子祭에 관련된 장문에 걸친 묘사를 논의의 중심에 둔다. 이 소설은 37章부터 고대 유가의 聖賢인 吳太伯에게 祭祀를 올리기 위해 南京에 운집한 문인들의 행태를 묘사해 나간다. 33章부터 36章까지는 작품의 전개과정과 등장인물들이 걸고 있는 제례에 대한 기대감을 기술하고 있다. 37章은 전체 지면의 3분의 2를 웃도는 분량을 차지한다. 게다가 이 37章은 불필요한 묘사들이 반복적으로 장황하게 전개되어, 현대독자들로서는 무척이나 "지루하고 당혹스러운" 느낌을 갖지 않을 수 없을 것이다. 사실 이 소설은 시아(C. T. Hsia)를 필두로 순 푸린(Shun Fulin)과 마르스통 안더슨(Marston Anderson)에 이르기까지 많은 현대비평가들에 의해 제례참관인들의 심성상태와 심리묘사를 찾아 볼 수 없다는 결함이 지적되어 왔었다. 이 논문에서 필자는 왜 吳敬梓가 독자들의 흥미를 격감시킬 수밖에 없는 祭禮의 묘사에 그렇게도 집착해야 했었는지에 의문을 세운다. 이 논문의 중반부와 마지막 부분은 참관자에게 궁정이나 속세를 벗어나는 일종의 엄혹한 수행과정이기도 한 太伯祭에의 參拜가 갖는 의미와 그로 인해 초래될 위기를 논한다. 결부에서는 太伯寺의 최후의 몰락에 대한 묘사로 가름된다. 필자는 孔子祭의 교본과 顏李派의 교리를 분석하면서, 이 소설은 顏元(1635-1704)과 李恭(1659-1733)과 같은 사상가들이 강조한 바 있었던,

당시 공자제가 당시의 지적 형성에 있어 차지했던 역할의 중요성과 깊은 관련성이 있다는 점을 적시해준다. 그리하여 저자는 吳敬梓가 어떻게 당시의 지적인 성향을 반영하고 있는 지를 성공적으로 보여주고 있으며, 유가세계가 당도한 위기상황이 유가사상가들에 의해 묘사된 것보다는 퍽이나 심각한 處境임을 일깨워 준다. 유교질서를 유지하는데 실패한 유교사상에 대한 좌절감은 일상의 심부 깊숙이 침투해 있는 太伯祭의 관행들과 의례의 의무를 절대시하는 일련의 행동들을 재현하는 과정에서 확연해지며, 아이러니와 넌센스와 모순의 어조가 수반된 작가의 엄정한 재평가 과정을 통해 비판되는 인물들에 비추어 더욱 잘 부각되고 있다. 사실 퇴락하는 세계에 대한 풍자인식 속에서 작가 吳敬梓는 이 인물들을 단순히 기존체제의 위반자로서가 아니라 합법적인 구실을 찾기 위해 통치자와 야합하는 협잡꾼이자 위선자로 통박한다. 그들의 패덕은 그들 개인적 자질의 미급 때문만이 아니라 그들을 허용하고 敎唆하는 체제에 정박하고 있는 것이다.

74. Cai Zongqi 蔡宗齊, ≪The Rethinking of Emotion : The Tranformation of Traditional Literary Criticism in the Late Qing Era(감성의 재 고찰 : 晚淸의 전통문학비평의 변화)≫. Monumenta Serica 45, 1997, p.63-100.

중국전통문학비평의 주개념에 해당하는 '情'(감정)은 두 개의 차원, 즉 개인적 차원과 공적인 차원을 가진다. 淸末, 세 명의 대 사상가들이 '情'에 대해 품었던 생각들은 문학과 미학의 개인적인 차원보다는 그것이 갖는 공적인 차원 즉 사회 정치적 영향력에 관한 것이었다. 龔自珍(1792-1841)은 그의 후계자인 桐城派와 신유가사상가들과는 반대로, 개인적 감정의 자유로운 표출에 기여하는 문학을 극력 옹호하였다. 이러한 점에서 그는 李贄(1527-1601년)의 직계로도 통할 수 있다. 梁啓超(1873-1929)는 龔自珍의 영향을 받긴 하였지만 그 스승과는 근본적으로 다른 관점을 견지하였다. 그는 '방자한' 문학을 지탄하면서 새로운 형태의 소설인 신소설의 출현을 적극적으로 선창하였다. 그에게 신소설은 자유와 민주를 표방하는 서구사상을 臣民들에게 보급하는데 필요한 공구이며, 사람의 마음을 움직이는데 있어 불교의 熏개념과 유사한 마력을 지닌 문학 장르로서 인식되었다. 마지막으로, 개량주의를 뛰어 넘은 혁명가로서의 魯迅(1881-1936)은 調和와 '平和'를 기조로 삼는 고대의 理想을 거부하면서, 문학의 임무는 바이런(Byron)과 같은 시인들이 모범으로 보여준 바와 같이 악마시의 역량(摩羅詩力)을 떨침으로써 인간해방과 사회혁명과 신중국 도래에 기여하는데 있다고 역설한다.

75. Wilder, Ellen, ≪The Trouble with Talent : Hou Zhi (1764-1829) and her Tanci Zai zaotian 再造天 of 1828 (才子의 탄식 : 侯芝와 그녀의 彈詞, 再造天, 1828년)≫. Chinese Literature Essays Articles Reviews 21, December 1999, p. 131-150.

彈詞는 운문과 산문의 혼용체로서 여성들을 위해 그리고 여성들에 의해 說唱되는 서사장르이다. 彈詞의 기원은 1652년에 처녀 발행된 유명한 <天雨花>에 두고 있다. 그러나 이후의 彈詞들로 이어지기까지는 19세기 초입 여류시인 侯芝의 출현을 기다려야 했다. 侯芝는 1821년 18세기 말의 陳端生이 미완성으로 남겨둔 유명한 彈詞 <再生緣>을 발행하였다. 서구에서 <再生緣>을 최초로 소개한 사람은 뽈 드미에빌(Paul Demiéville)이다. 그는 彈詞의 연구에 마지막 여생을 바친 대학자 陳寅恪(1890-1960)을 기념하기 위한 추도문에서 이 탄사를 번역하여 소개하였다. 侯芝는 자신의 서문에서 10년 동안 이 彈詞의 출간에 심혈을 기울였다고 적는다. 실제로 얼마 후, 그녀는 <再生緣>을 각색하여 <金閨傑>이라는 제명으로 출간하였고, 1828년에는 <再造天>을 발표하였다. <再造天>의 서문은 1826년에 쓰였다. 陳端生 이후의 작품에서 여주인공이 비천한 역을 맡고 있는 까닭은 보수적인 윤리에 영감을 두고 있기 때문일 것이다. 20세기 문학비평가인 鄭振鐸과 郭沫若은 이 점에 대해 묵언으로 넘기고 있다. 본 논문에서는 胡士瑩이 자료의 고증에 입각하여 작성한 侯芝의 傳記를 개정보완해서 제시하고 있다. 아울러 논자는 侯芝가 무슨 연유로 또 어떻게 詩作을 접은 채, 彈詞의 길을 택하게 되었는지를 규명하고 있다. 아울러 그는 <再造天>의 줄거리를 분석해 보여준다.

76. Hargett, James M., ≪"Clearing the Apertures and Getting in Tune : The Hainan Exile of Su Shi, 1037 -1101년(간극의 보완과 조율 : 蘇軾의 海南島 유배, 1037-1101년)≫

蘇軾은 일생동안 세 번이나 추방당했다. 새 황제로 등극한 徽宗의 해금조치가 내릴 때까지 그는 1097년부터 1100년까지 海南島에서 유배생활을 지냈다. 저자는 蘇軾이 海南島에서 교유했던 漢族이 아닌 黎族을 주로 하는 여러 친구들과 보낸 일상생활들과 蘇軾 자신의 여러 斷想들과 감회들을 토대로, 인간으로서의 蘇軾의 진면들을 세부적인 묘사를 통해 재구성하여 유배 당시의 蘇軾의 모습을 적나라하게 펼쳐 보인다. 작가는 "흔히들 蘇軾은 자신의 역경을 마음대로 뛰어 넘을 수 있었던 낙관론자로 規斷하는 것은 너무나 단순하고 편의적인 발상에 치우친 결과이다. 그는 복잡한 인물이었으며, 생애를 통 털어 닥쳐오는 자신의 슬픔과 역경을 다양한 방식으로 극복해 나가지 않으면 안 되었다."고 결론짓는다. 이 논문은 蘇軾을 연구하는 자들의 이목이 솔깃하기에 충분할 것이며, 海南島에 관심을 두는 자들을 위해서도 유익할 것이다. 왜나하면 宋代까지도 거의 의식하지 않았던 이 먼 疆域에 대한 다양한 정보가 주어지고 있기 때문이다.

77. Wu Hung, ≪Beyond Stereotypes : The Twelve Beauties in Qing Court Art (金陵十二釵)and the 'Dream of the Red Chamber'(定型을 넘어 : 金陵十二釵와 紅樓夢에 나타난 12종류의 美.에 관하여)≫. In Ellen Wildmer, Chang Kang-i Sun(eds.), Writing Women in Late Imperial China. Stanford, CA : Stanford University Press, 1997, p.306-365.

저자는 淸代 雍正 황제의 요청으로 그려진 회화의 전형들을 분석 비교하고 있으며, 17세기 衛泳의 ≪悅容編(장신구 속의 환희)≫과 徐震(1659-1711)의≪美人譜(미인교본)≫를 典據로 삼아, 美人에 대한 체계적인 담론을 제시하고 있다. 저자는 '美' 즉 아름다움이라는 가치에 어울릴 수 있는 다양한 기준들 가운데는 얼굴과 몸매, 연령, 언행, 의상, 장신구, 화장 등 개인의 속성을 비롯하여 주거와 실내장식과 같은 환경요인들까지 아우르고 있다. 경우에 따라서는 하녀들도 이 '美'적 대상에 포함되기도 한다. 사실 신체적인 묘사는 가장 단순하고 표준적인 것에 지나지 않는 것으로 비친다. "衛泳은 그녀의 개인적인 개성과 신체에 관해 일언도 하지 않았다. 그녀의 얼굴과 신체가 거론의 대상이 되는 순간, 그 신체적 아름다움은 자연의 배경이나 장식된 紋章의 편린들 속으로 녹아들고 만다. 별처럼 반짝이는 눈들, 버들잎과 같은 눈썹, 구름 같은 頭髮, 하얀 눈과 같은 가슴. 그러므로 그녀의 개인적 특징에 대한 질문은 부적절하다. 아울러 美는 그 정의의 시작과 더불어 이상화되었던 까닭에, 개인화를 초월한 어떤 것이어야 한다. 요컨대 美는 본질적으로 우리가 발견하기를 기대하는 모든 가시적인 형상들의 총합에 해당한다." 徐震이 나열한 신체의 이상적인 표준형은 다음과 같다

: 매미 같은 이마(蟬首), 은행 같은 입술(杏脣), 무소뿔처럼 단단한 치아(犀齒), 깨끗하고 매끄러운 젖가슴(酥乳), 먼 산 같은 눈썹(遠山眉), 가을 물결 같은 눈짓(秋波), 蓮葉같은 얼굴(芙蓉臉), 운무와도 같은 두발(雲髮), 옥돌로 세공된 죽순 같은 발(玉筍), 하얀 새싹 같은 손가락(荑), 버들가지를 닮은 허리(楊柳腰), 蓮葉을 밟고 가는 듯한 걸음(步步蓮), 찌지도 마르지도 않은 몸(不肥不瘦), 크지도 작지도 않은 키(長短適宜). 장신구 중에서 徐震은 上衣와 치마와 신발과 비녀와 요대를 거론한다. 上述한 속성들은 ≪十眉搖小引≫과 같은 다른 자료들 속에서도 미의 전형을 이루는 요소들로 꼽히고 있다. 또한 이 속성들은 추상적인 미의 이상을 형성하는 편린적인 요소들이다. 이 책의 저자는 예리한 분석력으로, 淸代의 궁정여인들이 연출하고 있는 이국적인 에로티즘을 재현하고 있으며, 환상적인 남방지역의 매춘문화에 대한 체계적인 해석을 도모하고 있다.

78. 周發祥, 李岫, ≪中外文學交流史≫, 湖南敎育出版社, 1997.
531 + 6 p.

　이 책은 중국문학의 대외교류관계를 통시적 관점에서 개관한다. 비교 문학
가들로 구성된 필진들은 15개의 章에 걸쳐 중국문학이 對外文學에 미친
영향과 역사를 고전적인 분류법인 古代, 現代, 當代로 나누어 기술한다.
제1부의 다섯 章은 箕子의 도래와 더불어 大韓民國에 소개된 중국문화에
대해, 나아가 일본과 베트남 등 인근 국가들의 중국화에 대해 논하고 있다.
제2章은 중국에 미친 초기 불교의 영향들을, 제3, 4章에서는 漢, 唐代의
문학이 일본, 한국, 베트남의 문학에 끼친 영향들과 이들 상호간의 관계를,
제5章에서는 보다 먼 지역인 페르시아와 네스토리아가 중국문화와 갖는 관
계를 조회한다. 제2部인 6-8章은 현대 이전 시기 문학의 교류, 특히 明末
서양 선교사들이 다져 놓은 중국문학의 번역작업을 토대로 발흥하게 된 프랑
스, 러시아와 기타 유럽 국가들의 中國學을 논하고 있다. 제8章은 淸代문학
이 한국, 일본, 베트남, 오끼나와의 문학의 형성에 어떠한 작용을 하였는지에
대한 검토가 행해진다. 현대분야와 관련된 제9章은 中-日관계를, 제10章은
초기 현대중국의 대학자이자 번역가들인 嚴復, 王國維, 梁啓超 등의 번역활
동에 힘입어 소개된 서구문학이 중국문학에 미친 파급효과를 논하고 있다.
제11章은 서구에서 중국학의 발전 양상과 그 현황이 소개된다. 當代를 논급
하고 있는 제12章부터 15章까지는 5·4 운동에서 차지하는 상징주의자들
의 위상과 그 영향이 논의되며, 당시의 일본문학이 槪述되고 있다. 마지막으
로는 중국의 번역 현실의 향상에서 뿐만 아니라 외국문학의 연구에 크게
기여한 魯迅과 茅盾의 역할이 소개된다.

79. Pollard, David (ed), ≪Translation and Creation. Readings of Western Literature in Early Modern China, 1840-1918.(번역과 창작. 1840-1918 중국현대초기의 서구문학 독서)≫Amsterdam : Benjamins, 1998. Ⅵ + 335 p. (Benjamins Translation Library)

晩淸시기의 문화에 관한 연구가 지난 수십 년 동안 이루어 온 성과를 문제시 삼을 필요는 없다. 그럼에도 불구하고 그동안 간과되어 왔던, 따라서 지적하지 않을 수 없는 한 가지 중요한 사실은 바로 번역 사업이 晩淸시기의 문화발전에 기여한 지대한 역할에 관한 것이다. 아직까지 이에 대한 학자들의 관심이나 문제의식은 일천할 뿐이다. 嚴復과 같은 일부 번역 대가들의 역할과 그 번역 작품들이 차지하는 중요성은 이미 면밀히 검토된 바 있다. 그렇지만 의미와 형식의 변형과 재구성이 요구되는, 따라서 문제의 여지가 다분히 많을 수밖에 없는 번역행위 자체에 대한 연구는 근간에 와서야 중국학연구 영역으로 입문하게 되었고, 이와 병행하여 번역된 소설작품들에 대한 인식 또한 십분 제고되었다. 그러나 소설의 번역 자체를 연구한 논문은 아직은 나오지 않고 있다. 홍콩중문대학에서 편찬한 이 책은 이러한 간극의 상당 부분을 메우고 있으며, 향후 이 분야의 연구의 가능성을 위한 중요한 교량이 될 것으로 보인다. 특히 이 책은 광범한 논제 속에 번역을 다루고 있을 뿐만 아니라 번역과 능동적인 창작 간의 복합적인 관계를 다룸에 따라 다양한 양상들을 토론의 대상으로 끌어들이고 있다.

이 책의 논자들은 넓게는 서양사상의 중국유입에 관한 아주 일반적인 試論들, 좁게는 개별적인 작품에 관한 연구와 작품번역을 통해 얻은 번역에 관한 개별적은 담론들을 개진하고 있다. 전자로는 씨옹 위에즈(Xiong

Yuezhi)의 <Degrees of Familiarity with the West in Late Qing Society(晚清사회의 西歐에 대한 친밀도)>, 후자로는 추즈위(Chu Chiyu)의 <Lord Byron's the Isles of Greece(바이런 경의 그리스의 섬들)>을 꼽을 수 있다. 중국, 홍콩, 서양, 일본학자들이 기고한 14편의 논문들은 각기 <배경>, <번역작품>, <문제성>이라는 제명 하의 세 章을 구성한다. 上記한 씨옹 위에즈(Xiong Yuezhi)의 글 외에도 제1章에는 번역물이 국내의 창작물보다 수적으로 훨씬 웃돈다는 阿英의 입론을 통계조사에 입각하여 되묻고 있는 타루모토 테루오(Tarumoto Teruo)의 글이 있다. 마찬가지로 왕 샤오밍(Wang Xiaoming)은 晚清소설 속에 투영된 중국의 미래에 대한 비전이 현실 정치에 미쳤던 역할을 논하고 있다. 제2章의 주목할 글로는, 탐정소설의 번역에 관한 에바 홍(Eva Hung)의 <Giving Texts a Context(텍스트에 부여된 문맥)>과 다비드 폴라드(David Pollard)의 <Jules Verne, Science Fiction and Related Matters(쥴 베른너, 과학소설과 관련 사실들)>이 있다. 에바 홍(Eva Hung)은 번역된 탐정소설들과 그 번역자와 번역일자 및 관련 간행물들에 대한 자세한 명부를 작성해 주고 있으며, 몇몇 번역물에 대한 세심한 독서 비평도 내놓고 있다. 아울러 그녀는 이러한 종류의 문학이 중국적 환경에 무리 없이 수용되는데 필요했던 것으로 간주되는 서사양식과 스토리와 인물들의 조작적 양상들을 모색하고 있다. 폴라드(Pollard)는 상술한 그의 논문에서 쥴 베른너(Jule Verne)의 소설이 중국에 들어오게 되는 경로를 규명하는데 초점을 두고 있다. 그는 중국번역가들의 전통중국소설에 대한 지식이 쥴 베른너의 주인공들을 인물화 하는데 운용된 언어 속에 어떻게 반영되는 지를 보여줌으로써, '번역의 정원(Translation Garden)'으로 독자들을 안내하겠다던 그의 약속을 충족시킨다. 아울러 츠언 핑위엔(Chen

Pingyuan)의 <From Popular Science to Science Fiction : An Investigation of Flying Machines(대중과학으로부터 공상과학까지 : 하늘을 나는 기계에 대한 고찰)>은 서양의 개념들과 기법들이 중국의 서사문학 속에 정착되기 위해 어떠한 길을 모색하였는지를 탐색하고 있다. 위엔 진(Yuan Jin)은 많은 논란거리가 되어왔던 林紓의 ≪春姬(La dame aux camélias)≫와 기타 낭만적 소설들이 바오 티엔샤오(包天笑)와 같은 대중 작가들의 문학 형성에 어떠한 작용을 하였는지를 규명하고 있다.

이 책에 게재된 각기의 글들은 중국에 도입된 현대성이라는 개념 전반이 어떻게 이질적이고 모순적으로 변형되었는지에 지향점을 두고 있는 일종의 모자이크 조각들과도 같다. 마지막으로 이 책을 가름하는 다비드 왕(David Wang)의 논문 <Translating Modernity(현대성 번역)>은 李伯, 梁啟超, 吳趼人이 쓴 세 편의 晚淸소설을 분석하고 있다.

80. Geist, Doris Elisabeth, ≪Einsichten in der Fermade. Selbstdarstellungen in chinesichen Reisebeschreibungen der zwanziger und dreissiger jahre(이방의 이해와 깨달음. 1920-1930년대 기행문학에서의 자아표현)≫. Bochum : Projekt, 2000. 141 p.

저자는 5.4운동의 궤적과 함께 발전해 갔던 기행문학들을 대상으로 하여, 기행문학 속에서 개인의 경험이 차지하는 중요성과 개인의 표현 양상을 논한다.

<중국의 기행문학>이라는 논제하의 제1章은 현대의 産兒인 이 새로운 장르의 문학을 '遊記'라는 이름하에 오랜 역사를 통해 전습되어 온 전통적 장르와의 비교 속에서 정의하고자 한다. 필자는 ≪穆天子傳≫에서 출발하여 이 문학 장르의 발전사를 살펴보고 있다. 이어 저자는 전통적 기행문 즉 '遊記'는 六朝時代에 정립된 이래 唐宋에 이르러 실질적인 발전을 이루었다고 본다. 근본적으로 線條적인 형식에 의거하는 이 문학 장르는 20세기 초까지 지속되었으며, 주로 여행지의 자연과 기후 및 그 밖의 모든 것에 관한 정보를 가능한 한 비개인적인 방식으로 알려주는 것을 본령으로 하였다. 淸末期의 문학과 사회가 서구화의 길을 치달음에 따라 젊은 지식인들 사이에는 뚜렷한 목적 없이 국내를 비롯한 먼 타국으로의 유랑적인 취미가 커다란 유행을 이루게 되었다. 유랑에의 이러한 갈증은 여행을 하면서 얻게 된 서술자 자신의 여러 감회들을 신문과 저서를 통해 르포의 형식으로 표현하는 새로운 양식의 문학을 발전시켰다.

<5.4문학 기행문 속에서의 개인적 경험>이라는 표제를 달고 있는 제2章은 여섯 명의 작가를 논의의 대상으로 삼고 있다. 郁達夫는 1922년부터 여행을 시작하여 싱가포르로 도망간 1938년까지 도처를 돌아 다녔으며, 艾

蕪는 1925년부터 시작하여 1931년 미얀마를 방문했다가 영국인에 의해 추방되어 上海로 돌아오는 도중 남쪽을 순행하면서 느낀 글들을 남기고 있다. 1927년 프랑스를 방문했던 巴金은 귀국 이후 국내의 많은 곳을 여행하였다. 徐志摩는 1925년 서양의 여러 나라를 여행하였으며, 盧隱은 1922년 일본을 방문하였다. 마지막으로 沈從文은 1918년부터 1920년까지 중국의 북방을 줄곧 여행한 후, 1936년 고향 湖南으로 귀향하였다. 이 책의 저자는 즉 소외, 고독, 우수, 귀향, 해후, 자아인식, 친구생각, 사회, 외국에 대한 감상, 오랜 부재 후의 귀국 등, 탁월하게 선택된 이러한 테마들을 중심으로 여행자에 의해 체험된 여러 지적경험들을 검토하고 있다.

≪자아의 표현≫이라는 제목의 제3章과 마지막 章은 여행자들이 여행을 경유함으로써 얻게 된 자아성찰의 문제를 다루고 있다. 저자에 따르면, 여행자들은 세 유형으로 나뉠 수 있다. 첫 유형으로는 여행을 인생을 배우는 학습의 장으로 인식하는 艾蕪와 沈從文이다. 정치에 대한 관심이 지대했고 극빈학생으로 유랑했던 艾蕪에게 여행이란 삶에 대한 계시 그 자체이며, 貧者와 弱者에게 가해지는 가진 자의 억압을 드러내주는 장치였다. 沈從文에게도 여행은 정치적인 비전이 介在되어 있지 않다는 점을 제한다면, 艾蕪가 인식하는 여행과 성격을 같이한다. 이 둘 모두는 그들의 목적을 성취하는 순간에 여행을 그만둔다. 두 번째 유형은 여행을 글을 위한 영감의 원천으로 삼는 것으로, 盧隱이 여기에 속한다. 盧隱은 일본을 여행하는 동안 여성이 겪는 현실적 조건을 처음으로 경험하였고, 이를 계기로 귀국 후 여성에 관련된 14편의 수필을 발표하였다. 세 번째 유형에는 여행에의 열정이 무한했던 郁達夫, 徐志摩, 巴金이 속한다. 그들에게 여행은 자신을 객관적으로 성찰하게 하여 자신을 경신시켜주는 영원한 거울과도 같은 존재였다. 새로운 하위 장르로서의 기행문학은 지식인들과 전업 혹은 비 전업 작가들에게 자신

의 성찰을 위한 계기를 제공하였으며, 그들이 완전히 새로운 세계로 옮겨갈 수 있게 해주었다.

81. Knight, Nick, ≪The Dilemna of Determinism : Qu Qubai and the Origins of Marxist Philosophy in China (결정주의의 딜레마 : 瞿秋白과 중국마르크스주의의 기원)≫. China Information 13, 4, Spring 1999, p. 1-26.

1927-1928년간 중국공산당서기를 지냈던 瞿秋白(1899-1935)은 비록 1935년 대의를 위한 순교자로서 국민당에 의해 처형당했지만, 그의 수난은 사후에도 오랫동안 지속되었다. 그가 남긴 작품들 중 오직 문학비평서 만이 50년대에 출간을 경험했을 뿐이다. 특히 그 자신의 증언을 기술한 '隨感錄' 은 혁명지도자로서의 이미지를 손상시킨다는 이유로 인해, 중국공산당에 의해 반세기 동안이나 그 진정성을 인정받지 못한 채 사장되어 있었다. 중국인들은 단순히 그와 魯迅간의 우정만을, 혹은 그의 문학적 재능만을 기억하고 있을 뿐이다. 중국공산당의 역사 속에서 그가 공식적으로 그의 위상이 인정받게 된 것은 그의 서거 50주년에 즈음하여 고향인 江蘇省 常州에 위치한 조상의 고택이 박물관으로 개축되었던 1980년대 중반 이후부터였다. 이를 계기로 하여 잡지 ≪瞿秋白硏究≫가 발행되었으며, 중국공산주의 발전에 기여한 그의 공로를 선양하기 위한 연구들이 시작되었다. 특기할 연구로는 丁景唐의 ≪瞿秋白硏究文選≫(天津, 人民出版社, 1984년), 丁守和의 ≪瞿秋白思想硏究≫(四川人民出版社, 1985년), 鄧中好의 ≪瞿秋白哲學硏究≫(北京, 中國文史出版社, 1992)가 있다.

이론가로서의 그의 면모는 1987년 그의 政論들을 선별적으로 수록한 ≪瞿秋白文集. 政治理論編 1-8≫의 신간 발행으로 빛을 보게 되었다. 오스트레일리아의 나탄(Nathan)에 위치한 그리피스(Griffith) 대학 아시아국제학부의 교수인 이 논문의 저자는 공산주의사상의 중국적 수용에 있어서 瞿秋白이 기여한 개척자로서의 역할들을 조명하고 있다. 저자는 瞿秋白이 1923년 소비에트공화국에서 귀국하자마자 공산당원들과 청년공산당의 동조자들을 공산주의사상의 내부로 규합하기 위해 자신의 필력과 담론을 수단으로 어떠한 노력을 기했는지를 보여준다. 특히 흥미로운 것은, 瞿秋白이 체포되었을 당시 그의 심문을 맡았던 국민당의 宋希濂 장군이 長沙의 고등학교 시절 러시아 소비에트에 관한 瞿秋白의 보고서를 애독했던 젊은 독자 가운데 한 사람이었다는 점이다. 이에 대한 다른 논문으로는, 汪東林의 논문 <宋希濂談瞿秋白>(≪瞿秋白硏究≫9, p. 330-349. 上海, 學林出版社, 1998) 이 있다. 저자는 瞿秋白의 철학에 깃든 방대한 문화적 배경을 소개한다. 아울러 저자는 정치적 투쟁의 필요성을 극복하기 위해 유물론적 존재론에 접근하려했던 瞿秋白의 열망을 비춰 보이고 있다. 또한 저자는 사건의 행동 동인을 각기 다른 데서 찾는 개인적 관념론자와 역사적 결정론자 간의 이념적 갈등을 해결하기 위해 瞿秋白이 투여했던 헌신적인 노력들을 찾아내고 있다.

82. Rabut, Isabelle, Pino, Angel, ≪Pékin-Shanghai. Tradition et modernité dans la littérature chinoise des années trente(북경-상하이. 30년대 중국문학에서의 전통과 현대)≫. Paris : Blue de Chine, 2000. 318 p.

이 책은 1930년대 초반 중국문학계의 한 영역을 이끌었던 海派와 京派의 논쟁에 관해 프랑스, 미국, 중국학자들이 연구한 9편의 논평을 수합하고 있다. 서양의 중국학계에서 전적으로 이 논쟁만을 논제로 삼아 단행본을 발행한 것은 처음 있는 일이다. 이 책은 무엇보다 海派와 京派에 개재된 미학개념의 소개에 우선을 둔다. 그러나 사실 어떠한 문학 집단도 海派와 京派라는 용어로 자신들을 지칭한 적이 없었다는 점에 비추어, 이 용어들의 의미를 규정하는 일은 그 만큼 어려움이 뒤따른다. 그럼에도 불구하고 이 용어가 갖는 불확실한 정의는 바로 그 불확실성으로 인해 오히려 오늘날 현대중국문학사의 연구가 갖는 단일한 관점을 지양하면서 새로운 시각을 얻고자하는 다각적인 시도들을 가능하게 해주는 촉매제가 되고 있다. 이 책 ≪Pékin-Shanghai(북경-상하이)≫은 이 논쟁의 기원, 논쟁을 벌이는 두 그룹의 작가와 그 작품들을 검토하는 과정에서 다양한 관점들을 확보해준다. 동시에 이 책은 중국문학사의 재조명을 위해 극복해야할 여러 문제들을 지목해 내고 있다.

이 책은 3부로 구성된다. 제1부 "京派와 海派"를 시작하는 이자벨 라부(Isabelle Rabut)는 <京派와 海派 : 비평의 노선>이라는 논제를 통해 후속되는 나머지 8편의 논평들이 추구하는 비평의 지향점을 노정해준다. 그녀는 이 두 유파의 해당 작가들 몇몇을 제시하며, 이 두 유파의 본질이 北京과 上海라는 두 도시의 사회적 지리적 특질과 어떻게 연계되고 있는 지를 살펴

본다. 저자에 의하면, 이 두 유파는 모두 지난 70여 년 동안 상이하고 상충적인 방대한 영역의 미학개념들에 관여된다. 京派는 문학의 전통주의, 인문주의, 윤리성과 동일한 개념인가? 上海의 문학은 반드시 현대적인 것인가? 海派의 작가들은 오로지 상업적 흥행에만 골몰하는 이질적인 작가집단인가? 이 두 유파가 좌익작가들에 대해 가졌던 입장은 어떠한 것인가? 이러한 물음에 답하기 위해서는 1933년을 시작으로 沈從文이 발표해 온 논쟁적인 글들과 이에 응하고 있는 다른 작가들, 이를테면 杜衡이나 魯迅의 글들을 통해 논쟁의 기원을 찾아보는 것이 필요하다. 제1부의 두 번째 논문인 앙젤+피노(Angel Pino)의 <30년대 문학논쟁>은 이러한 요구에 부응하듯, 이 논쟁의 발단을 再構해내면서 이 두 유파에 대한 복합적인 정의가 주어질 수 있다는 것을 보여준다.

海派라는 용어는 이미 19세기 북경의 京劇에서 파생되어 상해에서 성행했던 상업적인 양식의 연극공연을 일컬었던 적이 있었던 반면, 용어 京派는 단지 상해의 무명작가들을 대상으로 논쟁을 하던 과정에서 파생되었다. 沈從文, 周作人, 朱光潛과 같은 작가와 지식인들은 모두 자신들의 예술적 개념 속에서 개인의 양식을 만들어 내었다. 그럼에도 불구하고 제2部인 <京派>의 첫 논평인 라부(Rabut)의 <京派의 미학>은 京派의 특징을 예술과 삶에 대한 침잠과 초탈적인 자세로서 논단한다. 이에 부가적인 논문으로 간주되는 베덕테(Bê-Duc Thê)의 <周作人과 창조적 글쓰기>는 창작행위의 가치를 평범한 일상사로 축소시키는 周作人의 예술개념을 논하며, 周作人의 글이 어떠한 연유에서 과장된 표현주의나 정치적 요구로부터 자유로울 수 있었는지에 대한 해답을 찾고 있다. 그리고 쓰 수메이(Shi Shumei)의 <단절 없는 모더니즘>은 주로 비평잡지 ≪學衡≫의 신고전주의적 특성을 살펴보고 있으며, 5·4 운동의 전통파괴에 이어 동서양의 화해를 위해

≪學衡≫이 행했던 시도들을 규명하고 있다. 아울러 옌 지아옌(Yan Jiayan)의 <京派의 소설적 장르와 모더니즘>은 京派 작가들의 소설들이, 외관상 海派의 전통을 따르는 듯 하는 아류에 비해 더 많은 모더니즘적 요소와 서술적 기법을 지니고 있다고 본다.

제3부는 제2부에 대응되는 <海派>를 제명으로 한다. 沈從文에게 있어 이 海派라는 용어는 중립적인 용어가 아니라 경멸적이고 아주 비판적인 어조 속에 폄하되어 사용된다. 실제로 海派라는 용어는 최근 70년 동안 줄곧 이러한 부정적인 어감을 띤 채 비난을 위한 차용어에 불과했으며, 결코 진정한 의미의 묘사대상으로서의 위상을 부여받지 못했다. 따라서 海派에 대한 현행 연구들은 무엇보다 그 문학텍스트의 분석 작업을 선행해야 할 것이며, 상업적인 문학생산에 관련된 일반조건들을 이해하는데 도움이 될 수 있는 중립적인 척도를 마련하는데 고민해야 할 것이다. 이러한 척도의 마련은 그동안 간과되어 왔던 海派의 개념을 20세기중국문학의 발전을 연구하는데 유용한 도구로 전환시킬 수 있을 것이다. 鴛鴦胡蝶派의 소설로 대표되는 舊海派문학과 신감각주의 작품들로 대표되는 新海派문학 간에는 어느 정도 공통점이 있는가? 교양적인 海派작가들과 비교양적인 海派작가들을 구별하는 것이 어떻게 가능한가? 언제부터 海派의 作風이 뚜렷하게 나타나기 시작했는가? 海派는 이른바 통속문학이라는 장르와는 어떻게 변별될 수 있는 것인가? 海派 연구의 대가로 꼽히는 우 푸후에이(Wu Fuhui)는 그의 <海派文學 : 수렴과 발산>에서 上述한 이러한 문제들을 부분적으로 다루고 있으나 다소 협소하고 표준적인 정의를 내놓는데 그치고 만다. 그는 海派소설의 전형적인 양상을 소개하는 대신, 한편으로는 張愛玲을 비롯한 우수한 海派작품을, 다른 한편으로는 성욕을 방임한다는 이유로 비판받고 있는 張資平의 후기 작품과 같은 불량한 海派작품을 제시하면서, 이 둘

간의 획일적인 경계를 긋고 있을 따름이다. 그럼에도 불구하고 그의 연구는 여전히 보다 나은 연구를 가능하게 하는 중요한 출발점을 마련해 주고 있다. 마지막으로 海派문학에 관한 다른 두 글 중에서 짱 인더어(Zhang Yinde) 의 <當代性과 현대주의와 현대성 : 잡지 『現代』의 수용적인 활동>은 문예 비평지 『現代』에 의해 제출된 무척이나 다양한 話題들에 대해 거론하고 있으며, 穆時英 혹은 刘呐鸥와 같은 '新感覺派'의 작품이 영화에 미친 여파 의 정도를 가늠하고 있다.

83. 楊東平, ≪最後的城墻(최후의 성벽)≫. 上海, 上海人民出版社, 1997. 275 p.

이 모음집은 전체 5部로 편성된다. 처음 두 部는 각기≪옛 수도의 풍경≫, ≪도시에 관한 소고≫를 제명으로 한다. 이 두 글은 저자가 1994년에 발행한 수필, ≪城市季風 : 北京和上海的文化精神(도시의 계절풍 : 북경과 상해의 문화정신)≫을 잇는 연작에 해당된다. ≪城市季風 : 北京和上海的文化精神≫은 대도시인 北京과 上海간의 문화적 충돌 양상을 조명하고 있으며, 수년 동안 베스트셀러로서 독자들로부터 인기를 누릴 만큼 의외의 개가를 올렸다. ≪最後的城墻≫에서 저자는 北京과 上海를 중심으로 하는 도시인들의 심성과 풍습을 물어왔던 이전의 틀을 성큼 벗어난다. 그는 새로운 형태의 문화에 대한 북방과 남방의 상이한 취향을 텔레 필름, TV프로그램, 서점과 술집, 공식적인 표현방식 등을 비교하여 보여준다. 이러한 비교연구는 '嶺南文化'라 불리는 廣東文化를 개재시켜 더욱 풍부한 내용을 갖게 된다. 한편 저자는 역사적 기념물과 유산들의 훼멸, 北京의 茶館과 같은 도시 고유의 상징물들의 散失, 도처에서 자행되는 환경파괴에 대해 통박을 가한다. 환경의 문제는 제3부에서 저자의 관심과 염려 속에 더욱 깊이 있게 천착된다. 제3부의 마지막 글인 <문화의 물결>에서는 '綠色文明'의 보존에 관련된 논지가 펼쳐진다. 이 외의 다른 글들은 구호문화, 상표, 명품에 대한 인식, 양자강의 三峽에서 벌어지고 있는 광고전쟁 등에 관한 저자의 의견이 제시된다. 제4부 <교육의 공간>은 중국의 교육제도가 안고 있는 여러 문제들이 분석된다. 제5부 <삶의 성찰>은 사회의 다양한 양상들, 즉 이혼, 우정, 사랑, 양성평등 패션모드, 문화대혁명시기 농촌으로 下放되었던 도시지식청년들이 수행했던 순례 등이 언급된다.

84. Zhang Yushu, ≪Stefan Zweig in China(중국에서의 스테판 쯔바이그)≫. East-West Dialogue IV. 1-2, 2000, p. 173-190.(Chinese and European Literature. Manual Influences and Perspectives)

저자는 스테판 쯔바이그(Stefan Zweig)에 관한 많은 독일어 저서를 가지고 있다. 중국에서의 쯔바이그 수용현상을 논하는 이 글의 논지는 세 시기로 나뉘어 기술된다. 1927-1942년 동안 중국에서 쯔바이그의 작품들은 별반 무리 없이 그 번역과 출판이 가능했다. 그의 작품들은 독일과 오스트리아의 나치에 의해 공개적으로 焚書될 당시에도 그의 심리분석과 통찰력으로부터 도움을 구하고자 했던 중국독자들에게 널리 읽혔다. 그러나 1949년 이후부터 상황은 급변하여 쯔바이그의 어떤 책도 번역되지 못했으며, 1980년에 초에 와서야 중국독자들의 관심을 되찾게 되었다. 저자는 쯔베이그에 대한 관심이 다시 부흥하게 된 것은 중국독자들이 겪은 역사적 경험에 인한 것으로 본다. 즉 나치의 공포정치로 인해 감수해야 했던 쯔바이그의 수모와 수난들은 문화대혁명시기 동안 고통을 당했던 중국독자들에게 쉽게 浸濕될 수 있었기 때문이다. 저자는 쯔바이그가 비정치적 작가라는 주장을 정면으로 반박하면서, 쯔바이그의 나치에 대한 묘사를 근거로 그의 정치적 참여성을 규명하고 있다. 아울러 저자는 체제의 가혹한 육체적 탄압을 견뎌 내었던 영웅들을 묘사한 작품들, 특히 동독의 작가인 윌리 브레델(Willi Bredel)과 안나 세게르(Anna Seghers)의 작품들만을 정치성 문학으로 국한시키는 것에 반대해, 정신적 상처를 묘사하는 데 주력한 쯔바이그의 작품이야말로 上述한 어느 작가의 작품들보다 훨씬 더 적극적인 정치문학이라고 역설한다.

특히 저자는 쯔바이그의 적극적인 정치행위의 양상들은 그의 사랑에 관한 담론과 그가 쓴 로테르담의 에라스무스(Erasmus)의 傳記를 통해 확연히 드러난다고 본다. 저자에 의하면, 쯔바이그의 사랑에 대한 개념은 중국전통 속에 내재하는 서정성과 우아함과 신성성과 전적으로 일치할 뿐만 아니라, 인문주의자 에라스무스에 관한 그의 전기는 모든 현대적 형태의 독재자들에게 맞서는 투쟁의 육필로서 평가된다.

85. Yip Siu-Han, Terry, ≪Goethe in China : The Reception of Faust and Werther in 20th Century China(중국의 괴테 : 20세기 중국에서의 파우스트와 베르테르의 수용)≫. East-West Dialogue IV, 1-2, 2000, p.94-119. (Chinese and European Literature. Mutual Influences and Perspec tives)

저자는 1920년대부터 최근까지 주로 잡지를 통해 발행되었던 괴테에 관련된 33편의 비평들과 1932년 괴테의 탄생 100주년을 기념하여 간행된 이태리 군대의 上海시가행진과 같은 사건들을 중심으로 주제에 접근한다.

저자에 따르면, 18-19세기 廣東에서 처음으로 베르테르(Werther)와 로테(Lotte)의 초상화가 새겨진 그림과 접시가 제작되었다고 한다. 그러나 1920년 이전까지 순수히 중국인들에 의해 괴테가 논해진 자료는 발견되지 않는다. 저자는 이러한 현황을 田漢의 글 <괴테에 관한 일본학계의 자유로운 번역>을 전거로 삼아 여실하게 입증해 보이고 있다. 아울러 1920년부터 1940년간 중국의 지식인들은 "괴테는 계급제도에 대해 반대의 입장을 취했는가?"라는 마르크스의 관점에 입각하여 괴테의 작품들을 논구하였다. 그러나 이러한 논쟁은 결말을 보지 못하고 차후로 미루어졌다. 그러나 그들은 주로 괴테가 보여주는 실천가이자 불굴의 투사이며 삶의 도전자로서의 괴테의 투쟁적 면모를 환기시켰다. 아울러 그들은 괴테의 작품을 영감의 원천으로 삼아 자연과 자아의 관계, 명상적 태도로서는 얻을 수 없는 혁명적 행동의 장점들을 논의하였다. 그러나 이러한 토론 역시 1949년을 계기로 종적을 감추고 말았다. 다시 괴테에 관한 논쟁이 재개된 것은 1970년대 이후에 들어서였다. 그렇지만 이 기간 동안에도 홍콩과 대만에서는 괴테가 여전히 읽혀지고 연구되었다.

86. Kinkley, Jeffrey C, ≪Chinese Justice, the Fiction : Law and Literature in Modern China(중국의 정의 : 현대 중국의 법과 문학)≫. Stanford, CA : Stanford University Press, 2000. 497 p.

이 책의 저자는 沈從文의 연구자이다. 그는 名著로 알려져 있는 ≪After Mao : Chinese Literature and Society 1978-1981(모택동사후 : 1978-1981의 중국문학과 사회)≫의 주요 필자로서, 當代문학의 연구에서도 명망을 얻고 있다. 이 책에서 그는 문학의 한 장르인 '公案文學'의 발전에 관한 검토를 1980년대와 1990년대 中國司法制度와 관련시켜 진행하고 있다. 이 20년간은 이념적으로 가장 힘들었던 시기로서 잘못된 법적기구를 재정립하는 작업이 鄧少平을 중심으로 추진되었던 시기이기도 하다. 뿐만 아니라 이 시기는 1989년 민주화운동의 탄압과 사회 전반에 걸쳐 만연했던 부패와 천민자본주의의 횡행 등 새로운 사회적 상황의 출현으로 인해 시민, 법제, 공안 관계의 재검토가 요구되었던 시기이기도 하다. 이 책은 많은 익명의 작가들에 의해 수세기에 걸쳐 만들어져 왔던 이질적인 장르의 문학, 예를 들면 公案文學이나 明代의 판관 包公(包青天 999-1062)에 대한 역사적 검토와 20세기 초 중국에 도입된 서양의 탐정소설들을 분석한다. 아울러 저자는 清末부터 현재까지의 범죄, 법, 재판에 대한 중국적 개념을 민중과 관료의 심성구조 속에서 찾아가고 있다. 이 연구가 견지하는 역사적 문학적 틀은 서양의 탐정소설의 역사와 발전에 관한 연구방법론에 기대고 있다. 중국공산주의는 30년 동안 이러한 장르를 문학으로부터 배제시켜 왔었다. 모택동 이후 중국의 현대화에 따른 문학계의 전반적인 혼란 속에서 중국의 '公案文學'은 최근 20년 동안 괄목할만한 성취를 보이고 있다. 자료에 대한 착실한 고증 속에 진행되는 이 저서는 문학 연구가들만이 아니라 사회학자와 법조인들의 요구에도 부응할 것이다.

87. Lin Min, Galikowski, Maria, ≪The Search for Modernity : Chinese Intellectuals and Cultural Discourse in the Post-Mao Era(현대성 탐구 : 모택동 사후의 중국지식인들과 문화 담론)≫. London : Macmillan, 1999. 271 p.

필자는 이 책에서 현대화의 혼란 과정 속에서 중국의 지식인이 그 사회와 갖는 역할과 다변적인 관계를 논한다. 아울러 필자는 20년 동안의 경제개방과 더불어 대거 유입된 서구사유의 영향 하에 다원화된 중국현대지식인들이 행한 담론에 관한 개괄적인 이해를 기한다. 논의의 첫 대상으로는 신이성주의자들과 그 유파이며, 주로 철학자 李澤厚의 사유를 천착하고 있다. 필자에 의하면, 이 유파의 지식인들은 지배적인 사회이데올로기와 그 질서를 수용하는 입장에서 문제를 제기하는 것으로서 그 사회적 역할을 담보한다. 두 번째 논의의 대상은, 그들의 작품들을 통해 많은 논란을 불러일으키고 있는 문제성 작가들이다. 이들 중 王蒙은 폐쇄된 체제 내에서 현대화의 길을 걷는 현재와 전통 간의 복합적인 관련성을 모색했던 '낙관적 이성주의'의 대표자이다. 그는 중국문학계 내에서의 확고한 위상뿐만 아니라 문화부장관을 역임하였으나 1984년 6월 4일 천안문 사태를 계기로 파직되었다. 王蒙에 이어 거론되는 작가는 北島이다. 그는 권력과 공식적인 담론의 변방에 서 있는 주변 지식인이다. 北島는 70년대 말부터 직접 주관해온 잡지 ≪今天≫과 자신의 여러 작품들을 통해 중국지식인들에게 문화의 우상파괴주의자들에게 요구되는 아방가르드로서의 역할을 모색하는데 초점을 두어왔다. 20세기 서구문학의 세례에 힘입은 北島를 비롯한 여러 시인들과 소설가들은 그 입지를 공산주의 사상의 외부에 세운 채 인간의 존재와 개인성을 모색해

왔다. 北島에 이어 부조리와 넌센스와 인간 소외를 탐구하고 있는 許行이 언급되고 있으며, 梁曉聲 역시 전통의 선비윤리에 부합되는 행동지식인이라는 점에서 분석의 대상이 되고 있다. 마지막으로는 劉小楓이 걸어온 문학가로서의 경륜이 거론되고 있다. 劉小楓은 서양문화의 종교적 의미를 탐구함으로써 문학을 종교적 사유의 차원으로 이끄는 작가로 평가되고 있다. 독자에게 여러모로 지적 동기를 유발할 수 있는 이 책은 시기별로 편성되며, 문학뿐만 아니라 다른 문화영역 또한 논의의 대상으로 삼고 있다. 아울러 중국지식인들로 하여금 사유의 독자적인 공간을 점차적으로 확보하게 해주는 중요한 요소인 서구의 영향력을 탐문하고 있다.

88. Treter, Clemens, China neu erzählen(중국에 관한 재해석). Su Tongs Erzählungen zwischen Vergangenheit und Gegenwart. (과거와 현대 사이의 蘇童의 소설) Bochum : Projekt, 1999. VIII + 149 p.(Cathay 43)

쑤퉁(蘇童)은 當代문학가들 중 가장 널리 알려진 작가 가운데 한 명이다. 통상 그의 초기작품들은 전위소설로 간주되는 반면, 1990년 이후의 작품들은 신사실주의로 분류된다. 蘇童의 소설 속에 등장하는 여성을 전문적으로 연구한 수잔느 바우만(Susanne Baumann)의 저서 ≪Rouge. Frauenbilder des chinesischen Autors Su Tong≫(Bochum : Projekt Verlag, 1996)의 産兒격인 이 책에서, 저자인 테르테르(Terter)는 1987-1993년간에 발표한 蘇童의 작품들을 면밀히 검토하고 있다. 그는 먼저 當代중국문학에 대한 중화인민공화국과 서구 학자들의 접근방식을 거론한 후 자신의 연구방법론을 소개한다. 테르테르의 연구방식은 근본적으로 제라르 즈네뜨(Gérard Genette)와 실로미스 림몬 케난(Shlomith Rimmon-Kenan)이 정립한 서사론과 문체론을 蘇童의 작품의 분석 기제로서 활용하는 것이다. 저자는 이 시기의 蘇童의 장편소설과 단편소설들을 네 부류로 구분한다. 첫 부류에는 1920년대와 30년대 楓楊樹(풍양나무)라는 가공의 마을에서 전개되는 이야기들이 속하며, 두 번째 부류는 1960년대 말부터 1970년대 초기 저자의 고향인 蘇州와 유사한 면이 많은 샹춘수라는 소도시를 배경으로 한 이야기들, 세 번째 부류에는 1980년대 대도시의 생활을 위주로 한 이야기들이 속한다, 네 번째 부류로는 여성의 역할을 비중 있게 다룬 작품들이다. 저자가 행한 분류는 앞서 언급했던 수잔느 바우만(Susanne Baumann)의 전위적인 노력에 힘입고 있다. 첫 부류의 작품들에서 저자는 ≪飛越我的楓楊樹故鄕(나의 고향 풍양나무를 날아 넘어서)≫과 ≪1943年的逃亡(1943년의 도망)≫를 대상으로, 蘇童이 '보다', '응시하다', '노려보다' 등의 동사의 운용을 통해 기억을 어떻게 시각적으로 드러내는지를 천착하고 있다. 상춘수에 관련된 두 번째 부류의 이야기들 중에서 저자는 특히 ≪桑園留念(뽕나무밭의 회상)≫과 ≪南方的墮落(남방의 타락)≫, 이 두 편을 논의의 핵심으로 삼는다. 이 章에서 저자는 주인공의 죽음이 成人의 단계로 이행할 수 없는 개인적 무능함과 어떻게 관련되는 지를 살피고 있다.

세 번째 부류에서는 도시 주변의 소외문제를 다루는 단편소설 ≪平靜如水(물과 같은 평정)≫를 논하고 있다. 저자는 ≪平靜如水≫의 話者가 정신병동의 환자로서 생을 마친다는 점에 입각하여 이를 魯迅의 단편소설 ≪狂人日記≫와 비교한다. 이 작품은 소설적 관점에서 보여주는 분방한 어조, 느슨한 구조, 반전을 꾀하는 유머 등은 王朔의 초기 작품과 유사성이 많다. 이 두 작가의 비교연구는 흥미로운 논문거리가 될 것이다. 그러나 이 章은 앞 章들에 비해 세심함과 예리함에 있어 다소 미급함이 엿보인다. 예를 들어, 저자가 간과하고 있는 화자의 變名인 雷鳥는 우레를 불러오는 인디언 전설 속에 나오는 새인 '썬드버드'(Thunderbird)의 英譯으로서, 중국청년들의 서구에 대한 관심과 화자 자신의 생활방식을 보여주는 적절한 표징이다.

참고문헌이 제시되고는 있으나 중국어로 된 책과 논문은 독일어로 번역되어 있지 않다. 아울러 저자는 잡지 ≪今天≫에서 그동안 蘇童에 관해 발행되어 왔던 평론들을 참조하지 않았으며, 蘇童의 작품들의 초판 발행일을 명기하지 않은 점은 보완해야할 사항이다. ≪飛越我的楓楊樹故鄕≫는 『上海文學』에서 1987년 2월에 처음 발간되었다. ≪南方的墮落≫은 『時代文學』에서 1989년 5월에, ≪平靜如水≫은 『上海文學』에서 1989년

1월에 발행되었다. ≪平靜如水≫는 저자의 언급대로, 1989년 6월 학생운 동 탄압 이후에 쓰여 진 것으로 추정된다.

89. 廖亦武, ≪沈淪的聖殿 : 中國20世紀70年代地下詩歌遺照(침
륜의 聖殿 : 중국의 20세기 70년대의 지하시가에 대한 조명)≫,
烏魯木齊 : 新疆靑少年出版社, 1999. 498 p.

詩評書에 해당하는 이 잡지는 1960년대부터 80년대까지의 지하 詩人들
과 그 詩들에 관련된 자료들과 증언들을 수록하고 있다. 필자들은 1949년
이후 세대들의 비공식적인 지하활동들을 세 단계의 역사적 시기에 비추어
재구성해낸다. 첫 단계는 대약진운동 이후 상대적으로 긴장이 완화된 시기에
해당된다. 둘째 단계는 山上下鄕運動과 일치하는 시기이며, 셋째 단계는
앞의 두 시기보다 잘 알려진, 즉 문화대혁명 직후의 '북경의 봄'의 개화기와
일치한다. 셋 째 시기에 지하에서 활동했던 아방가르드 시인들은 기본적으로
자유시에 열렬했던 젊은 아마츄어 시인들이 주류를 이룬다. 북경의 지하에서
소수그룹의 동지들로 구성된 젊은 시인들은 전달 매체의 열악한 환경 속에서
직접 손으로 옮긴 필사본, 암송한 문장의 재인용, 다소 형편이 나은 경우인
등사본을 통해서 지적인 교유를 맺어나갔다. 그들이 영감을 길러왔던 국내의
중요 간행물들은 정부에 의해 간행된 이른바 白皮書, 黃皮書, 灰皮書라
불리는 철학, 문학, 정치 관련 저서들이다. 이 간행물들은 정부가 외교정책의
일환으로 1960년대 초기와 1970년대 중반 두 차례에 걸쳐 발간된 것으로서,
黨 내부의 지식인이나 고급간부들에게만 열람이 허용되었다. 왜냐하면 정부
의 집행위원들은 소비에트 수정주의의 본질과 서구자본주의 세계의 실상에
대해 충분한 인식을 가져야 한다고 여겼기 때문이다. 이러한 저열한 환경
속에서도 젊은 시인들, 작가들, 지하작가들은 상호 지적인 유대감을 형성해
나갔으며, 이에 영향을 미친 외국작가들로는 쟝뽈 싸르트르(Jean Paul

Sartre), 알베르 까뮈(Albert Camus), 베케트(Samuel Beckett), 쌀리네(Saligner), 쏠제니친(Soljenitsyne) 등을 들 수 있다. 특기할 것은 이들 대부분이 당에 종속된 간부, 지식인, 예술인들의 자녀라는 점에서 물질적으로는 친 체제집단과 멀지 않다는 점이다.

그러나 이들에 대한 무산계급독재의 탄압은 1963년 정예 작가들로 구성된 'X詩社'와 '太陽縱隊'를 난입하여 이들을 해체하는 시키는 것으로 본격화된다. 가장 대표적인 희생자로는 중국공산당의 충실한 동조자이자 유명한 지식인인 郭沫若의 아들 郭世英을 들 수 있다. 그는 25살의 나이에 죽음으로 내몰렸고, 그 밖의 다른 작가들도 문화대혁명의 역풍 속에서 공안들에 의한 추적, 투옥, 박해, 도주, 망명에 처하였으며 결정적으로는 스스로 목숨을 끊는 경우도 있었다.

그럼에도 불구하고 문화대혁명은 모순되게도 유명한 한 세대의 시인 집단을 탄생시켰다. 이들은 상아탑을 벗어나 강제된 농촌 환경 속에서도 문학을 사랑하는 知識青年들과 접촉하였다. 질식할 것 같은 황량한 시대환경 속에서 그들은 개인적 혹은 소수집단 별로 모여 최대한 자유로운 표현과 대담하고도 도발적인 수사학을 연구하는데 전념하였다. 이들 집단 중 가장 유명한 집단은 ≪白洋淀≫이다. 그러나 ≪白洋淀≫의 영향력은 1978년 반월간지 ≪今天≫의 창간과 더불어 쇠락하였으며, 반체제 화가들의 공개전시회인 星星畵展을 통해 연명하는 듯이 보였으나 멀지 않아 탄압되고 말았다. 이 잡지의 편집자는 잡지 ≪今天≫의 보급과 조직화에 기여했던 인물들을 이해하는데 유익한 많은 증거들을 제공하고 있다.

90. Neder, Christina, Roetz, Heiner, Schilling, Ines-Susanne(eds), ≪China in seinen biographischen Dimensionen. Gedenkschrift für Helmut Martin(중국과 헬무트 마르틴의 전기, 그를 기리는 추모논문집)≫. Wiesbaden : Harrassowitz. 2001. XVII + 772p.

1999년에 작고한 헬무트 마르틴(Helmut Martin)을 추모하기 위한 중요한 논문집이다. 서문의 한 집필자는 현대중국문학의 정치성 연구로 명성이 알려진 이 마르틴 교수야말로 독일의 가장 훌륭한 중국학자라고 격찬한다. 그가 남긴 학문적 이력은 이 책의 78쪽의 분량을 점할 뿐만 아니라 그의 저서에 관한 연구목록 또한 9쪽에 달할 만큼 경이적이라 할 수 있다. 사료적 가치가 풍부한 이 책은 54편(독어 27편, 영어 21편, 중국어 6편)의 기고문을 싣고 있다. 이 책의 처음은 두 편의 서문과 그에 대한 頌祝文으로 시작된다. 그 중에는 마르틴 교수의 부인이 쓴 것도 있다. 그녀는 남편인 마르틴 교수를 '국경의 초월자', '문제제기자'로 평가한다. 비에그(L. Bieg)는 마르틴 교수의 李漁에 대한 처녀 논문을 회상하며, 李漁에 관련된 서구의 주요 논문들의 참고문헌을 제시한다. 이를 잇는 다른 논문들은 마르틴 교수의 다양한 학문적 취향을 6개의 분야로 나누어 기술한다.

1. ≪전통과 그 자취≫

니엔 하우제(W. Nien Hauser)는 ≪史記≫에 따른 漢 高祖의 인물론을, 리프텐(B. Riftin)은 전설적 인물인 諸葛亮에 관해, 이데마(W. L Idema)는 唐代의 王維에 비견될 만큼 훌륭한 시인이었으나 차세대 시인이었던 李白과 杜甫에 가려 기억에서 사라진 崔顥의 傳記와 전설을, 퀘레(B.

Fuehrer)는 張某라는 작가가 공범으로 혐의를 받았던 다른 작가들에 비해 어떻게 운이 좋아 明의 太祖인 朱元章의 숙청을 모면할 수 있었는지에 대해 논하고 있으며, 레비(A. Levy)는 ≪牧丹亭≫의 논쟁에서 ≪金甁梅≫의 저자가 湯顯祖라고 내세우는 다비드 로이(David Roy)의 주장을 입증하고 있다.

2. ≪自敍傳≫

에게르(M. Eggert)는 자전적 글쓰기의 초기적 형태로 여겨지는 한국과 중국의 기행문에 대해, 갈릭(M. Galik)은 茅盾(1896-1981)의 자서전에서 파생된 두 개의 문제점을, 그리고 펜데이션(R. D. Findeisen)은 白薇 (1897-1986)의 비극적 자서전의 꼴라쥬 기법에 관해, 둔싱(C. Dunsing) 은 郁達夫(1896-1945)의 자서전에 관한 논평과 그 1, 2章의 번역을 제공한 다. 푸루호프(M. W. Frühauf)는 謝氷瑩(1906-2000)의 ≪女兵自傳≫ 에 관해, 킨클레이(Z. C. Kinkley)는 치료과정의 개인적 '해빙'과 같은 蕭乾 (1910-1999년)의 자전적 글을 분석하고 있다. 뮐레(E. Müller)는 1981년 발행된 정치대하소설과 일련의 자전적 수필의 저자인 張潔(1937년생)을 연구하고 있다.

3. ≪문학 속의 현대≫

1897년에서 1917년간의 전통과 현대 사이, 즉 과도기 문학의 전문가인 쿠네(H. Küner)는 1903년에서 1904년에 걸쳐 몇 차례 발행된 連夢靑의 ≪鄰女語≫를 고찰하고 있으며, 비팅호프(N. Vittinghoff)는 茱爾康 (1852-1921)의 傳記와 19세기 말의 上海의 한 학자의 일생을, 필즈(E. Pilz)는 20세기 초 商務印書館에 근무한 張元濟의 上海에서의 삶을 조명하고 있다. 樂黛雲는 데카당(頹加蕩)풍의 시인인 邵洵美(1898-1973)를 논의하고 있으며, 하리시(T. Harish)는 1950년에 발표된 蕭也牧(1918-1970)의 ≪我們夫婦之間≫에 대한 丁玲(1904-1986)의 비평을 연구하고 있다. 아울러 폴라드(D. E. Polard)는 중국에서 거론되는 魯迅의 삶에 대해, 헝(E. Hung)은 중국에서 오랫동안 금기로 여겨졌던 주제인 魯迅의 부인이 었던 朱安(1878-1947)의 삶을 살펴보고 있다. 맥도갈(B. S. McDougall) 은 魯迅과 그의 두 동생과의 관계를, 허버트(I. Hebert)는 1930년과 1940 년대 폴란드출신 유태인 여행가들이 본, 중국과 이디시語로된 번역詩를 평하고 있으며, 히지야 키르시네레뜨(I. Hijiya-Kirschnerett)는 일본문학에 언급된 南京학살을 거론하고 있다. 바흐찐(Bakhtine)의 작품에서 영감 받은 카사렐로(L Kasarello)는 '尋根文學'에서의 食人전통을 조사하고 있다. 劉賓雁은 1938년에 태어나 1996년에 암살된 女戰士이자 작가인 戴厚英의 略傳을 기술하며, 陳曉明은 1953년에 태어난 여류소설가 徐小斌의 略傳을, 혹스(M. Hocks)는 吳興華(1921-1966)와 50년대 臺灣의 新詩에 나타난 詩學을 논평하고 있다. 마지막으로 함메르(C. Hammer)는 문학사를 정치와 정체성을 강화하기 위해 사용했던 東獨과 대만에 대해 살피고 있다.

4. ≪언어의 문제≫

골드블라트(H. Goldblatt)는 아드 발레이(Arthur Waley)의 '빅토리아 시기' 번역 스타일에 대한 비평적인 해석을 가하고 있으며, 호프만(P. Hoffmamn)은 魯迅의 글에 입각한 번역의 다양한 문제에 관해 심층적인 분석을 행하고 있다. 립프터(W. Lippert)는 막스 용어의 중국화에 있어 일본어가 미친 여러 작용들을 살펴보고 있으며, 로스너(X. Rosner)는 중국과 일본 의학용어의 互換에 따른 문제들을, 베흐(W. Behr)는 '반체제 인사'

인 魏京生의 비교문화에 관한 글들을 논평하고 있다.

5. ≪기타(연구, 정치, 경제)≫

프랑크(W. Franke)는 고고학자 蘇秉琦와 역사학자 吳豐培를 처음으로 만났던 1937년부터 자신의 사망 직전인 1996년까지 그들과 지속했던 우정에 대해 기술한다. 루터너(M. Leutner)는 1933년에서 1945년까지 베를린 대학의 '동양학부 세미나'의 역사와 그 변천을 논구하고 있으며, 짜오(W. H. Zhao)는 개인화된 이야기들, 즉 회고록과 傳記의 풍부함에 따른 중국역사의 記述적 불가능성에 대해, 또한 슈미트 클린쩌(H. Schmidt-Clintzer)는 傳記없는 신화적 인물인 毛擇東에 관해 기술하고 있다. 아울러 하인지그(D. Heinzig)는 공산주의 중국과 소련의 해방의 역사(1921-1960)를, 스카르핑(T. Scharping)은 中南海의 음모와 葉劍英의 경력과 四人幇의 몰락(1966-1976)을 논하고 있다. 아울러 굿맨(D. Goodman)은 1990년대 山西지방의 기업엘리트의 출신, 경력, 생활방식을 살펴보고 있으며, 헨드리슈케(H. Hendrischke)는 정치수뇌부의 인물로서 부패와 마피아 조직의 획책으로 구속된 成克傑사건을 들여다 본다. 이어 에베레(T. Heberer)는 신화적 모델로서의 신흥기업가들에 대한 개별적 연구를 행하며, 그랑쏘우(B. Gransow)는 유랑하는 여직공(打工妹)들과의 대담 내용을 제시한다.

6. ≪만화경 속의 중국≫

미시니(F. Masini)는 明末에서 淸末년간 중국인의 눈에 비친 이탈리아에 관해 논하며, 짐(M. Gimm)은 만주 황제의 샤마니즘과 1747년의 제례와 북아시아 샤마니즘의 연구에 관련된 주요 자료들과 이에 관련된 만주와 중국의 발행본들을 소개한다. 시아(A. Hsia)는 중국의 마르크스 풍의 건축을

논급한다. 이 책의 결부에는 중국의 현황, 전망, 이미지, 중국학 연구의 의미
와 가치를 개인적인 관점에서 논하는 4편의 글들이 실려 있으며, 중국어로
된 어휘집과 인명색인이 있다.

91. Malikowski, Maria, ≪Art and Politics in China 1949-
1984.(중국의 예술과 정치, 1949-1984)≫ Hong Kong : The
Chinese University Press, 1998. 289 p.

이 저서는 리즈(Leeds) 대학의 박사학위 논문(1986년)을 발전시킨 것으로, 무엇보다 먼저 모택동 정부가 어떠한 목적과 수단으로 창작활동을 얼마나 효과적으로 통제하였는지를 살펴보고 있다. 이어 저자는 '鄧小平 시기'에 초점을 맞춘다. 저자에 의하면, 이 시기는 정부의 통제가 점차 느슨해지는 것을 계기로 미온적이었던 예술가들의 자유에 대한 열망이 정당한 요구로서 주장될 만큼 증폭되었던 때이다. 모택동 시기는 3부분으로 나뉜다. 그 초기는 소련을 모범삼아 '사회주의현실주의'라는 여과기를 통해 표현의 자유를 총체적으로 통제하기 위해 제도적 기반을 닦았던 시기로서, 많은 예술가들 역시 이 새로운 제도에 기대를 품고 열렬한 성원을 보냈다. 그러나 불행히도 1955-1966년에 걸쳐 작가들은 중국 내부의 여러 투쟁들과 후르시초프의 스탈린에 대한 비난 등 공산주의체제가 국제세계에서 대처해야 하는 여러 난제들과 맞물리면서 불안과 통제를 감수해야하는 수난의 시기를 맞이해야 했다. 주지하듯, 이 시기는 '白華시기'로서 이후 1966-1976년의 혹독한 시기를 동반하게 된다. 저자는 이 시기에 이어 1976-1984년간을 중국예술이 '자아'와 개인을 모색하는 시기로 간주한다.

92. Malikowski, Maria, ≪Art and Politics in China 1949-
1984.(중국의 예술과 정치, 1949-1984)≫ Hong Kong : The
Chinese University Press, 1998. 289 p.

　이 책은 파리 제3대학과 4대학의 비교문학센터에서 활동하는 '문학과 극동
아시아' 팀의 연구원들이 1996년과 1997년간의 세미나에서 발표했던 글들을
모은 것이다. 모두 14편의 글들 중 8편이 중국에 관련된 것이다. 이 책을
여는 첫 번째 글은 장인더어(Zhang Yinde)의 <중국전통문학에서의 園林
과 山水>이다. 필자는 沈復의 ≪浮生六記≫와 曹雪芹의 ≪紅樓夢≫을
저본으로 삼고 있으며, 그 외 유명 작품들을 대상으로 전통의 園林과 山水에
관해 살피고 있다. 그러나 필자가 인용하는 일부 작가들의 작품들은 필자가
내세우는 園林-山水의 우주관과는 일치하지 않는 것이 있다. 陶淵明의 정원
은 부엌으로 난 뜰과 같은 것으로서, ≪紅樓夢≫의 大觀園과는 확연히 다르
며, 王維의 "凡畵山水, 意在必先"(산수화를 그리는 붓은 意境을 따라야
한다)의 개념이 적용될 만 한 곳이 아니다. 프랑스와즈 셔네 포게라(Franç
oise Chenet-Faugeras)의 글은 ≪浮生六記≫에서 적용되는 山水의 기
법을 논하고 있다. 짧은 분량의 이 글은 沈復의 山水觀과 에드가 알렌 포우
(Edgar Allan Poe)의 잘 알려지지 않은 작품인 ≪The Arnheim
Domain≫에 투영된 山水觀을 비교한다는 점에서 대단히 이색적이다. 필자
에 의하면, 포우의 산수관은 "불도저로 정원 기술에 있어 성공을 구가하고
있는 자본주의의 산물"인 반면, 沈復의 산수관은 18세기 가난한 선비의 意識
의 한 투영물에 해당한다. 세 번째인 안니 추이렌(Annie Cuiren)의 글은
불구자인 현대작가 史鐵生(1951~　　)의 단편소설에 반영되고 있는 山水畵

의 묘사기법을 연구한다. 필자는 풍경 속을 산책하는 동안 山水는 작가의 내적 체험의 場으로서, 다시 말해 실생활에서 결여된 운동성(mobility)을 경험하게 하는 활력의 대상이 된다는 설득력 있는 논지를 펼치고 있다. 다른 네 편의 글은 중국과는 다소 무관한 것들로서, 일본과 말레이시아의 산수에 관한 것이 있으며, 빅토 세갈렌(Victor Segalen)과 제임스 힐턴(James Hilton)의 눈에 비쳐진 티벳의 환상적인 산수에 관한 것들이다.

이 책의 제2部는 본제에 해당하는 <유럽문학에서의 道家>를 논한다. 첫 편은 편집자의 글로서, 제임스 레그(James Legge), 리샤르 빌헬름(Richard Wilhelmn), 레옹 비에게(Le'on Wieger)가 각기 번역한 ≪道德經≫의 첫 문단에 대한 중요한 견해를 내놓는다. 필자는 무엇보다 이 역자들이 발견한 ≪道德經≫의 의미보다는 이들이 운용하는 번역의 형식에 주목하고 있다. 필자는 이 短文에 내재하는 구조적 언어적 모순성을 강조하며, 신교도였던 레그(Legge)와 구교도인 빌헬름(Wilhelm)이 구교도였던 비에게(Wieger)보다 ≪道德經≫을 한결 더 중시하게 되었던 이유를 설명하고 있으며, 프란츠 카프카(Franz Kafka)와 헤르만 헤세(Hermann Hesse)의 ≪老子≫의 이해가 리샤르 빌헬름의 독일어 번역본에 의해 어떻게 형성되는 지를 논구한다.

파올라 당젤로(Paola d'Angelo)는 "詩人 뽈 끌로델(Paul Claudel)은 어떻게 구원되는가? 끌로델의 작품에 미친 ≪道德經≫의 영향"을 고찰하고 있다. 뽈 끄로델(Paul Claudel : 1868-1955)은 여러 해에 걸쳐 외교관으로서 중국과 일본에 체류하는 동안 道家에 몰입한 적이 있으며, 특히 虛의 중요성을 강조하는 도가적 모순성에 경도되었다고 한다. 필자는 일본의 하이쿠(Haiku)를 모방한 끌로델의 詩들과 문자들의 공간적 배열 속에 깃든 虛의 중요성을 부각시킨다.

까트린 마요(Catherine Mayaux)는 죤 퍼스 경(Saint-John Perse
: 1887~1975)의 작품에 내재하는 道家적 유산을 찾아내고 있다. 필자는
죤 퍼스 경이 1916년~1919년간 프랑스 대사관사무관으로 근무하던 시절,
북경에서 알게 된 마르셀 그라네(Marcel Granet)로 부터 도가철학과 도교
를 접했으며, 그의 詩 역시 道家적 사유와 감성에 경도되었음을 밝힌다.
이어 필자는 퍼스의 ≪Amitié du Prince, Anabase와 Oiseaux(왕의
애정, 새와 물고기≫에 배어 있는 도가의 잔재를 비춰준다. 제2부의 마지막
글, 쟉크 후레(Jacques Huré)의 <현대문학 텍스트의 도가적 독법을 위해
: 빅토 세갈렌(Victor Segalen), 마가렛트 듀라스(Marguerite Duras)>
는 여러 방면에서 설득력을 얻기에는 다소 미흡한 곳이 많다. 이 두 작가가
인생의 중요한 시기를 극동 지역에서 보낸 것은 분명한 사실이지만, 그들의
작품 속에 내재한 도가의 영향을 명쾌하게 보여주지는 못하고 있다.

마지막 글, 푸 치우민(Fu Qiumin)의 <중국의 연극과 梅蘭芳(1894-
1961)의 연출>은 6쪽에 걸쳐 무대 연출을 위한 전통적인 태도를 언급한
이후, 14쪽의 분량에 걸쳐 40여년의 경륜을 밟아온 베테랑으로서의 梅蘭芳
과 齊如山(1876-1962)이 연출했던 무대의 삽화들을 소개하면서 그들의
공로를 뒷받침 하고 있다.

93. ≪La Chine, 1909-1934. Catalogue des photographies et des séquences filmeés du museé Albert-Kahn(중국, 1909-1934. 알베르 칸 박물관의 영상 필림과 사진들의 목록≫. 1. Boulogne-Billancourt : Museé Albert Kahn, 2002, 403p. : ill

이 훌륭한 총집의 제1권은 20세기 초 무려 30여 년 동안에 걸쳐 중국에서 필자가 찍어 온 사진이나 영상기록물들 954편을 3개 국어(불어, 영어, 중국어)로 된 소개문들과 함께 수합해 놓고 있다. 쟌느 보솔레이(Jeanne Beausoleil)의 서문은 은행가였던 알베르 칸(Albert Kahn : 1860-1949년)이 1898년 어떤 상황에서 프랑스 고등사범학교 출신인 젊은 엘리트들에게 15개월 동안 세계를 편력할 수 있는 기회를 제공하기 위해 '세계일주장학기금'을 설립하게 되었는지를 알려주고 있다. 알베르 칸은 1906년에는 동일한 이름의 재단을 설립하여 장학수혜자들 간의 만남을 주선하였으며, 심지어 외국대학에도 이 재단의 장학금을 수여하기도 하였다. 1908년 일본의 초청을 받아들인 것을 계기로, 알베르 칸은 자신이 직접 세계 일주를 실행에 옮길 계획을 하게 된다. 그리하여 그는 여행기록과 사진촬영(천연색 투명사진, 입체 영상필림, 영화시퀀스 혹은 축음기의 녹음)을 담당한 자신의 운전사인 알베르 듀뻬르트(Albert Dutertre)를 동반하여 세계 일주에 나선다. 이것이 '세계의 문서'의 원조가 탄생하게 되는 발단이 된다. 그를 이어 1912년에서 1913년까지 중국에 파견되었던 스테판 파세(Stéphane Passet)가 자신의 기록물을 가지고 귀환하였고, 이후 그는 기록물 수집운동을 전개한 결과, 현재의 72,000개의 천연색 투명사진판과 183,000m의 기록 필림들을 구비할 수 있게 되었다. 이 책에 선별된 954편의 사진은 소형판으로 재생되

어, 초상화, 도시, 名所 등 69개의 주제에 따라 실리게 되었다. 저자의 열정이
느껴지는 목록에는 귀중한 자료로 활용되고 있는 부록이 첨부되어 있다.
촬영소재지에 관한 설명과 촬영 장소에 관련된 중국의 작품들을 포함하고
있는 참고문헌과 3개의 색인과 지도가 있다.

94. Chiu Che Bing, 2000-323. Chiu Che Bing, ≪Un Grand jardin impérial chinois : Le Yuanmingyuan, jardin de Clarté parfaite(중국황제의 정원 : 圓明園)≫, L'art des jardins dans les pays sinisés(중화권 국가들의 정원술), p.17-50.

圓明園은 일찍이 1860년 영국과 프랑스의 군대에 의해 파괴되었음에도 불구하고 여전히 중국황실의 園林으로서 고아한 예술적 성과물들을 집적해 놓고 있다. 圓明園은 그 건립자인 雍正 황제의 거주지로서 널리 알려져 있다. 저자는 역사적 문헌들을 인용하면서 중국의 造景術과 그 원칙들을 완벽하게 반영하고 있는 이 園林의 특성들을, 즉 풍수지리의 준수, 자연의 起伏과 地下水路의 완벽한 운용, 주위환경의 차용, 江南의 빼어난 풍경과 명승지를 암시하는 준거 등을 밝혀내고 있다. 園林은 미시적 세계에 투영된 제국의 縮圖와도 같다. 造景에 의해 구획되는 다섯 지대는 미학적, 종교적, 의례적, 정치적 의미의 상징성을 지닌다. 이러한 관점에서 저자가 행하는 '九洲' 내의 絕景지대에 대한 분석은 주목에 값할 만큼 각별한 의미를 지닌다. 圓明園의 造景은 计成(1582-1642년)이 정립한 원칙들을 충실히 준수하고 있다. 이러한 園林에 대한 성찰은 세계에 대한 중국적 인식, 즉 인간과 자연간의 긴밀한 유대감에 대한 이해의 깊이를 더해준다.

95. Martin,Helmut, Hammer, Christiane, ≪Chinawissen schaften-Deutschsprachige Entwicklungen. Geschichte, Personen, Perspektiven(중국학-독일인의 발전, 역사, 인물, 관점)≫. Hamburg : Institut für Asienkunde, 1999. IX + 678 p.(Mitteilungen des Instituts für Asienkunde Hamburg 303)

　20세기 독일의 중국학은 프러시아의 식민주의, 제3제국의 나치화, 제2차 세계대전의 패배로 인한 국토의 대립적 분열, 베를린 장벽의 붕괴를 계기로 한 재통합 등, 최근 100년 동안 독일이 겪었던 복잡하고 고통스러웠던 지난 날의 역사를 반영하고 있다. 독일중국학연구회는 1997년 함부르크에서 거행된 제8차 연례모임을 독일의 중국학발전사와 그 현황을 논의하는데 그 목적을 두었다. 이 책은 그때 발표된 30편의 글과 그 밖의 몇몇 글들을 수록하고 있다. 이 책의 서문을 쓴 말년의 헬무트 마르틴(Helmut Martin)은 "과거를 현재 속에 재생해낸다는 것이 얼마나 고통스러운지"를 토로하고 있다.

　이 책의 논문들은 크게 여섯 章으로 나뉜다. 제1章은 <이론, 방법론적 모색과 중국의 이미지>라는 제명으로, 몇 세기에 걸쳐 중국에 대한 독일인들의 이미지와 독일의 초기 중국학선구자들의 연구방법론에 관한 논문들을 싣고 있다. 맥크틸드 루터네(Mechthild Leutner)는 드 그루(De Groot)와 그루버(Grube), 그리고 콘라디(Conrady)가 행했던 중국학의 연구방법론을 비교하고 있다. 반면 깡 웨이구이(Gang Weigui)는 리하르트 빌헬름(Richard Wilhelm)이 품고 있었던 중국현실에 대한 이상적인 시각을 빌헬름의 저서인 ≪Die Seele Chinas≫(1926년)를 저본으로 하여 살펴보고 있다. 제2章인 <역사의 회고>에 실린 글들은 주로 독일 정부 기관이나 중국에 설립된 독일공관들을 매개로 하여 나치체제와 중국학이 맺었던 다양한 관계들을 기술한다. 마츠틴 컨(Martin Kern)의 글은 1933-1945년간 독일을 떠났던 중국학학자들의 명단을 열립시키고 있다. 제3장인 <2차 세계대전 이후 동독과 서독의 중국학 양상>은 전반부와 후반부로 양분된다. <동독과 서독>이라는 단순한 제명의 전반부는 4편의 논문을 싣고 있다. 그 중 3편은 동독의 중국학을 상술하고 있는 반면, 나머지 1편인 <1968년의 항쟁 : 마오이즘과 서독의 중국학>은 서독의 중국학을 검토하고 있다. 이 논문은 1968년 학생운동 당시 베를린자유대학과 뮌헨대학 중국학부생들의 주도적인 역할들을 언급하고 있다. 후반부 <연구와 학풍 : 주제와 기구>는 독일중국학자들이 전문 영역, 특히 언어학과 漢醫學 분야에서 분발할 것을 독려하고 있다.

제4장은 <중국학 학자들과 중국 관련 작가들>은 여러 중국학학자들과 작가들의 略傳을 소개한다. 베른하드 에메리흐(Bernhard Emmerich)는 알프레드 포크(Alfred Forke)의 略傳을, 군테 레빈(Günter Lewin)은 나치시기 강의가 허용되지 않았던 에두아르 에르크(Eduard Erkes)의 略傳을, 피터 메크(Peter Merker)는 1940-1945년동안, 북경에 체류한 적이 있었던 알프레드 호프만(Alfred Hoffmann)의 略傳을, 헬비그 셔미트 글린처(Helwig Schmidt-Glintzer)는 울프강 바우에(Wolfgang Bauer) 의 略傳을 기술하고 있다. 하이네 뤠츠(Heiner Roetz)는 알베르트 슈바이처(Albert Schweitzer)의 미발표 수고본인 <인도와 중국사상사>를 게재한다. 제5장 <이웃에 대한 시선 : 유럽의 관점>에서 베른하르 퓌레(Bernhard Führer)는 오스트리아의 중국학을, 라울 다비드 핀데이션(Raoul David Findeisen)은 스위스의 중국학을 약술하고 있다. 마지막인 6장인 <도서관과 번역>에는 서점과 데이터 뱅크에 관한 2편의 논문과 독일

에서 진행되고 있는 중국문학의 다양한 번역 양상을 개술하고 있는 4편의
글들이 나란히 실려 있다.

96. ≪辭海(사해)≫, 上海 : 上海辭海出版社, 1999. 3 vol., 6555 p.

≪辭海≫는 인문과학과 순수과학 뿐만이 아니라 언어영역 등 앎의 전반을 망라하고 있는 광범한 백과사전으로서, 역사적 인물들의 생몰시기, 지명, 외국명칭의 중국어음역 등 다양한 도움을 구할 수 있는 복합적인 공구서이다. 1936년 초판본이 발행된 이래 1950년대와 1970년대에 이르기까지 몇 차례의 손질이 가해졌다. 가장 최근의 유통 판본은 1989년에 나온 개정판이다. 전반적인 소개문을 통해 필자들이 밝히고 있듯이, 이 1999년 판본의 발간취지는 중국과 세계의 접촉이 빈번해 짐에 따라 최근의 변화를 반영하지 않을 수 없는 시대적 요구성에 부응하는데 있다. 총 3권으로 된 이 신간 판본은 새로운 개념의 용어들, 예를 들어 중국의 대만에 대한 정책적 기조인 一國二體制인 '一國兩制'라든가, 공직을 물러나 민영업체나 개체로서 상업경영에 뛰어든 자를 지칭하는 '下海' 등을 첨가함으로써 그 현실성을 확보하고 있다. 鄧小平(1904-1997) 또한 그 傳記的 설명과 함께 별도의 항을 차지하고 있다. 그럼에도 불구하고 失業을 뜻하는 '下岡'을 비롯하여 널리 유통되고 있는 용어와 신조어들이 결락된 것은 아쉬운 점이다. 제3권의 마지막에는 구 판본에 있는 도표들, 예를 들어 다양한 년대 기록법인 西紀, 天干地支, 통치기, 年號 등으로 표기된 중국의 역사연대기와 중화인민공화국의 행정구역표 등을 다시 싣고 있다. 이 사전의 표제인 두 글자 '辭海'의 字體는 江擇民의 친필이다. 현재 준비 중인 삽화가 동반된 총 5권의 판본이 출시를 기다리고 있다.

97. Boussotti, Michela, ≪Gravures de Hui. Etude du livre illustre chinois : fin du XVIe ~XVIIe~ Premire moiti du VIIe sicle(中國畵本研究 : 16세기 말-17세기-17세기 전반)≫ Paris : Ecole franaise d'Extrme-Orient, 2001. 494 p. : ill(Mmoires et archologique 26.)

이 화본은 225幅에 해당하는 실팍한 분량의 판화들을 아주 체계적으로 수록하고 있는 책이며 저자의 박사학위논문에서 나왔다. 이 판화들에 대한 체계화 작업은 학자로서의 진정성을 읽을 수 있는 저자의 성실함과 신중한 태도에 힘입고 있다. 특히 이 책은 저자의 중국공구서 뿐만 아니라 서양의 방법론에 대한 놀라운 탁견과 해박함으로 인해 더욱 큰 가치를 발하고 있다. 5章으로 구성되는 全篇에 걸쳐 독자들은 풍부한 지식을 얻을 수 있을 것이다.

1章 : 明代 출판계의 인쇄술과 그 명칭에 관한 목록은 초보자들도 충분히 참조할 수 있을 만큼 아주 친절하고도 상세하게 작성되어 있으며, 安徽省의 徽州를 본산으로 하는 출판사들의 위치, 출판시장, 당시의 출판비용과 검열 상황들을 살펴볼 수 있다.

2章 : 독자들은 徽州의 관습과 신앙, 제례와 동작 기술, 문인과 화가의 '遊樂생활(연극, 꽁뜨, 소설에서 차용한 장면)'을 알려주는 여러 화본들의 도움으로 이 지역의 특성을 가늠할 수 있다. 또한 독자들은 판본의 형식을 통해 문인들의 취향에 대한 지식을 얻을 수 있을 것이며, 놀이, 수집본, 시첩, 모범화본, 도가의 풍경들에 대한 식견도 갖게 될 것이다. 그림에 대한 저자의 탁월한 해설들은 독자들의 관심을 집중시킬 것이다.

3章은 형식의 변천에 관한 연구이다. 독자들은 판형의 설정, 편집, 장식 모티브에 대한 정확한 지식을 얻게 될 것이다. 徽州의 고유한 양식들의 목록

을 시기별로 제시하고 있으며, 이 양식들이 외부에 얼마나 많은 영향을 미쳤는지를 알 수 잇을 것이며, 1625-1650년간 이 양식이 예술의 진정한 공통언어가 되었음을 주지하게 될 것이다.

4章 : 삽화를 그 주변세계와의 문맥적인 관계 속에서 논하고 있다. 비록 徽州의 양식들은 도덕적 관습과 상투적인 표현에 기대고는 있으나 죽음, 폭력, 에로티즘, 이국취향 등 주제 면에서 무척이나 독창적인 양식이었으며, 그것이 장인들에게 미친 파급효과는 적지 않았다.

5章 : <名士, 발행인, 화가와 판화가>라는 표제 하에 엘리트와 일반대중으로 구성되는 독자층을 중심으로 서적의 시장조사를 실시하고 있다.

결론에서 저자는 徽州의 畵風이 겪었던 浮沈의 동인을 논하고 있다. 저자는 徽州를 중심으로 하는 판화 예술의 '황금기'에 대한 재 고찰의 필요성뿐만 아니라, 徽州 이후 폄훼되어온 淸代의 작품들에 대한 재평가를 새로운 과제로서 요청하고 있다. 부록 또한 손색이 없을 만큼 완벽에 가깝다. 색인뿐만 아니라 출판어휘사전과 작업실의 명단, 다량의 참고문헌(유럽에 소장된 原本과 僞本, 목판선집, 출처와 연구)과 영어요약문을 첨부하고 있다. 이 책은 21세기 초에 얻게 된 중국학의 불어본 수작으로 꼽힐만 하다.

98. Koella, Brigitte, ≪Der Traum von Hua in der Ostlichen Hauptstadt. Meng Yuanlaos Erinnerungen an die Hauptstadt. Meng Yuanlaos Erinnerungen an die Hauptstadt der Song(東京夢華錄, 宋의 수도에 관한 孟元老의 기억≫. Buch 1-3. Bern : Lang, 1996. (Schweizer Asiatiques Studien/Etudes asiatiques suisses 24)

≪東京夢華錄≫은 北宋의 수도였던 開封의 도시민의 일상을 보여주는 진귀한 자료에 해당한다. 1985년 스테판 웨스트(Stephen H. West)는 "현대의 사회학자, 문화학자, 역사학자, 경제학자, 文學史家, 예술사학자들은 ≪東京夢華錄≫의 문맥에 대한 충분한 이해의 기반 없이 마음대로 발췌하여 오용하고 전용해 왔다."고 비판한 적이 있다. 이러한 비평에 부응하듯, 이 책의 저자는 孟元老의 ≪東京夢華錄≫의 1-3권을 꼼꼼하게 번역해 내었으며, 그 역사적 문맥에 관해 상세한 해석을 덧붙이고 있다. 이 책은 3부로 편성된다. 제1부는 ≪東京夢華錄≫에서 운용되는 언어에 대한 분석과 비평에 이어, 孟元老의 꿈이 전거로 삼고 있는 문학적 모델과 그 판본의 역사에 관한 유익한 정보를 제공한다. 아울러 저자는 ≪東京夢華錄≫의 수용양상을 논하며, 후대 작가들의 문학적 묘사에 있어 ≪東京夢華錄≫이 그 典範으로서 어떠한 역할을 하였는지를 연구한다. 마지막으로는 孟元老의 傳記가 소개되고 있다. 이 傳記에서 孟元老는 당시 徽宗의 재상이자 후대의 찬사와 지탄을 동시에 받았던 蔡京과 긴밀한 유대를 맺고 있었던 孟氏族의 일원이라는 점에서 논해지고 있다. 아울러 오랫동안 논란이 대상이 되어 왔던 문제인, 孟元老가 孟逵와 동일한 인물인지의 여부를 따지고 있다. 孟逵는 1117년에 徽宗황제로부터 人工園林인 艮岳의 건축을 위임받았던 자이

다. 그러나 그는 이 대규모의 공사를 위해 수많은 백성들을 동원하였던 탓에 결국 국가의 재정파탄을 야기하였고, 北宋은 이로 인해 멸망하였다.

제2부는 당시의 開封市를 소개한다. 北宋이 몰락하면서 여러 극적이고 충격적인 사건들을 겪었던 孟元老는 金나라가 중국을 지배하던 시기에 태어난 젊은이들에게 開封의 번영을 체험했던 자들의 기억을 보존하여 전해주고 싶었던 것이다.

제3부에서 저자는 원문의 어휘와 문맥에 대한 인상적인 해석이 부가된 ≪東京夢華錄≫의 1-3권의 번역을 제공한다. 여기서 저자는 宋代의 그림인 ≪淸明上河圖≫의 6, 9, 10판을 부분적으로 재생해 내고 있다. 이것은 원문에 묘사된 지역들의 세부들을 독자에게 제시하기 위한 저자의 의도에 따른 것이다. 이 책의 첫 번째 삽화는 汴河의 岸邊에 위치한 門과 모든 城門들이 간직해왔던 五代와 宋代 이래의 공식명칭과 그 백화명칭을 상기시켜주고 있다. 이 책의 말미에는 상세한 참조문헌이 첨부되어 있다. 그러나 이 참조문헌에 디에테 쿤(Dieter Kuhn)의 ≪Die Song Dynastie(송대에 관해서)≫가 포함되어 있지 않은 것은 놀라운 일이다. 디에테 쿤은 비록 그의 저서 5章인 <Leben und Kultur in der Song-zeitlichen Stadt> (p.251-285)에서 ≪東京夢華錄≫을 언급하지는 않았지만, ≪周禮≫에서 파생된 전통적 개념의 도시계획이 갖는 역사적 배경을 알려주고 있다. 저자는 논문의 한정된 지면을 고려하여 ≪東京夢華錄≫의 4-10장의 내용을 간략하게 소개하는데 그치고 있으며 번역을 제공하지는 않았다. 이 책에 이어 조만간 발행될 제2권이 기대된다.

99. Ihara Hiroshi 伊原弘, ≪清明上河圖をよむ(청명상하도를 위한 독법)≫, Ajia yogaku/ Intriguing Asia 1999, 11. 186 p.

저자는 ≪清明上河圖≫에 관련된 토론을 위해 다양한 영역의 연구자들로부터 다각적인 협력을 구한다. 비록 대중을 의식하고 있는 저서임이 분명하지만, 이 책은 北京古宮博物館에 소장되고 있는 이 족자에 대한 새로운 연구의 지평을 열어 보이고 있다는 점에서, 이 그림의 세부적인 전공자들로부터 많은 관심을 얻을 것이다. 다른 연구자들은 개인적인 글을 통해 건축, 가구의 역사, 운송, 조선공학, 宋代의 사회사에 관해 각자의 의견을 발표하고 있으며, 원상토론에도 참석하고 있다. 필자들은 모두 이 그림이 開封을 묘사한다는 점에 의견을 일치시킨다. 그들의 해명이 비록 명쾌하다고는 할 수 없지만, 왜 이 그림에서 여자들이 수적으로 적게 출현하는 지의 이유를 밝히고 있다. 서양독자들은 토론자들의 주제 접근방식이 무척이나 정교하다는 것을 느끼게 될 것이다. 예를 들어, 선박의 전공자인 야마가카 킨야(山形劼哉)는 이 그림에 나타나는 선박들의 규모를 남녀의 평균 신장 치수를 이용하여 측산하고 있다. 쿠로다 히데오(黑田日出男)는 족자 속에 출현하는 자들의 총 인원수를 헤아린 후, 남자 659명(85.3%) + 여자 43명(5.6%) + 아이 35명(4.5%) + 남녀대소의 확인이 불명한 자 36명(4.6%)=총 773명(100%)으로 분류한다. 또 다른 한 소논문은 이 그림의 첫 부분에 등장하는 말이 왜 달리고 있는 지를 살펴보고 있다.

100. Chou Yuting, ≪The Floating Body in the Art of Fang Lijun : An Artist's Comment on the Human Condition in Post-Cultural Revolution China(方力均의 예술에서의 부유하는 육체 : 문화대혁명 이후의 한 예술가의 인간조건에 관한 해석)≫. China Information 13, 2-3, 1998-1999, p. 85-114.(The Body in Contemporary China).

　저자는 북경의 젊은 화가 方力均의 작품을 네 개의 시기로 나누어 분석한다. 이 네 시기는 서로 겹치기도 한다. 方力均의 제1시기의 활동은 1984년경부터 시작되지만, 그가 주목을 받게 되는 계기는 1989년 천안문학살사건 이후 '玩世現實主義', 즉 냉소현실주의라는 유파가 형성되면서부터이다. 그의 제2시기는 1980년대 '文化熱風'이 고조되던 때이며, 이 시기에 그는 주로 대중적인 주제를 다루었다. 저자에 의하면, 方力均의 그림은 중국을 황색과 청색의 대립관계 속에서 그려 내었던 1988년의 TV 대중연속극인 ≪河殤≫으로부터 많은 영감을 받았다고 한다. 여기서 황색은 내부의 시선에만 얽매여 있는 대륙문화를, 청색은 내부시선 너머의 서구문화를 상징한다. 方力均의 작품에서 화가의 시선은 만리장성 안으로 고립되어 있는 중국인여행자들로부터 고통과 분노로 절규하는 젊은이들에게로 옮겨간다. 제3시기의 方力均는 망망한 蒼海를 유영하는 자들을 묘사함으로써, ≪河殤≫에서 제시된 대립적인 구도를 뛰어 넘는다. 한결 복합적인 심리가 투영된 이 시기의 작품들이 그러하듯, 이 遊泳者들은 1990년대의 중국문화가 안고 있는 불안감과 취약성을 환기시키고 있다. 1990년대 중반 들어, 方力均의 작품은 모택동시기와 문화대혁명의 영향을 주된 테마로 다루는 가운데 변화를 겪는다. 저자는 方力均의 작품들을 개혁 도상의 중국에 대한 비평의 한 형태로 간주한다. "사람들은 여전히 위협적인 과거의 잔재를 몰각한 나머지, 표층에서 자족하고 있을 뿐이다." 저자의 지적대로 方力均의 연작인 ≪遊泳者≫는 해외독자들로부터 많은 호평을 받았다. ≪河殤≫에 내재한 특이한 문화적 구조와 관계없이, 方力均의 푸른 바다는 미지의 영역과 숨겨진 무의식의 깊이에 닿아 있다.

101. Roberts, Claire, ≪Tradition and Modernity : The Life and Art of Pan Tianshou, 1897-1971(전통과 현대 : 潘天壽의 삶과 예술, 1897-1971)≫. East Asian History 15 -16, June/Decembre, 1998. p.69-76.

저자는 전통회화가 서구의 영향으로 변화를 겪던 시기 國畵의 선구자로서 지대한 공헌을 남겼던 潘天壽에 관한 의미 있고 설득력 있는 비평을 개진하고 있다. 潘天壽는 花鳥畵와 풍경화를 통해 전통적 가치를 옹호하는 자신의 입장을 확고히 했을 뿐만 아니라 현대예술 속에서 갖는 國畵의 잠재력을 입증하였다. 이 논문은 潘天壽의 예술적 정치적 배경을 종합적으로 고찰하고 있다. 그의 생애는 1949년을 기점으로, 전기와 후기로 나누어 기술된다.

潘天壽의 예술작품에 관한 논의는 石濤와 八大山人에 영감을 두고 있는 작품들이 먼저 거론되며, 이어 潘天壽 고유의 창조적 화법으로 그려진 작품들이 논해진다. 마지막으로 이 책은 國畵의 현대화에 기여했던 그의 공로들이 기술된다. 이 논문은 중국예술의 현대성과 현행의 전통적 개념들을 재고찰하는데 도움을 줄 것이다.

102. Thiriez, Régine, ≪Photography and Portraiture in Nineteenth-century China(19세기 중국의 사진과 초상화)≫. East Asian History 17-18, June-Decembre 1999, p.77 -102.

여기서 연구의 대상으로 선별된 사진작품들은, 이미 활용되었고 수적으로 많지 않은 유명 인사들을 피사체로 하는 것들이 아니다. 이 연구는 1900년도 이전에 찍은 보통사람들의 초상화가 주류를 이루는 많은 사진들을 다루고 있다. 이 시기는 사진의 용도와 활용에 획기적인 변화를 가져온 휴대용 카메라가 아직 발명되지 않았던 때이다. 10년 이상 이 사진 수집에 전념해온 저자는 다음과 같이 언급 한다 : 이 사진이라는 발명품은 서양인들이 극동에 식민지를 발전시킬 당시에 발명되어 비약적인 발전을 보게 되었던 까닭에, 당시 중국 해안지역의 도시들이나 개방항구에서 아주 빠른 속도로 파급되었던 것은 그리 놀라운 일이 아니다.

이 책에 실린 사진들 대부분의 형태는 전 세계에 두루 알려졌던 일련의 '그림엽서' 판에 속한다. 카메라는 한 나라에서 다른 나라로, 한 지방에서 다른 지방으로 이동하였으나 테크닉은 동일하다. 사진사들은 동일한 부류의 피사체 가운데서도 보다 지방적인 특색이 더 많은 것을 선택하였다. 그리하여 독자들은 사진을 통해 지역적 특성을 정의할 수 있다. 지역적인 특색과 이색적인 색채가 농후한 풍경화와 별반 다를 바 없는 인물사진들은 주로 외국여행객들이 구입한 것이다. 중국인들도 외국인과 같은 맥락에서 외국인의 초상화를 구입하였다. 다른 곳에서와 마찬가지로, 이곳에서도 이 사진들은 일종의 증언으로서의 역할을 한다는 점에서 역사학자들을 위한 의미 있는 참고 자료로서 활용될 수 있을 것이다. 물론 이 경우, 역사가들은 이미지의 조작과 때로는 과장된 연출, 특히 여자들을 피사체로 하는 사진들의 과다한 표현들에 대해서는 일정한 거리를 두어야 할 필요가 있다. 수집품들의 대부분은 서양인들의 소장품으로서, 중국과 중국여자의 인구분포와 사회 상태를 알려주기보다는 구매자인 남자들의 취향에 대해 더 많은 이야기를 해주고 있는 듯하다. 마지막으로, 저자는 한편으로는 그려진 초상화, 다른 한편으로는 인물사진 간의 상호 교섭적인 양상을 언급하고 있으며, 새로운 기술과 함께 도입된 외국의 표현기술인 이 사진과 중국전통의 초상화 간의 대립양상들을 살펴보고 있다. 부록으로는 19세기 후반 인물의 특성을 나타내는 소품이 수반된 반신 흉부상들, 예를 들어 지식을 상징하는 책을 배경으로 찍은 사대부 출신의 흉부 사진이나 그 직업을 알려주는 주판을 곁에 한 상인들의 사진들을 제공하고 있다.

103. ≪The Admonitions Scroll(女士箴圖)≫. Orientations
32, 6 June 2001, p. 22-58.

5편의 글을 싣고 있는 이 간행물은 大英박물관에 소장된, 顧凱之의 그림
≪女士箴圖≫를 전적으로 다루고 있다. 2001년 6월과 7월에 전시되었던
이 그림은 2001년 6월 大英박물관이 주관했던 한 토론회에서 논의의 주요
대상이 되었다. 이 책에 게재된 글들은 토론회에 참석한 샨 맥코스랜드
(Shane Mccausland), 샤를르 마쏭(Charles Mason), 알프레다 뮤릭
(Alfreda Murck), 쥴리아 뮤라이(Julia K. Murray), 위 휴이섬(Yu
Huissm)이 기고한 것들이다. 토론회에서는 이 기고문의 내용을 발표하는
것을 원칙으로 하였다. 그렇지만 이 책은 토론회에서 오랜 시간 동안 거론되
었던 이 그림의 시대설정과 작가의 진위 여부에 대해서는 논평하지 않고
있다. 대신 컬러로 복원된 顧凱之의 작품들을 게재하고 있다.

104. Zhang, Yingjin(ed.), ≪Cinema and Urban Culture in Shanghai, 1922-1943(상하이의 도시와 영화, 1922-1943)≫. Stanford, CA : Stanford University Press, 1999. XVI + 368 p.

독자들의 흥미를 유발하기에 충분한 이 책은, 우리가 부분적으로만 이해하고 있는 중국영화발전사의 특정한 한 시기를 조명하고 있는 10편의 글들을 싣고 있다. 저자는 서문에서 이 시기부터 중국과 서양에서 시작된 중국영화 연구에 관한 아주 유용한 역사적 개론을 제시한다. 그는 서문을 제외한 9편의 논문을 3부로 나누어 다룬다. 제1부 <애정영화상영 : 茶館, 영화, 관객>은 1910년대부터 1930년대까지 가정애정소설이 영화관객을 어떻게 동원할 수 있었는지를 보여준다. 제2부인 <애정영화 : 카바레 여자, 영화스타, 매춘부>는 도시여인들과 性愛에 대한 공개적인 담론들에 초점을 맞춘다. 제3부 <영화와 민족정체성 : 건설과 항쟁>은 영화제작의 사회적 정치적 맥락을 포괄적으로 검토함과 동시에 공화국의 검열과 영화에서 음악을 어떻게 운용하였는지를 살펴보고 있다.

케이스 연구에 해당하는 <1920년 上海에서의 서구애정영화와 고전적인 주제영화>의 저자인 크리스틴 하리스(Kristine Harris)는 중국에서 초기의 영화제작에 관련된 몇 가지 양상들, 예를 들어 1927년 民新제작사에서 만든 한 영화에서 감독 侯曜와 타이틀작가 푸 순칭(Pu Shunqing)이 사용했던 다양한 기술과 예술적 장치들을 탐구하고 있다. 그녀는 먼저 사회적 문제들을 무대에 올리는데 전념했던 侯曜와 푸 순칭의 극자가로서의 배경을 개괄하고 있다. 侯曜는 '문학연구회'의 상해계파와 관련된다. 저자는 이어

1920년대 말 많은 역사극과 무협예술과 환타지영화가 어떻게 만들어졌는지를 기술한다. 이러한 영화들은 대중들의 폭넓은 호응을 얻었다. 侯曜와 푸순칭이 각색한 ≪西廂記≫는 그들이 밟아왔던 경력과는 어울리지 않는 작품으로 보인다. 저자는 이 영화의 저변에 깔려 있는 관습적이고 전통적인 가치를 공고히 하려는 작가의 의도를 주제 연구를 통해서 찾아내고 있다. 그럼에도 불구하고 이 영화는 비현실적인 꿈의 연속적인 장면을 과감하게 삽입함으로써 장르의 혁신에 있어 성공을 거두고 있다.

<신민족문화의 건설 : 南京의 10년간의 영화검열과 광동어로 된 작품들, 미신과 性>의 필자인 쩌어 웨이샤오(Zhi weixiao)는 전국영화검열위원회와 중앙영화검열위원회에 의해 감시되고 통제되었던 작품들에 관한 정보들을 알려주고 있다. 일찍이 1931년에 전국영화검열위원회는 영화는 표준어인 國語로 제작되어야 한다는 원칙 아래 방언을 용인하지 않았다. 胡漢民이 실권을 쥐고 있었던 廣東정부는 南京정부를 인정하지 않았기 때문에, 전국영화검열위원회가 자신들의 정책을 수행한다는 것은 불가능하였다. 그리하여 광동의 스튜디오는 광동정부가 1936년 남경 정부를 대상으로 일으켰던 반란이 실패할 때까지 廣東語로 된 영화를 만들었다. 저자는 이어 1930년대 초기에 전개된 反迷信運動에 대해 논한다. 이 캠페인은 '비과학적'이라 간주되는 영화들, 특히 怪力亂神이나 불가사의를 다루는 많은 영화들은 그 상연이 금지되었다. 이와 병행하여 정부는 상해와 같은 대도시들에서 스크린을 통해 서서히 활로를 찾고 있었던 새로운 성도덕에 대해 신경을 곤두세워야 했다. 저자는 정부와 검열관들이 영화에서의 음란하고 불량한 행위들을 대신하여 단아하고 건장하게 보이는 남녀를 이상형으로 주입시키기 위해 얼마나 많은 노력을 기울였는지를 보여준다. 이와 같이 상이한 캠페인들 모두는 현대국가의 건설과 국민의 계몽에 초점이 맞춰진다. 최근 몇 년 동안 중국문

학과 중국예술에서의 1930년대는 새롭게 조명되고 있다. 문학의 표준이 조정됨에 따라 우리가 갖고 있는 영화와 예술과 대중문화의 이미지 또한 조정되고 있다. 이 책은 1930년대의 문맥을 설정하려는 광범한 노력들에 의미 있는 기여를 할 것이다.

105. Bérénice Reynaud, ≪Nouvelle Chine Nouveaux ciné
ma(신중국과 신영화)≫, Paris, Editions Cahiers du ciné
ma, 1999, 319 p.

1985년 4월 어느 날 밤, 九龍반도의 한 영화관에는≪黃土地≫(1984)라
는 영화를 보기 위해 수천 명의 관람객이 쇄도하였다. 관객들은 이 영화의
감독인 츠언카이거(陳凱歌)와 카메라맨 장이모(張藝謀)와 밤늦도록 환담을
나누었다. 九龍반도와 홍콩을 왕래하는 '스타페리'호와 지하철은 끊겨버렸
다. 중국대륙의 한 영화에 홍콩관객들의 열기가 고조되었던 것은 해방 이후
처음 있는 일이다. 츠언카이거와 장이모의 홍콩 외유는 첫 외국 여행이며
홍콩인들과의 대화 역시 처음 경험하는 일이다. 1984년은 중국영화사의 新
聲을 알리는 각별한 해이기도 하다. 왜냐하면 중국대륙에서는 ≪黃土地≫
가 제작되었으며, 홍콩에서는 중국과 영국이 홍콩의 장래에 대해 합의가
이루어졌으며, 영화제작소 'Film Workshop'이 추이 학(Tsui Hak, 徐克)
에 의해 설립되었기 때문이다. 게다가 타이완에서는 에드워드 양(楊德昌)이
중국 최초의 '누벨바그' 양식의 장편영화인 ≪해변에서의 하루(海灘的一天,
1982)≫를 상연했다. 중국영화가 국제무대에 알려지기 시작한 것은 바로
이 때부터이다.

중국인의 조국에 대한 향수는 누구보다도 강하다. 두 차례의 아편전쟁
(1840-1842년과 1856-1860년)은 서구열강들에게 국토전체를 헐값으로
내주게 하였고, 홍콩과 마카오는 식민지가 되었다. 일본은 1895년 타이완을
강점했고, 10년 이상을 끌어오던 내전은 조국을 사분오열시킨 끝에 국민당의
대만 이주로 종결되었다. 그러므로 '중국'이라는 단어는 그 다의성과 모호성

으로 인해 쉽게 논란의 대상이 되기도 한다. 이전의 청나라, 孫文의 중화민국, 毛澤東의 중화인민공화국을 통해 중국의 꿈은 하나이지만 그 양상은 매우 다양하고 복잡하다. 제국의 창건자(秦始皇, 毛擇東, 將介石)들은 저마다 국토의 통일을 앞세워 왔다. 그러나 60년 동안 일치되지 못한 목소리로 세 나라 각각이 나름의 문화적 역사적 특질을 주장하고 있다. 그들의 영화도 마찬가지이다. 저마다의 중국이 함께 공유하고 있는 것은 동강난 정체성에 관한 상실의 아픔이며, 서구현대화와의 비극적이고 일탈적 만남으로 야기된 도덕적인 인식이자 지적인 인식이다.

영화가 발명되던 시기의 중국은 아편전쟁의 후유증을 막 벗어나던 참이었다. 중국에서 '電影'이라고 불리는 영화는 1896년 8월 여름 밤 上海公園에서 처음 상연되었다. 아마도 루미에르(Lumiere) 형제의 한 카메라맨이 아니라면 아마도 에디슨(Edison)의 직원이 조직했을 것이다. 이어 프랑스와 미국의 카메라맨들이 중국의 일상을 촬영하기 위해 다소 자유로웠던 항구도시인 上海, 홍콩, 廣州로 들어 왔다.

중국인들은 처음으로 프랑스제 카메라를 이용하여 북경오페라의 연작물을 영화로 만들어 1905년에 상연하였다. 이후 브로드스키(Brodsky), Ishen(이스헨), Suffer(사퍼)로 추정되는 인물들과 傳記작가들이 미국영화수입과 현지촬영을 위해 중국에 들어와 영화시장을 개척하는데 골몰하였다. 이들은 영어가 능통한 젊은이들, 특히 장쓰추안(張石川)과 리민웨이(黎民偉)와 공동작업을 펼쳤다. 이 두 중국인은 1913년에 자신들의 영화를 만들었다. 장쓰추안은 《難夫難妻》를, 리민웨이는 《莊子試妻》를 제작하였고 자신들이 직접 주인공 역을 맡았다. 이들은 중국영화의 진정한 창립자들이다. 같은 시기에 자유항 특히 국제도시인 上海의 관객들은 헐리우드 풍의 영화에 몰입되었고 1949년 이후까지 그 열기는 계속 되었다.

공산정부의 도래와 함께 헐리우드의 영화는 그 상연이 금지되었고, 따라서 상해 영화사들은 그 복제본들이 망가져 폐기될 때까지 돌려야만 했다. 1930년 -1940년대 상해의 스튜디오가 이루어 낸 가장 훌륭한 성과로는 민간문학의 인물들을 헐리우드 기술과 조합시킨 吳永剛의 ≪女神≫(1934)과 민간문학의 인물들을 당시 대부분의 스튜디오를 지배하던 좌익과 민족주의 감성에 맞도록 각색한 선시링(沈西苓)의 영화 ≪십자로에서(十字街頭)≫(1937), 또한 민간문학의 인물들을 중국전통예술의 형식미와 조합시킨 費穆의 ≪촌락의 봄(小城之春)≫(1948)과 같은 작품들을 탄생시켰다는 점이다.

1949년 이후 정부는 자국 영화의 국산화를 꾀하였다. 영화를 당의 전략도구로 삼음에 따라, 중국정부는 농촌에 상영단위를 설치하여 영화를 항구도시에서 벗어나도록 하였다. 새로운 영화의 목표는 농민, 노동자, 군인들을 주축으로 하는 '대중혁명'에 있었다. 이는 모택동이 1942년 '延安文藝講話'에서 천명하였듯이, 영화를 지식인과 도시, 특히 상해의 국제적 스튜디오와 결별시키는 것을 의미했다. 그리하여 이전 영화에서는 거의 볼 수 없었던 현상으로, 중국의 국토가 혁명 이후의 주인공으로 등장하게 되었다. 노동자 영웅들의 연대감은 백지와도 같은 신중국사를 기록하는데 필요한 먹물과도 같았다. 그러나 ≪黃土地≫는 오히려 땅의 완고성을 보여준다. 땅은 혁명에 의해 개선된 소박한 농민들의 생존 요소이자 구조이다. 山西 북쪽의 농촌을 보여주려는 천카이거와 장이모에 의해 펼쳐지는 서정주의는 오늘날 우리의 스크린을 채우는 말랑한 감성과는 달리 단단한 미감을 보여주고 있다. 나무들은 농민과 군인의 연대를 환영하기 위한 꽃을 영화가 끝날 때까지 피우지 않는다. ≪黃土地≫는 검열관들로서는 전복적인 영화였을 것이다.

제5부

종교와 교육

106. ≪Kitajskij blagovestnik(중국교회소식)≫Moskva : Izdatel'
stvo Sviato Vladimirskogo Bratstva, 1999. 95 + 95p.

  모스코바의 파트리아키(Patriarky) 출판사는 간행물 ≪중국교회소식
(Kitajskij blagovestnik≫의 발행을 속개했다. 이 간행물의 탄생은 1907
년 북경주재 러시아정교의 선교회에서 비롯되었다. 이 간행물의 본 취지는
북경주재 선교사들이 교구에서 행한 선교활동을 소개하는 데 있다. 그러나
이 간행물은 1954년 교구가 공식적으로 폐쇄되면서 停刊되었다. 이를 모태
로 하는 1999년의 속간물 1호는 현재 중국의 러시아정교 자매들이 당면하고
있는 시급한 상황과 러시아정교회 자체에 가중되고 있는 여러 우려스러운
일들에 주목하고 있는 중국러시아정교사연구회에 의해 출간되었다. 2000년
의 제2호에 이어 연속적으로 간행되고 있다. 각 호는 여러 부로 나뉘어 집필
되고 있으며, 중국자치정교회의 교구연대기와 문서들, 중국정교와 기독교의
역사, 중국문화에 관한 논문들로 되어 있다. 로마노프(A. Lomanov)의
기고문 ≪중국에서의 초기 기독교의 가르침≫은 서구선교사들의 기독교 선
교활동과 그 내용을 살펴보고 있으며, 이바노프(P. Ivanov)의 ≪러시아정
교의 신약을 중국어로 번역함≫은 신약의 중국어 번역사와 그리스정교의
번역과 서구의 번역에서의 차이점을 찾아낸다. 포즈다네브(D. Pozdanev)
가 쓴 두 편의 글, ≪20세기 만주에서의 신앙생활≫과 ≪滿洲國의 미션스
쿨≫은 20세기 초 일본치하의 만주에서 시행되었던 러시아정교의 영적인
교육을 논한다. 제1호와 2호는 각기 ≪天津과 그 부근에서의 러시아정교의
발달≫과 ≪중국애국천주교회의 조직구조와 활동 및 중국천주교연합회≫
를 게재하여 러시아의 독자들에게 중국에서 출간된 기독교 관련의 중국어

저서들을 소개한다.

비록 이 잡지의 몇몇 기고문들은 재판된 것으로서, 이미 러시아 독자들이 알고 있는 것이기도 하다. 하지만, ≪중국교회소식(Kitajskijblagovestnik)≫과 같은 전통과 명성을 자랑하는 권위 있는 잡지의 부활은 러시아정교회의 중국정교회와 북경선교회의 역사에 관심을 이끄는 것으로서, 새로운 문화와 이념을 만나게 해주는 중요한 교량으로 간주된다.

107. ≪基督教文化學刊(기독교문화학간)≫, 北京, 東方出版社, 1999년

대외 개방으로의 정책적 변화와 함께 보다 자유로운 지적 풍토가 마련됨에 따라 종교현상에 대한 관심 또한 대폭 커지고 있다. 서구의 생활과 사고에 대한 지적인 관심의 출현은 10년 전의 정기간행물 ≪基督教文化評論≫의 출간을 그 계기로 삼는다. 아쉽게도 이 간행물은 6년 전에 停刊되고 말았다. 이에 따라 현재로서는 楊慧林을 중심으로 중국인민대학 부속기관인 '기독교 문화연구회'에서 발행하는 ≪基督教文化學刊≫만이 서구의 종교 생활과 종교적 사유를 중심 주제로 삼고 있는 유일한 간행물로 남게 된 셈이다. 이 간행물은 그 서문에서 예시되듯, 진리에 이르는 다양한 방법론의 탐구를 그 주된 과제로 하고 있다. 이 창간호는 총 30편의 논문을 6章으로 분할 편성하고 있으며, 각 논문의 표제마다 景教(파사교, Nestorian)의 문구를 인용하고 있다. 논문들의 중심 주제는 중국문화와 기독교의 소통, 기독교 사상가들, 기독교의 교리와 경전의 해석, 기독교의 문화와 문학, 기독교와 사회윤리의 관계, 중국에서의 기독교 역사 등이다. 마지막 4, 5, 6章은 상술한 주제들에 관련된 서적들의 개요가 주어지며, '중국의 전통윤리와 세계윤리회의'에 대한 정보를 제공하고 있다.

게재된 논문들 중, 특히 楊慧林과 金元浦가 공동집필한 ≪詩經≫과 ≪聖經≫의 해석에 관한 연구는 특기할만하다. 이 연구에 따르면, 해석의 권위와 의미가 지닌 다원성의 변증법적 관계는 聖과 俗의 상호작용으로 대체 설명될 수 있다. 중국과 서양의 神人관계, 중국사유를 논의의 핵심으로 다루는 卓新平의 논문은 동양의 天과 서양의 神에서 보이는 개념상의 유사

성과 차이성을 인간의 탄생과 창조, 敬天과 崇神, 天의 은택과 神의 가호 등 대비적 구조를 통해 드러낸다. 劉小楓의 논문은 반기독교주의와 여호와 증인의 개념을 요체로 하는 메레스토브스키(Mereskovskij)의 현대적 상징주의와 기독교정교의 배경을 슬라브적 전통과 유럽자유주의의 중간 지점에서 논의하고 있다. 또한 張祥龍은 장 반 루이스브로에커(Jan Van Ruysbroek)의 愛智主義를 논한다. 에드윈 휘(Edwin Hui)는 자유이성주의자와 존재주의자 및 그 유사개념들을 '인간' 그리스도의 종말론적-목적론적 이미지와 비교하고 있다. 맹가니엘로(D. Manganiello)의 논문은 정신과 육체, 예술과 삶 등 서구의 전통적인 이원론을 화해시키기 위한 미학적인 試論에 해당된다. 카브 위(Carver Yu)는 진실과 앎에 대한 계몽주의적 자각을, 한편으로는 후기현대주의가 낳은 모순적 주관주의와의 대조를 통해서, 다른 한편으로는 기독교적 계시와의 대조를 통해 설명한다. 張西平과 王寧은 각기 精神史와 관련된 논문을 내 놓고 있다. 많은 연구들이 예수교 修士들에 의해 중국으로 유입된 서구의 과학과 기술들을 언급하는 반면, 明, 淸代의 지식인들에게 미친 서양의 종교적 철학적 영향에 대해서는 간과하고 있다. 중국에 소개된 유럽의 스콜라 철학에 관한 張西平의 논문은 이러한 점에서 주목을 요한다. 王寧은 서구문학에서 집단무의식의 상상력과 상징적 이미지에 관한 노스롭 프라이(Northrop Frye)의 학설을 소개하고 있다. 프라이에 의하면, 유럽의 상징들은 그리이스-유대-기독교 전통 위에 뿌리를 두고 있는 그리이스 공통어이자 신약성서의 언어인 코이네(Koiné) 語의 암시적 언어로부터 파생되었다. 이러한 규약을 이해하는 것은 동서양 모두에게 중국문학에서의 크고 작은 전통에 내재한 유사한 규약들을 포착하는데 중요하다. 이 훌륭한 간행물은 매년 두 차례에 걸쳐 발행된다. 색인과 요약문은 영문으로 표기되어 있다.

108. 手島一眞(데시마 이센), ≪唐代における士人の信仰ついて : 玄宗朝末から肅宗朝期における動向(唐代에 있어서 문사들의 信仰에 대해서 : 玄宗말기부터 肅宗 시기의 動向)≫, Indogaku bukkyogaku kenkyu 47, 1998년 12월 1일, 97-100쪽

唐나라 황제 玄宗은 유교, 도교, 불교의 주요 경전들에 두루 註解를 가하였다. 특히 그는 道敎를 가장 중시하였다. 그의 통치 후반기의 楊國忠과 같은 주요 재상들이 어떠한 종교를 믿었었는지는 명확하지가 않다. 安祿山의 난이 발발한 이후, 정부의 통치권을 장악했던 房琯은 전반적으로 불교에 경도되었던 것으로 추정된다. 그러나 다른 고관들은 이 세 종교의 조화를 추구했던 것 같다. 그 후 肅宗의 재상이었던 李泌은 불노장생의 도교를 신봉하였다. 반면 肅宗은 護佛정책을 채택하였다가 이후에는 아주 단기간이었지만 도교정책으로 전환하였다가 다시 불교로 귀의했다. 특히 불교는 궁정의 환관들에 의해 선호되었다. 하지만 불교와 도교는 모두 매력적인 권능의 대상으로 신봉되었으며, 숙종의 통치 말기로 갈수록 환관들의 세력이 강성해짐에 따라 불교의 영향력 또한 더욱 기세를 떨쳤다.

109. 手島一眞 (데시마 이센), ≪功德と報應の一考察：唐玄宗朝の三敎齊一策して(공덕과 응보에 대한 고찰：唐玄宗시기의의 三敎齊一策에 관해≫, Indogaku bukkyogaku kenkyu 48, 1999년 12월 1일, 235-239쪽

공덕과 보답의 개념은 인과응보에 관한 불교 교리의 일부에 속한다. 중국에서 이 개념은 天帝에 의한 시혜라는 중국의 전통적 개념에 기초한다. 일반적으로 이 개념은 개인에 국한된 것으로 간주되었다. 唐나라 玄宗 말엽에 이르면, 종교정책에 있어 이 세 교리들을 동등하게 취급하는 이른바 三敎一體論을 접할 수 있게 된다. 玄宗의 누이 중 한 명인 金山公主는 스스로 도교의 여승이 되었다. 뿐만 아니라 그녀는 고인이 된 祖母의 공덕을 쌓기 위해 雲居山의 眞如寺에 거액을 기부하였다. 이러한 행위들은 종교정책에 중요한 파장을 미쳤다. 또 다른 궁정의 유력한 인물로서 환관이자 수석재상이었던 高力士는 그의 저택을 佛舍와 道館으로 사용될 수 있도록 기증하였다. 이러한 기부는 그의 義父와 돌아가신 어머니에게 공덕을 베풀기 위한 것이었다. 요컨대 高力士는 先代의 조상들과 그 자신과 황실을 위해 공덕을 쌓았던 것이다. 玄宗은 개인적으로 이 세 종교의 기본 經傳들에 대한 주해작업에 공력을 기울였고, 따라서 그는 도교를 선호하면서도 세 종교의 조화를 추구할 수 있었다. 또한 개인을 위한 공덕이나 보답은 국가의 정책으로 확대될 수도 있었다.

110. 方立天, ≪論南頓北漸(南朝의 頓悟와 北朝의 漸修를 논함)≫
世界宗敎硏究 2000, 1, 34-48쪽

중국불교에서 단도직입하여 곧장 見性한다는 의미인 頓悟의 초기이론은
支遁, 道安, 僧肇(394-414) 등에 의해 창안되었다. 이 초기이론가들은 眞
理인 보리(菩提)에 이르는 10개의 점진적인 단계가 있지만 꾸준한 수행을
통해 일곱 단계에 이르면 불현듯 작은 깨달음을 얻을 수 있다고 주장하였다.
그러나 竺道生(? - 434)은 이러한 초기이론에 이의를 제기하여 頓悟成佛
說을 주장하였다. 즉 그는 진정한 菩提는 학문의 수행절차를 거쳐 점진적으
로 완성되는 것이 아니라 한 순간 보리심을 진작시켜 일거에 正覺을 이루어
열 번째의 단계에 도달한다고 보았다. 돈오에 의한 깨달음의 양자택일적
여부가 있을 뿐, 그 중간단계인 부분적인 깨달음은 없다고 보았다.

僧肇(378-413)의 ≪僧肇論≫에 주해를 단 ≪肇論疏≫의 저자인 慧達
에 의하면, 깨달음은 보는 것 즉 見性에서 나오며, 이 견성은 신심이 쌓이면
서 잘못된 믿음이 점차적으로 없어진 연후에야 비로소 얻어진다. 北禪宗의
神秀(606-706)에 의하면, 본성이란 순수하지만 번뇌로 가득 차 있으며,
이 번뇌는 심신수련과 묵상을 통해서 없어질 수 있다고 본다. 순수한 마음에
도달하는 관건은 잡념으로부터 벗어나는 바로 離念에 있다. 그는 5가지 방도
를 제시하였으며, 견성은 불현듯 도래하는 것인 반면, 학습은 점진적인 것이
라 설파하였다. 따라서 그는 잘못된 믿음과 윤회를 진실과 해탈과는 다른
별개의 것으로 보았다. 하지만 神秀는 慧能과 神會와 마찬가지로 점진적이
든 갑작스러운 것이든, 견성이란 율법에 있는 것이 아니라 인간의 능력에
내재하는 것으로 보았다. 神秀, 慧能, 神會에게 인간은 선천적으로 통찰력을

가진 존재로 인식된다. 또한 그 통찰력은 갑자기 생겨나는 것이지 예견되어
지는 것이 아니다. 이들의 직계인 洪州와 石頭 역시도 문득 깨달음, 즉
頓悟만을 인정하며, 집착을 버리기만 한다면 평범한 일상의 모든 것이 이
깨달음의 방편이 된다고 보았다. 그들에게 있어 수행을 조건으로 하는 점진
적인 깨달음은 의미가 없다. 특히 洪州와 石頭는 마음을 비울 것을 강조하는
한편 구도의 한 형태인 명상을 거부한다. 이러한 논지의 전개는 복잡한 얼개
를 형성하게 된다. 왜냐하면 慧能은 지각이나 수행과 같은 것들을 부정하지
않고 새롭게 정의 내렸기 때문이다. 따라서 頓悟의 교리에도 불구하고, 전통
불교도들의 점진적인 깨달음을 위한 수행은 계속 되었다. 오랜 시간이 지나
면서, 知覺에 대한 태도는 약화되었고, 일부 禪僧들은 도덕률 폐기론자가
되었다. 하지만, 모든 禪宗의 계보들은 지각이 있는 존재들만이 부처의 본성
을 가지고 있다고 여겼다. 부처의 본성이란 단지 드러나기만 하면 되는 것이
다. 神秀는 부처의 본성과 옳지 못한 사유를 실재의 것으로 보았으며, 따라서
사유로부터의 분리를 주장하였다. 반면 慧能과 神會는 사유를 옳은 것과
그른 것으로 분리하여 그릇된 사유를 배제하였다. 그러나 그릇된 사유라는
것은 실재하지 않는 것이기에, 그것의 제거 또한 염두에 둘 필요가 없다고
역설하였다. 馬祖道一(709-788)은 부처의 본성과 그 드러남은 하나이기에,
부처의 본성과 인간의 본성 사이에 차이는 없다고 보았다. 그래서 神秀는
사유로부터의 분리를 점진적으로 학습한 후, 명상을 통해 순수한 마음으로
가는 묵상을 행하면 돈오의 경지에 이를 수 있다고 보았다. 神會와 慧能은
단계를 거치지 않는 직입적인 성찰을, 문득 깨닫기 위한 학습으로서의 묵상
보다는 통찰력을 강조하였다. 馬祖道一과 그 밖의 인물들은 본성과 사유를
동일시하였고, 모든 경험들을 학습을 통해 예견되지는 않아도 자연스럽게
나타나기 마련인 부처-본성의 표출로 보았다.

111. Davis, Richard H.(ed), ≪Images, Miracies, and
Authority in asian Religious Traditions(아시아 종교 전
통의 이미지, 기적, 권력)≫. Boulder, CO : Westview
Press, 1988. 239 p.

이 간행본은 1991년부터 1993년간 아시아연구회가 연례총회를 위해 조직
했던 일련의 토론회의 결과이며, "아시아의 종교전통에서 보이는 마력으로서
의 이미지" 현상을 언급하고 있다. 여기서 거론되는 종교적 전통은 불교,
자이나교, 힌두교이며, 시기적으로는 중세기를 위주로 한다. 두 편은 중국을,
한 편은 일본을, 나머지 5편은 인도의 연구에 할애된다. 편집자인 데이비스
(Richard Davis)는 유용한 소개문을 싣고 있다. 저자들 모두는 전통예술사
에 대한 다양한 방법론으로 폭넓은 접근을 시도하고 있으며, 이미지 자체와
그 힘들을 종교종사자와 종교체제와 국가를 포함하는 사회적 문맥 속에서
파악하고자 한다. 여기에는 이해를 돕는 풍부한 자료들이 제시된다. 그러나
논문의 대부분은 전문적인 성격이 강한 탓에 비전문가들로서는 접근이 쉽지
않을지도 모른다. 중국학의 독자들에게는 코이치 쓰노하라(Koichi
Shinohara)가 쓴 2편의 논문,≪Changing Roles for Miraculuos
Imagies in Medieval Chinese Buddhism : A study of the Miracle
Images Section in Daoxuan's collected Records'(중세 중국불교의
기적적인 이미지를 위한 역할의 변화 : 따오쒸엔의 선집기록 속에서의 기적
적 이미지에 관한 연구)≫와 ≪Dynastic politics and Miraculous
Images : the Example of Zhuli of the Changlesi Temple in
Yangzhou(왕조 정책과 기적적 이미지 : 周禮를 전범으로 하는 楊州 常樂

寺≫이 가장 많은 도움을 줄 수 있을 것이다. 이 두 편의 논문은 불교의 이미지들이 갖는 복합적인 관계, 사원의 공동체, 혼란했던 六朝시기의 정치권력, 수도원의 공동사회, 唐의 중국재통일에 따른 관계의 변화를 체계적으로 보여준다.

112. Reed, E. Carrie, ≪Tattoo in Early China(초기 중국의 文身≫. Journal of the American Oriental Society 120, 3, 2000, p. 360-376.

이 논문은 고대의 ≪尙書≫에서부터 明代의 백화소설에 이르는 방대한 자료조사를 통해 현대 이전의 중국에서 실행되었던 文身의 문학적, 역사적 근거를 개괄적으로 제시하고 있다. 저자는 문신의 해당 용어들에 관한 간략한 소개에 이어, 문신의 방법을 烙印, 刻印, 刺字, 刺文 등 몇 가지의 범주로 나누어 설명한다. 그러나 엄격한 의미에서 이러한 범주들은 서로 중복되어 운용된다. 저자는 문신을 非漢族을 구별하기 위한 방편으로서, 징벌의 한 형태로서, 뿐만 아니라 노예와 첩에 대한 소유권의 표기로서, 化粧의 한 부분으로서, 군대의 상징적인 형상으로서 간주한다. 저자는 문신의 방법을 범주화하는 데 있어 이 논문의 저본이기도 한 段成式(800-863년)의 筆記集 ≪酉阳杂俎≫로부터 25개의 일화들을 골라 그 예증으로 삼았으며, 특히 刺字, 刺文을 설명하는데 주안을 둔다. 왜냐하면 이 범주는 중국문화가 모범으로 오랫동안 고수해온 유교의 육체에 대한 개념, 즉 부모로부터 稟受된 육체에 대한 신성불가침에는 어울리지 않는다는 것을 쉽게 알 수 있기 때문이다. 이 신성불가침은 중국고대사를 통해 효도의 조건으로서 줄곧 엄수되어 왔으며, 그에 대한 위반은 반드시 사회적, 법적인 처벌이 엄격하게 가해졌다. 그렇지만 적어도 段成式에 의해 제시되는 일화들로 미루어 볼 때, 이 문신은 군인들과 하층민을 비롯한 기타 사회주변인들 사이에서 널리 성행하였음을 짐작할 수 있다. 그 밖에도, 문신은 성적 매력이나 악마를 쫓는 마력을 지닌 것으로 인식되었을 뿐만 아니라, 주변부의 소외계층들이 자신들의 응집력을 나타내는 표상으로서의 역할을 하기도 하였다. 그러므로 문신은 종종 儒家들에게 경종의 대상이 되는 개인적인 도발행위로 해석되기도 하였다.

113. 干樹德, ≪浦公故事及其歷史內函(浦公고사와 그 역사적 함의)≫, 宗敎學 43, 2월 1999, p.76-80.

峨眉山이 숭배의 대상으로 자리하게 된 것은 한 故事에 의거하고 있다. 이 故事의 요지는 漢나라의 平帝 치하의 심마니였던 浦公이 峨眉山에서 普賢보살의 顯示를 직접 체험했다는 것이다. 浦公은 자신이 목격한 것을 서역의 승려 千歲에게 전했고, 이어 千歲는 포교승 카스야파(Kasyapa)와 마타우가(Matauga)를 만나러 洛陽으로 갔다. 이 고사는 峨眉山에서 보여지는 기묘한 빛 즉 후광과 연관된다. 그러나 이 故事가 나온 시기는 분명 唐나라 이전이라고는 볼 수 없다. 왜냐하면 普賢보살의 현시에 관한 故事는 中唐 혹은 晩唐 시기 이후에야 출현하기 때문이다. 北宋 초기에 이러한 빛은 길조를 뜻하고 기적적인 신호로 여겨졌다. 저자의 결론에 따르면, 遼나라에게 五台山을 빼앗겼던 北宋이 그것에 대응되는 경쟁 대상으로 峨眉山을 지정함과 동시에 상술한 내용의 고사를 만들어 내었다. 浦公을 언급하고 있는 가장 빠른 시기의 사료로는 1075년에 峨眉山을 방문한 적이 있었던 範鎭이 지은 詩를 들 수 있다. 峨眉山의 권위를 보살의 聖地로 지지하는 과정에서 普賢보살이 연관되었던 것이다. 마치 五台山이 文殊보살에 연결되듯이. 宋 皇室은 이렇게 일치시키는 것에 대해 열렬히 지지하였다. 峨眉山의 승려들은 이를 이용함으로써 峨眉山에 가장 오랜 고대성을 부여하였다. 浦公이 普賢보살의 현시를 목격한 시기를 최초의 불교 포교승이 중국에 들어온 전설적인 해보다 더 이전으로 설정했다. 峨眉山의 꼭대기에 지어진 殿堂과 寺院들의 고대성에 관한 논지는 아직은 많은 토론의 여지를 안고 있다. 그것의 시기는 아마도 明代의 이후로 잡아야 옳을 것이다.

114. He Mianshan 何綿山, ≪再談福建佛敎的特點(福建省 불교
의 특질에 관한 재고)≫, 宗敎學硏究 42, 1월 1999, p. 78-85.

5,000여 개의 현재 중국불교사원들 중 4,000개 이상이 福建省에 자리하
고 있으며, 중국 전역의 17,000여명 승려들 중 10,000명 이상이 福建省에
거주한다. 이것은 일찍이 唐代 때부터 나타났던 경향인 것 같다. 唐代의
경우, 福建省에는 753개의 사원이 있었던 것으로 추산된다. 五代에는 461
개의 사원이 그곳에 지어졌으며, 宋代에는 1,493개의 사원이 이 지역에
있었다고 한다. 明代의 사원들은 가장 좋은 땅을 소유하고 있었다. 이어
淸代에는 이 지역에 무려 382개의 사원들이 신축되었다 한다. 특히 이 지역
에서는 불교의 주요 종파들 중에서 특히 禪宗이 가장 중요한 비중을 차지하
였다. 福建省은 또한 불경을 비롯한 불교서적과 출판의 원천지이었다. 사원
의 財源이 이러한 왕성한 활동을 가능하게 했으며, 또 이러한 현상은 공화국
시기까지 줄곧 유지되었다. 불행히도 이러한 문화적 유산의 상당량이 紅衛兵
에 의해 파괴되고 말았다. 福建省지역의 불교의 특징은 대사찰들이 유지해
온 대규모의 儀式과 행사들과 사원들, 특히 夏門의 사원들 내부에서 신도들
이 행하는 설법에 있었다. 이러한 관습은 오직 福建省 내에서만 찾아 볼
수 있다. 여자들도 사원 내의 승려가 될 수 있었으나 이 지역에서만은 삭발을
하지 않았고, 후원회나 지부 등을 통해 타이완과 동남아시아의 불교와 긴밀
한 유대관계를 맺고 있었다. 福建省에서 불교가 번창했던 이유는 불교를
장려했던 통치자들의 배려, 대토지의 소유, 타 지역 출신의 역량 있는 승려들
의 포섭, 동남아시아로부터의 경제적 지원, 그리고 지리적으로 중앙정부의
간섭을 벗어나기에 용이한 말단 지역에 위치해 있었다는 것 등이다.

115. Kieschnick, John, ≪The Symbolism of the Monk's Robe in China(중국 僧服의 상징)≫, Asia Major 12, 2월 1999, p. 9-32.

승려들과 비구니들은 삭발하는 것과 헐거운 겉옷을 입는 것으로써, 속인들과 자신들을 구별하였다. 이 僧服 즉 袈裟는 단지 이 같은 구분만이 아니라 무엇보다도 富와 편안함을 멀리한다는 금욕의 상징이다. 중세의 중국에서 이 옷들은 일반적으로 흐린 검정색 이었고(緇), 인도에서처럼 내의, 윗옷, 외피 3가지로 구성되었다. 숫자 3은 '三毒' 이나 '三拜' 등과 같이 상징적인 것일 수도 있지만 또한 임의적인 것일 수도 있다. 晚唐 무렵 이 세 부분으로 된 옷은 점차 소매를 가진 외피로 대체되는데, 겉옷 안에 입는 바지나 셔츠가 있는 것도 있었다. 겉옷은 헝겊조각들로 만들어졌으며, 7개의 줄로 되어 있다. 원래 그것은 단순한 자질로 만들어져야 했으나, 많은 것들이 비단과 같은 고급소재로 만들어졌다. 가슴부분에서 고름과 띠(鉤紐)로 고정시켰다. 승려의 옷은 실제로 빈곤한 것과는 무관한 것으로, 단지 빈곤의 상징이었을 따름이다. 唐과 宋代의 경우, 권력 있는 승려에게 주어졌던 보라색 옷은 역시 권력을 과시하는 것이기도 했다. 11세기에 이 보라색 옷의 판매를 국가가 독점하면서부터 富와 宗派를 나타내는 옷으로 그 의미가 변경되었다. 初唐시기의 袈裟는 佛法을 전수하는 매개로서의 새로운 상징을 얻게 되었다. 이는 부처가 다음 부처들에게 금색으로 수놓인 옷을 물려주었다는 전설에 근원을 둔다. 이와 유사하게, 禪宗에서의 큰 스님들은 자신의 옷을 수제자에게 물려줌으로써 상징적으로 불법을 전승시켰다.

116. Keller, Helga, Walravens, Hartmut, ≪Die Sammlung Franke in der Preubischen Staatsbibliothek. Wiesbaden(프러시아 국립도서관의 중국학자 프랑크)≫ : Harrassowitz, 2001. 180p. Orientalistik Biblioggraphien und Dorkumentationen 15

이 책은 저명한 독일의 중국학자, 오토 프랑크(Otto Franke : 1843-1946년)가 1908년 북경체류 당시 집수한 774권에 상당하는 114질의 총서를 목록화한 것이다. 또한 이 책은 프랑크 자신과 알프레드 포크(Alfred Forke : 1867-1944)가 함께 베를린의 프러시아 국립도서관을 위해 공동으로 펴낸 목록체계에 의존하고 있다. 평소 박식가의 명성 그대로 발레븐스(Walravens)가 그의 해박한 서문을 통해 밝히듯이, 헬가 켈레(Helga Keller)가 편찬한 이 책은 무엇보다 전쟁기간 동안 프랑크의 수장본을 위해 동아시아책임자였던 헤르만 슐레(Herman Höller : 1870-1940)가 직접 작성한 목록을 저본으로 삼고 있다. 슐레의 사망 직후, 프랑크의 수장본은 포메라니아(Pomerania)의 피리츠(Pyritz)區의 호헨발트館(Hohenwalde House)으로 이전되었고(현재 폴란드 Poland의 글레노 Gleno), 1943년 2월 전승국인 소비에트 군대에 의해 훼손되었거나 아니면 동유럽지역의 어딘가로 압송된 것으로 보인다. 완전히 散失된 수장본 외에 遺傳되고 있는 유일한 예외로는 188권으로 된 한 질의 ≪東京大藏經≫이 있다. 이 ≪東京大藏經≫은 저명한 불교학자 타카구수준지로(高楠順次郞 : 1866-1945)의 도움 아래 프랑크가 구입한 것으로 라이프찌히(Leipzig)에 보전되고 있다.

143개의 제목에 대한 슐러의 짧은 주석들은 거의 가필, 정정되지 않은 채 온전히 전습되고 있다. 물론 오늘날의 중국학 독자들에게는 그 대부분이 아주 초보적인 수준인 것으로 보일 것이며, 빈번한 오역과 날짜 부여의 오류와 저자에 대한 誤記 등, 적지 않은 결함을 가지고 있는 것이 사실이다. 그러나 당시 전란으로 인해 현대중국학 관련의 참고도서를 접하기가 극히 열악했던 베를린(Berlin)의 상황을 감안한다면, 이 목록에 투여한 저자의 공력은 극히 인상적인 일일 뿐만 아니라, 반세기 이후 원래의 초고를 발행하는 것 또한 가치 있는 일이 아닐 수 없다. 소장된 모든 총서의 제목은 별도로 명기되고 있으며, 각기 주요 항목들로 세분화 되어 있으며, 比等한 분량으로 記述되고 있다. 그러나 이 목록을 구성하는 각 항목들의 표제어를 중국어로 제공하지 않은 것은 다소 아쉬운 점으로 남는다. 이의 보완을 위해 발라벤스(Walravens)는 그의 저서 ≪中國叢書總錄≫(上海 1982년, 157-179쪽)를 발간할 당시 이 목록서에 관련된 목차, 인명, 제목, 출판사, 출판인을 중국어로 표기해 두었다. 이러한 부류의 목록서는 유럽의 주요 중국학도서관의 司書들을 제외한 다른 독자층의 호응을 얻기 어려울 것이다. 그러나 포크와 프랑크의 중국학에의 열정에 힘입은 우리로서는 중국의 희귀본 가운데 하나가 어떻게 성립되었는지를 살펴볼 수 있게 되어 다행스럽고도 흥미로운 일이다. 아울러 전쟁 전, 독일중국고전학의 발화기 동안 독일의 중국학 학자들이 참조할 수 있었던 문헌들을 일목 하에 조망할 수 있게 된 점 또한 뜻 깊은 일이다.

117. ≪歷史沿革及現行政策(역사 연혁과 현행정책)≫, 北京, 北京 師範大學出版社, 1998. Ⅴ + Ⅱ + 315 p.

이 책자는 1949년 이후부터 중화인민공화국이 시행해 왔던 국제교육협력 정책들을 요약하여 제시한 것이다. 초판 200부는 國家敎育委員會의 후원 아래 발간된 간행물로서는 최후의 것들에 해당된다. 왜냐하면 이 國家敎育 委員會는 1998년 3월 敎育部로 개칭되었기 때문이다.

이 책자는 5명의 필진에 의해 서로 다른 방식으로 집필되었다. 주요 저자 인 陳可焱는 嚴美華, 劉兵, 劉健豊, 竇慶祿의 도움을 받고 있으며 이들은 陳可焱가 퇴직하여 國家敎育委員會의 外事處를 떠난 이후에도 줄곧 함께 근무했다.

이 책의 집필 동기는 현 중국정부가 주도하는 교육의 국제교류정책을 이해 하는데 필요한 정보들을 일반 대중들에게 알리기 위함이다. 저자는 역사의 공백기에는 전혀 인식하지 않았던 이 정책이 갖는 당면의 중요성과 정책의 목적과 일반적인 원칙들을 기술하고 있다. 총 11章의 이 책자는 중국학생의 외국 파견, 외국학생의 중국 수용, 외국인 교사와 전문가들의 모집 등 극히 세부적인 분야에 관련된 자료들을 제공한다. 제3章에서는 각 부서의 주요계 획들을 개관하며, 4章에서는 國家敎育委員會外事處의 구조와 각 부서별 전문가들을 소개한다. 이 책자의 발행은 최근의 상황을 고려할 경우, 발행된 사실만으로도 커다란 진전으로 볼 수 있다. 개혁과 개방정책이 시행된 이래 (改革開放政策), 중국정부는 대중들에게 교육협력에 관한 국가 차원의 정책 을 제시하려는 노력을 게을리 하였다. 이전에 이런 책자들은 극소수의 전문 가들만이 접할 수 있었다. 왜냐하면 이러한 부류의 책자들은 전면적으로 내부용으로만 유통되었기 때문이다. 이 책자는 질적인 측면에서 의구심을 불러일으킬 수 있는 약간의 취약점을 가지고 있다는 점에서 기대에 미치지 못한다. 먼저 독자들은 목차에 매겨진 쪽 수와 책 속의 쪽 수가 일치하지 않을 뿐만 아니라, 게다가 일부 章들은 목차에 표기되지도 않아 참조하는데 애로를 겪을 것이다. 마지막으로 이 책의 저자들은 國家敎育委員會가 시행한 교육협력에만 관심을 국한시키고 있음을 지적할 필요가 있다. 따라서 교육부장관뿐만 아니라 여타 많은 정부 부서장들이 연루되어 있으며, 교육의 정치, 기술, 산업과의 제휴 차원에서 합동프로그램을 통합 관리하는 MOFTEC에 관한 언급은 이 책에서 간과될 수밖에 없었을 것이다.

118. Katarina Tomasevski, <La réalité de l'education de la Chine, le rapport du comité de UN pour le droit de l'homme(중국의 교육현실, 유엔인권위원보고서)>(2003, 9. 23, Le monde)

중국은 빈부의 격차가 커짐에 따라 교육 수혜의 불균형이 심화되고 있다. 도시의 부유층은 자녀들에게 최신형 교육을 제공하고 있는 반면, 농민들은 자녀들의 등록금 마련에 시달리고 있다. 중국의 헌법은 9년간의 의무교육을 명시하고 있다. 그러나 이것은 단지 이론에 지나지 않을 뿐 농촌의 수백만의 아이들, 그 중에서도 특히 여아들은 의무교육의 혜택을 받지 못하고 있는 실정이다. 이러한 상황에서 이윤의 개념에 입각한 사교육법이 현행법으로 채택되었다. 세계적으로 중국은 공교육비가 가장 열악한 나라 중의 하나이다. 2003년 9월에 중국정부는 공교육비로 유네스코가 요구한 GNP의 6%를 무시한 채 2%만을 책정하였다. 이러한 조치는 수년전 주룽지가 공교육비를 2000년까지 GNP의 4%로 증액할 것이라는 약속을 상기한다면, 중국에서 공교육이 개선될 희망은 보이지 않는다. 게다가 중국정부의 발표에 의하면, GNP의 2%로 책정된 이 공교육비의 53%는 공적자금에서 충당될 것이며, 또 중앙정부는 이 공적자금의 8%만 보장하고 나머지 47%는 각 지방권력에 의해 충당될 것이라 하였다. 이는 바꾸어 말한다면, 만일 지방권력이 충당하지 못할 경우에는 결국 학부모들이 그 부담을 고스란히 떠맡게 된다는 말과 다를 것이 없다. 이러한 조치는 일체의 의무교육은 무상으로 제공되어야 한다는 국제관행을 위반하는 소행이다. 실제 중국에서는 교육비의 거의 절반을 국민 개개인이 부담해 온 게 사실이다. 그럼에도 이러한 현행법의 채택은 공교육비에 대한 국민의 부담을 더욱 부추길 것이다. 얼마 전 山西省의 한 학부형은 우수한 성적으로 대학에 합격한 딸의 등록금을 마련하지 못해 자살하고 말았다. 금년 초, 원쟈바오 수상 역시 교육수혜에 있어 都農간의 현격한 격차를 인정하였고, 이를 해소하기 위해 '과감한 조치'를 취하겠다고 약속했다. 그러나 그의 약속은 이번 예산안에서도 거의 반영되지 않았다. 북경의 북쪽 교외에는 2,000명의 신흥부유층의 자녀들이 다니는 후아지아라 는 사립학교가 있다. 주말이면 이 학교는 자신들의 자녀를 집으로 데려가기 위한 학부모들의 고급승용차들로 발 디딜 틈이 없다. 이 학교는 컴퓨터를 비롯한 일체의 최신 장비와 기구를 구비한 현대식 교실, 두 개의 수영장, 6개의 볼링 피스터와 여러 식당들이 있으며, 현대식 교과과정을 갖추어 겨우 십년 전에 허용된 사교육을 선도하고 있는 학교 중의 하나이다.

이 학교의 교장은 중국식 사회주의는 법률상 교육의 목적을 이윤에 두지는 않지만 교육을 위한 투자는 보장하고 있다고 주장한다. 이 학교에서는 학생 들을 엘리트준비생이고 부르고 있으며, 교내의 벽에는 데카르트, 지드, 졸라 등 서구의 뭇 위인들과 철인들의 명언들이 혼잡스럽게 붙어 있으며, 심지어 "이상이 없다면 인생은 의미가 없다"라는 스탈린의 명언도 함께 하고 있다. 그 밖에 중국의 위인들의 명언도 붙어 있다. 이를테면 "나는 중국인이다. 나는 중국인을 사랑한다. 중국인은 위대하며 장차 더욱 위대할 것이다"의 명언을 비롯하여 치엔 웨이창의 "나는 나의 모든 지식과 지혜를 중국의 보다 나은 번영과 역량을 키우는데 바치리."라는 말도 있다. 과연 신흥 부유층이 주도하는 이러한 사교육이 미래의 중국을 위한 자양이 될 수 있을까? 이러한 현실 앞에 일반 서민들의 대학생과 중고생들 특히 농촌학생들의 상실감과 자괴감은 더욱 심각해지고 있다. 그러나 중국정부는 중국의 모든 서민들 역시 자식의 장래를 위해서는 어떠한 고충도 감수할 것이라는 점을 잘 알고

있다. 다서 냉소적일지 모르지만 이 또한 공산주의가 이룩한 훌륭한 성과인
지도 모른다.

119. Farquhar, Mary Ann, ≪Children's Literature in China. From Luxun to Mao Zedong. (중국의 아동문학. 魯迅에서 毛澤東까지)≫ Armonk, NY : Sharpe, 1999. 335 p.

20년 동안 공력을 기울여 완성된 이 책은 풍부한 분석과 인용, 통계, 도표, 삽화 등 방대한 자료들을 제공한다. 저자의 논지는 역사적 시기를 따라 크게 여섯 부분으로 전개된다.

제1부 : 저자가 이 부분에서 논하는 대상은 시기별로 4분야로 나눌 수 있다. 첫째 고대시기의 아동들이 글자를 익힐 때 읽었던 이야기 책 ≪三字經≫, ≪百家姓≫, ≪千字文≫과 이 세권을 합본한 이른바 ≪三百千≫에 관한 해석, 둘째 19세기 중반 이솝우화 등 서양으로부터 차용된 근대초기의 아동문학, 셋째 20세기 초반 유년기의 특성과 욕구에 대한 周作人의 관심에 대한 고찰, 넷째 1920년대 성행한 아동문학의 번역 현황이다.

제2부 : 현대아동문학의 설립자로서 중국해방의 차원에서 아이들의 구제를 주창했던 魯迅의 아동문학에 대한 애정과 그가 고문과 백화문으로 번역했던 아동문학들을 살펴본다.

제3부 : 5.4운동 이후 개화기를 맞이했던 신시기의 아동문학에 대한 해석, 요정이야기를 대상으로 대립하였던 여러 유파들의 논쟁에 관한 고찰, 葉聖陶의 ≪稻草人(허수아비)≫과 氷心의 ≪寄小讀者(젊은 독자에 보내는 글)≫가 아동문학에 기여한 다대한 성과, 아동문학 관련 출판사들과 그 발전 등 다양한 검토를 행하고 있다.

제4부 魯迅에서 毛澤東까지의 혁명문학이 갖는 대중과의 문제점이 지적된다. 저자에 의하면, 延安講話를 대표로 하는 혁명문학은 기본적으로 사회

적 사명감을 골간으로 하는 유교적 성격으로 인해 전통적인 통속문학에 충실한 대중들과는 이질적일 수밖에 없었던 것으로 설명된다.

제5부 : 宋, 元代를 기원으로 하는 전통적 관점에서의 만화류에 해당하는 작품들의 언급, 1908년에 출현한 현대적 만화에 대한 魯迅의 열성적인 후원, 1930년대 上海에서 크게 흥행한 만화 ≪三毛≫와 그 어린 주인공 三毛에 얽힌 이야기들, 상하이 해방 이후 성인을 비롯한 만화 독자층의 확대와 정부의 엄격한 통제와 가혹한 탄압 등이 거론된다.

제6부 : 중화인민공화국의 다양한 장르에 걸친 아동문학의 창작 실천과 연구 현황을 비롯하여, 현재 진행 중인 20세기 초기 이후의 작품들에 대한 복구 및 재구성 작업들이 소개되고 있다.

120. Walton, Linda A., ≪Academies and Society in Southern Sung China(중국 南宋代의 書院과 사회)≫. Honolulu, HI : University of Hawai's Press, 1999. X + 309 p.

이 책은 宋代의 교육과 科擧 연구에 새로운 방향을 설정해 준 저자의 기존의 박사논문을 바탕으로 삼고 있다. 교육과 과거에 관한 십 수 년에 걸친 그간의 역사적 연구들은 사회적 동태성을 도외시한 채 진행되었다. 이 연구들은 전통 교육과 과거를 오직 관료지식인들의 헤게모니의 안정적인 재생산을 위한 제도적 장치이자 차별적 기구라는 점에서 파악하였다. 이 저서는 碑文이나 문사들의 手稿들을 비롯한 당시의 地方誌에 의거하여 書院의 비약적인 발전을 가져온 여러 경향들을 재조명하고 있다. 저자는 먼저 朱熹와 같은 가장 존경받았던 몇몇 대 스승들을 중심으로 知的 지형도를 再構해 내고 있으며, 중국 전역에 분포된 書院들의 조직도를 체계적으로 그려내고 있다. 이 조직도는 당연히 北宋의 정치개혁가들이 설립한 官學들도 포함하고 있는 광범한 조직도이다. 또한 저자는 서원의 독립성을 확보해 주는 여러 조건들을 고찰한다. 이 작업에 있어 저자는 기능적 측면인 행정과 재정을 위시하여 상징적 측면인 문사들의 의례 활동들을 탐문하며, 불교와 도교의 聖所와는 확연히 구분되는 서원의 풍경에 관한 문사들의 여러 현학적인 담론들을 분석한다. 아울러 저자는 서원의 부흥과 관련된 다른 요소, 즉 동일 家系의 私學들과 관계를 맺고 있는 서원들의 紐帶양상들을 조사한다. 南宋이 왕조를 구제하기 위해 채용하였던 지방분권화가 보편화되었던 사회적 맥락을 등에 업은 書院들은 지방의 정체성을 유리하게 해주는 사회적 공간으로서, 혹은 官學의 위계질서와 자본으로부터 독립된 지방들을 서로 통합시켜주는 연계적 공간으로서 자리하게 되었다. 또 다른 의미에서 볼 때, 서원의 교육활동은 제국의 전체적 차원에서 지방 엘리트들을 하나의 문화 속으로 통합하는 요인이 되었다. 그리하여 서원은 지방 관료들과 명문 세가들의 회합공간이 되었다. 지방 관료들은 자신들이 서원을 중시함으로써 지방의 통제권을 강화할 수 있는 하나의 방도를 수중에 얻게 되는가 하면 또 권문세가들은 서원에 참여함으로써 그들의 권위를 국지적인 공동체의 틀 밖으로 확산시키고 강화시킬 수 있었던 것이다. 서원을 통한 이러한 지적 활동의 발전은 권문세가들로 하여금 더욱 불확실해지는 체제 내에서 성공과는 무관한, 과거 시험의 대용물로서 文士의 생활양식을 받아들이게 한다.

이 책은 13세기의 書院에서 주로 ≪大學≫과 ≪中庸≫을 근간으로 실시되었던 교과내용을 분석하는 것으로 끝난다. ≪大學≫과 ≪中庸≫은 정치혼란기에 문인들의 사회정치적 역할을 상기시켜주기 때문이다. 저자의 지적대로, 書院은 또한 元나라 조정에 봉직하는 것을 거부하는 대신 교육활동을 필생의 업으로 삼은 자들의 피신처로 선택되었다. 朱熹의 학설이 성공할 수 있었던 것은 1315년 科擧制度의 복구를 가능하게 했던 文士층과 권력층 간의 긴밀한 유대 관계에 있다. 이 책을 통해 저자는 시종 지성사와 제도사를 연결시키는 풍부한 방법론을 보여준다. 이러한 방법론은 저자로 하여금 書院이 단순히 科擧에 대한 비판운동의 제도적 공간이라는 관점을 벗어나게 해준다. 그렇지만 이 책은 여전히 서원의 비약적인 발전과 科擧시험의 관계를 실패한 사회역사적 관점에서 고찰하고 있다는 문제점을 안고 있다. 科擧 제도를 적절하게 설명하기 위해서는, 자신들의 지식을 차별화하려 했던 실패자들을 전반적으로 관리하기 위한 여러 사회적 장치들에 대한 고려가 선행되어야 할 것이다. 원래 書院은 이러한 장치의 일부라는 것은 분명하다.

121. 陳谷嘉, 鄧洪波, ≪中國書院制度硏究(중국서원제도연구)≫. 杭州, 浙江敎育出版社, 1997. 739 p.

　저자들은 다양한 기준에 따라 書院을 유형별로 나눈다. 설립자에 따른 첫 번째 유형의 서원은 7개의 범주, 즉 씨족들이 세운 家族書院, 향리에서 세운 鄕村書院, 황실에서 세운 皇族書院, 少數民族書院, 東晋(316-420년)시대의 이주민들에 의해 설립된 東晋書院, 해외의 중국인들이 세운 華僑書院, 선교사들이 세운 敎會書院으로 나뉜다. 두 번째 유형은 행정체제의 층위에 따라 縣, 州, 府, 道, 省의 書院으로 나뉜다. 저자들은 이어 서원에 종사하는 자들의 직함에 따른 명부를 제공한다. 이러한 직함은 종사자들의 직능을 알려주는 책임자, 교육자, 연구자, 행정가, 재정담당자로 나뉜다. 아울러 저자들은 교육의 기능 외에도 편집을 비롯한 서원에서 펼쳐지는 다양한 활동들을 소상하게 천착하고 있다. 마지막 章은 한국의 서원들의 분포와 양식을 소개한다. 이 책에서 즐겨 인용되었던 참고문헌들은 요약문을 동반하고 있다. 부록에서는 이 참고문헌들의 저자들과 편집자들이 간략하게 소개된다. 이 저서는 ≪中國書院史資料(중국서원사자료)≫의 後卷에 속한다.

122. 田正平, ≪中國敎育近代化硏究叢書(중국교육근대화연구총서)≫. 廣東, 廣東敎育出版社, 1996. 7 vol.

19세기 중반부터 1919년간이나 혹은 1949년간의 교육에 관한 저서들은 셀 수 없이 많이 발행되었다. 그러나 이 저서들의 내용과 주제는 구태를 벗어나지 못한 채 반복되고 있다. 여기 수록된 저서들은 독창적인 수법으로 인해 기존의 저서들과는 분명한 차이를 보인다. 田正平이 편집을 맡은 이 총서는 교육에 관한 주제적인 접근방식에 기조하고 있다. 7권으로 된 이 총서의 제1권인 ≪留學生與中國近代敎育(유학생과 중국근대교육)≫은 田正平이 그 집필을 맡았다. 1권의 제1부에서 그는 1872년 유명한 '교육사절단'의 명의로 파견된 해외유학생과 福州船政學堂에 의해 시작된 유럽교육연수생, 일본과 프랑스의 중국유학생에 관련된 정책들을 살펴보고 있다. 제2부에서는 이러한 해외유학생의 파견이 신사상과 과학의 도입에 기여한 공로들을 논한다. 제3부에서는 교육개혁 방면에서 유학생들이 행한 역할을 분석한다. 마지막 제4부는 고등교육의 개혁을 거론하고 있다.

周谷平이 집필한 제2권 <近代西方敎育理論在中國的傳播(중국에 파급된 근대서방교육이론)>은 중국이 도입한 서양의 교육이론을 논한다. 주로 일본과 죠안 헐바르트(Johann Herbart)의 교육이론, 공화국 초기에 채용된 교육론, 미국과 죤 듀이(John Dewey)의 교육론, 막스주의 교육론이 검토의 주 대상이 된다. 錢曼倩, 金林祥가 쓴 제3권 <中國近代學制比較硏究(중국근대학제비교연구)>는 1902-1904년, 1912-1913년, 1922년에 채용된 교육제도를 살피고 있다. 제4권인 王建軍의 <中國近代敎科書發展硏究(중국근대교과서발전연구)>은 淸末의 서양교과서, 최초의 중국현대 교과서, 공화국초기의 교과서 등 교과서를 연구대상으로 삼는다. 제5권인 夏曉夏와 史靜寶이 작성한 <敎會學校與中國敎育近代化(교회교육과 중국교육근대화)>는 미션스쿨이 중국교육제도에 미친 효과를 논한다. 구체적으로 미션계통의 초, 중, 고등학교의 발전양상, 여학생 교육, 교사양성, 교육방법을 거론한다. 마지막 두 권은 董寶良와 熊賢君이 공동집필한 <從湖北看中國敎育近代化(호북성의 교육근대화)>와 張彬의 <從浙江看中國敎育近代化(절강성의 중국교육근대화)>이다. 이 두 권은 湖北省과 浙江省에서 시행된 교육정책에 관한 사례연구를 통해 교육의 현대화를 언급한다. 이 총서는 매권마다 年代記와 참고문헌을 덧붙이고 있다.

123. 李華興, ≪民國敎育史(민국교육사)≫, 上海, 上海敎育出版社, 1997. 821 p.

이 책은 1862년부터 1949년간을 연구의 대상으로 삼고 있다. 주로 다루는 시기는 공화국 시기부터 해방 이전까지인 1911-1949년간이다. 주제적인 접근방식을 취하는 이 책의 서문에서 저자들은 1912-1915년을 공화국시기 교육의 기초화 과정, 1915-1927년을 신문화운동과 더불어 교육의 개혁시기, 1927-1937년을 공화국시기 교육의 정착기와 발전기, 1937-1949년간을 공화국시기의 교육쇠퇴기로 구분한다. 전체 4부로 구성되는 이 책은 4개의 큰 주제, 즉 교육체계, 교육사상, 교육경영, 학교설립에 대해 논한다. 결론에서는 공화국시기의 교육과 현대문화의 상호관계를 다룬다.

124. 杜學雲, ≪中國女子敎育通史(중국여자교육통사)≫, 貴陽, 貴州敎育出版社, 1996. 823 p.

이 책은 여학생의 교육을 중점적으로 다룬다. 서문에 의하면, 1949년 이래 여학생교육문제에 관련된 주제는 黃新憲의 ≪中國女子近現代史≫와 雷良波, 陳陽鳳, 熊賢君의 ≪中國女子敎育史≫에서 거론된 이후부터 거의 연구자들의 관심을 끌지 못했다. 1949년 이전에 이 주제를 다룬 저서로는 1911년에 출간된 마그레트 뷰르통(Margret E. Burton)의 저서 ≪The Education of Women in China(중국에서의 여성교육)≫를 꼽을 정도에 불과하다. 게다가 뷰르통의 이 책은 미국의 출판사 플레밍 레벨(Fleming H. Revel)에서 발행되었으며, 다루는 시기 또한 1842년부터 1910년간에 국한되고 있다. 중국의 저자들이 이 주제를 다루기까지는 1911년의 辛亥혁명과 신문화운동의 도래를 기다려야 했다. 이 책은 기왕의 이러한 공백을 메우기 위함뿐만 아니라 여자들의 제도적 교육을 포함한 비제도적 교육에 대한 파노라마를 그려보기 위한 것이다 저자가 이 책에서 풍부한 자료를 활용하고 있는 것도 바로 이러한 바람 때문이다. 이 책은 上古시기에서부터 시작되나 주로 현대(1840-1949)의 여성교육이 지닌 문제점들을 집중적으로 조명한다. 현대 부분에서 주로 논의되는 주제는 太平의 개념과 曾國藩, 李鴻章, 張之洞의 洋務學派, 康有爲, 梁啓超, 譚嗣同의 개량학파, 중국인에 의해 설립된 최초의 여자학교, 해외 파견 유학생들에 관한 것들이다. 여성교육에 각별한 관심을 기울였던 교육자들을 위해 한 章이 제공된다. 마지막 章은 1949년부터 현재까지의 여성교육에 대한 연구에 주어진다. 당면한 현재의 시사적인 문제로는, 가정으로 복귀하는 여성들의 문제, 특수한

대중이기도 한 여학생만을 위한 여학교설립과 남녀공학에서의 여학생 반의
설립에 대한 적절성의 여부를 논한다. 이 책은 저자의 주장을 밑받침하고
있는 약간의 통계표가 제시되고 있다.

125. 杜學雲, ≪中國女子教育通史(중국여자교육통사)≫, 貴陽, 貴
州敎育出版社, 1996. 823 p.

이 책은 다양한 분야에 걸친 정기간행물, 교육문제, 중국교육체제를 논한
여러 글들을 발췌하여 싣고 있다. 서문의 제목 <중국교육의 혁명의 필요성>
은 심각한 위기에 처해있는 교육을 진단하고자하는 이 책의 전반적인 어조를
반영하고 있다. 이 책은 7장으로 나뉘어 전개된다.

제1장 : <교육의 진정한 현실에 관하여>라는 제명의 논문으로, 다양한
교육주체들의 의견을 수록하고 있다. 학생, 학부모, 교사, 참관자들은 교육프
로그램과 교육방식에 대한 불평을 토로하고 있으며, 학교 내에 팽배한 관료
주의와 구태주의를 반박하고 있다.

제2장 : <우리의 교육은 생산적인가?>라는 제명의 논문으로, 현행교육의
결점에 대한 비판적 논평을 가하고 있다. 지적되는 현행교육의 문제점으로는
창의성 부재, 순전히 시험의 완성도를 높이기 위한 기계적인 학습, 정보의
포화와 가치의 다원화를 특징으로 하는 현대사회의 요구에 부적절한 방법과
목적 등이 지적된다. 아울러 교육의 사회적 도덕적 기능이 논의되고 있으며,
가치의 위기가 교육의 대상자인 신세대에 미치는 영향을 논한다.

제3장 : 이 글은 1918년 魯迅이 ≪狂人日記≫에서 외친 '아이를 구하자'
라는 제명 하에 현행의 교육문제들을 다룬다. 이 글에 의하면, 현행의 교육은
부적합한 프로그램, 가중되는 통제와 간섭, 학생집단 내부의 계급화와 갈등의
구조화, 행정적 제재, 부모들의 압력 등으로 인해 아이들의 개성과 인격을
함양시키기는커녕, 학생들로 하여금 학교와 학습에 염증을 느끼도록 재촉하
고 있으며, 학생과 교사와 부모와 아이들 간의 유익하지 못한 긴장과 갈등을

야기하고 있으며, 급기야는 아이들이 스스로 목숨을 끊도록 만들고 있다.

제4장 : <교육은 국가발전에 어떻게 기여할 수 있는가?>라는 제명의 논문으로, 지식인과 교육자와 전문가들은 현행의 교육체제를 개혁하기 위한 구체적인 대안을 내 놓는다. 혹자는 개혁의 원칙을 제시하기도, 또 혹자는 시험방식을 개선할 필요성을, 또 혹자는 '重點學校' 제도의 폐지론을 제기하고 있다.

제5-6장은 각기 <고등교육을 자율화하자>와 <대학의 이념을 보전하자>라는 논문을 게재하고 있다. 제5장은 고등교육 조직 내의 자율성과 모집의 증원을 요구하고 있으며, 일반인을 위한 대학의 개방을 제안하고 있다. 제6장은 1949년 이전의 北京大學, 淸華大學, 西南聯大가 견지해 왔던 자유로운 전통의 사라짐에 대한 아쉬움과 이미 추억이 되어 버린 듯 다시는 찾아볼 수 없는 교육자들의 진전성과 엄정성의 상실을 안타까워하고 있다. 소비사회의 가치와 물신사상에 젖어있는 현재의 캠퍼스의 경향 또한 지탄의 대상이 되고 있다.

제6부

소수민족과 화교

126. Sinn, Elisabeth(ed.), ≪The Last Half Century of Chinese Overseas(화교의 최근 반세기)≫. HongKong : Hong Kong University Press, 1998. XIII + 508 p.

이 책은 1994년 12월 21일 홍콩대학의 주관 하에, <20세기 후반 해외의 중국인 : 비교 관점>이라는 제명의 토론회에서 발표된 15편의 글들 중 27편을 택하여 게재하고 있다. 총 27편 중 7편은 중국어로 쓰여 있다. 편집자는 논문의 취사선택에 있어 접근방식의 독창성과 주제의 참신성에 우선성을 두었던 것 같다. 기고문들은 모두 7部로 편성된다. 제1부 논문들은 華僑에 관련된 정책적인 여러 문제들을 언급하고 있다. 제2부는 화교의 정체성과 민족의식과 같은 비교적 진부한 문제를 다루고 있으나 주제에 있어서는 독창성이 돋보인다. 카롤린 까르띠에(Carolyn L. Cartier)의 논문은 1980년대에 말라카(Malaka)의 화교공동체가 일으킨 한 반란사건을 다루고 있다. 이 반란은 도시 확장공사를 이유로 말레이시아에서 가장 오래된 중국인들의 묘지가 있는 유명한 언덕 부키트 치나(Bukit Cina)를 파괴하려는 정부당국에 대한 중국화교 공동체의 저항운동이다. 카렌 하리스(Karen L. Harris)와 프랑크 피에크(Frank Pieke)의 논문은 네덜란드와 아프리카공화국의 화교들이 이 두 나라에서 그들에게 주어지는 정치적 신분에 대한 자신들의 태도를 흥미롭게 비교하고 있다. 제3부는 유럽의 화교들, 특히 덴마크, 네덜란드, 프랑스의 파리와 프랑스령 군도에 거주하는 화교들을 논한다. 제4부는 아시아와 태평양연안 지역의 화교들을 대상으로 한다. 디아나 라리(Diana Lary)와 왕충닉(Wang Chung NG)의 두 논문은 캐나다 화교와 그들의 정치참여에 관한 글이다. 또한 야쑤이 싼키치(Yasui Sankichi)는 일본

고오베의 화교공동체의 역사를 기술하고 있으며, 황 샤오지엔(Huang Xiaojian)은 1975년 이래 베트남의 화교공동체가 겪어온 변화를 논하고 있다. <오스트레일리아에 던져진 새로운 시선>이라는 표제의 제5부는 3편의 논문을 싣고 있다. 첫 논문의 저자인 로젤리아 페 푸아(Rogelia Pe-Pua)는 식민지 홍콩의 정치적 지위의 변화에 대비하기 위해, 가족 중 일부는 오스트레일리아에 다른 일부는 홍콩에 거주하는 독특한 유형의 화교들에 관해 논한다. 이어 제임스 코프란(James E. Coughlan)은 보다 일반적인 주제인 1980-1990년간의 중국이민자들의 특성을 개괄해준다. 반면 데비드 이프(David F. Ip)는 이 部의 마지막 논문에서 이민국에 대한 이민자들의 시각을 조명한다. 제6부는 비교 관점에서 오스트레일리아와 아프리카공화국의 이민에 관한 몇 가지 문제를 언급한다. 마지막으로 제7부는 이런 저런 주제의 논문들을 모아 놓고 있다. 탄 티엔싱(Tan tianxing)의 논문은 중국의 소수민족들, 특히 雲南과 山東 출신들의 이민에 관한 것을 다각적으로 다룬다. 차오 쫑천(Chao Zhongchen)의 논문은 한국으로부터 山東으로 돌아가 이른바 僑鄕(해외로부터 고국으로 돌아간 중국인이 모여 사는 마을)에 거주하는 화교들을 소개하고 있다. 마찬가지로 2차 세계대전 이래 하카(Hakka)의 이민 문제를 다룬 후앙 징(Huang Jing)의 논문이 있으며, 가를랜드 리우(Garland Liu)는 스코틀랜드의 엘진(Elgin)에 거주하는 화교공동체 내부에서 갖는 예수정교회의 역할을 논하고 있다.

127. Gomez, Edmund Terence, ≪Chinese Business in Malaysia. Accumulation, Accomodation and Ascendance 말레이시아에서의 중국사업. 축적, 적응, 상승)≫. London : Curzon, 1999. 234 p.

저자는 말레이시아화교들의 자본의 발전 메카니즘에 대한 통시적인 시각을 제공하고자 한다. 먼저 저자는 말레이시아화교들과 관련되는 경제정책상의 변화에 따른 시기를 3단계로 구분하며, 각 시기를 대표하는 세 집단의 기업들을 분석대상으로 삼는다. 이러한 작업을 위해 아마도 저자는 비평의 개요를 제공하는 기존의 다양한 연구서들뿐만 아니라 간행물에 게재된 자료들로부터도 많은 정보를 얻어야 했을 것이다.

제1시기는 식민지시기를 포함한 식민지이후부터 1960년대 말까지, 비교적 자유로운 정책이 시행되었던 시기로 볼 수 있다. 이 시기는 무일푼으로 중국에서 건너와 사업가가 된 화교들이 있었는가하면, 이미 안정된 사업기반을 구축한 가족에서 태어나 잘 교육된 교양 있는 화교들도 만날 수 있었다. 저자에 의하면, 독립 후 첫 10여 년 동안 화교출신 기업가들은 은행 설립과 카지노개업 및 재정조달에 유리한 경제 분야에 종사하는데 있어 국가로부터 많은 특혜를 누렸다. 1969년 화교출신의 소유 자본은 22.8%를 상회한 반면, 말레이시아출신의 말레이시아인이나 부미푸트라(Bumiputra)인들의 소유 자본은 1.5%에 불과했다. 나머지 몫은 모두 외국회사들의 소유 자본이었다. 제2시기는 이른바 신경제정책P(New Economic Policy)의 시행기이다. 이 정책은 국영기업과 은행들을 창출하여 공공분야를 발전시키고, 부동산소유와 개발에 신속한 개입을 가능하게 하는 도시개발기구(UDA : Urban Development Authority)를 1971년에 설립하여 국가로 하여금 경제의 모든 영역에 참여할 수 있게 하는데 목적이 있었다. 이 신경제정책에 대해 중간계층 출신으로 고등학교를 졸업한 자들이 중심이 되는 화교출신기업들의 반응은 다양했다. 어떤 자들은 정치인들과의 별다른 관계없이 인가를 얻어가면서 자신의 기업을 발전시키는데 성공했는가 하면, 어떤 이들은 고위 정치인들을 기업의 수뇌부에 앉히기도 하고 또 어떤 이들은 다수정당인 UMNO(United Malays' National Organization)과 높은 수준에서의 關係를 구축해나갔다. 이 시기는 모든 유망한 업종에서 합병과 제휴를 통한 복합기업이 발전했던 시기이다. 실제로 多민족합작기업은 수 백 개에 이르렀고 발전도상의 중화인민공화국과 합작하는 기업들도 적지 않았다.

제3시기는 1985년대에 말레이시아를 강타한 경제위기의 시기이다. 이 시기는 기술진흥과 국내를 벗어난 해외투자 즉 동남아시아와 라틴아메리카와 아프리카와 중국으로의 투자를 정책적으로 강구하던 시기이다. 이 기간 동안 정치인들의 후원은 아주 다양한 형태를 취했다.

저자의 결론은, 前述한 신경제정책에도 불구하고 화교출신의 기업인들은 그들의 활동과 자본을 무한히 발전시켰고, 이에 병행하여 정치적 제휴 등 영민한 수완을 발휘하면서 인종적인 요소를 초월하는 재정집단을 만들어내었다.

마지막 시기는 1997-1998년으로 아시아 전체가 경제위기에 처했던 시기이다. 이 위기를 타개하기 위해 말레이시아 정부는 잠정적으로 일부 대규모의 경제계획을 포기하였으며, 일부 프리부미(Pribumi)들이 소유하고 있는 회사들의 파산을 막기 위해 그것들을 중국기업들에게 매각하였다.

128. Hsu, Francis L. K., Serrie, Hendrick (eds), ≪The Overseas Chinese. Ethnicity in National Context(해외 중국인들. 국가적 맥락 속에서의 민족성)≫. Lanham, MD : University Press of America, 1998. 241 p.

이 책은 엘렌 옥스퍼드(Ellen Oxford)의 글을 제하고는, 1985년 2월 16일 『Journal of Comparative Family Studies(가족비교연구저널)』가 발행한 총서 ≪Family, Kinship and Ethnic Identity Among the Overseas Chinese(화교들의 가족, 혈족과 민족적 정체성)≫에 실린 기사들을 다시 손질하여 펴낸 개정판이다. 엘렌 오스포드(Ellen Oxford)의 글은 니콜 콘스타블(Nicole Constable)에 의해 발행된 것으로, 그 제목은 ≪Guest People : Hakka Identity in China and Abroad(客家 : 중국과 해외에서의 하카족의 정체성)≫(Seatle, WA : University of Washington Press)이다. 이 책은 인도, 타일랜드, 필리핀, 오스트레일리아, 뉴질랜드, 미국에 거주하는 화교를 연구대상으로 하는 7편의 논문을 실고 있다. 두 편집자는 冒頭에서 소개문을 통해 이 책을 안내한다. 필자들이 내세우는 주장은 이주자들은 모국 문화의 많은 부분을 버리면서 현지사회에 적응하지만 일부 요소들만은 버리지 않고 보존한다는 것이다. 바로 이러한 공통분모가 현지사회와의 접촉을 통해 부단히 변해가는 화교공동체의 내부에 중국문화를 형성해준다. 여기서는 동족성의 모델에 따라 형성되는 이민자들의 경향과 사회조직이 강조된다.

엘렌 옥스포드의 논문은 캘커타(Calcutta) 교외의 皮革제조업에 종사하는 하카(Hakka)인들이 재생산해내는 정체성에 관련된 문제를 전문적으로 다룬다. 그 외에도 엘렌 옥스포드는 힌두교도 이민자들이 개인 간의 접촉을 어렵게 하는 경직된 사회위계 속에서 자신들 뿐만 아니라 廣東인과 湖北人 등의 타국 이민자들에 대해 품고 있는 그들의 편견에 대해 논한다. 마찬가지로 그녀는 인도와 중국 간의 외교적 마찰과 사회적 척도의 차이로 인해 인도인들이 화교들에게 품게 되는 편견을 집중 조명한다. 결국 이러한 편견들은 이민자들로 하여금 거주에 대한 항구적인 불안감을 갖게 하여 캘커타로부터 토론토(Tronto)로의 이주를 부추긴다. 안 멕스웰 힐(Ann Maxwell Hill)의 연구는 1970년대 타일랜드 북쪽에 이주한 雲南인들을 다루면서 중국적 가치의 재생산과 문화와 중국어교육에 있어 가족과 여자들이 차지하는 중요성을 피력한다. 마찬가지로 필자는 타일랜드로 이민한 雲南 출신자들이 타일랜드와 갖는 관계가 수세기 이래 타일랜드로 이주해 온 중국 남쪽의 潮州, 福建, 海南 사람들이 갖는 타일랜드와의 관계가 아주 판이하다는 것을 보여준다. 동남아시아화교에 관련된 마지막 논문에서, 조지 웨이트만(George H. Weightman)은 필리핀화교를 논함에 앞서 필리핀화교의 역사를 길게 논하고 있다. 이어 필자는 필리핀의 화교가 그 현지 사회에 크게 동화되었을 뿐만 아니라 자체 내의 강력한 기독교화 경향에도 불구하고 그 정체성의 지속이 가능한 것은 중국문화의 특징인 조상숭배와 集性的 성향 때문이라고 본다.

　이어지는 네 편의 논문들은 화교들이 거주하는 현지사회가 오스트레일리아, 뉴질랜드, 미국 등 서구사회라는 점에서 공통된다. 서구사회의 화교들은 각자 나름의 정체성을 지닌 채 중국의 각 처에서 무리를 지어 이민해 왔다는 점에서 상황은 보다 복잡해진다. 오스트레일리아의 브리스반 (Brisbane)에 거주하는 화교들을 연구한 저자들은 말레이시아와 싱가포르에서 온 화교들이 가장 서구화되어 있으며, 홍콩에서 온 화교들은 정체성과 국제적 감각을 공유하고 있다. 마지막인 중국과 베트남에서 온 화교들은 가장 전통적이고 중국문화를 보존 하고자는 열망을 간직하며 살아가는 것으로 묘사된다.

129. NG Wing Chung, ≪The Chinese in Vancouver, 1945-1980. The Pursuit of Identity and Powe(밴쿠버의 중국인들, 1945-1980. 정체성과 힘의 추구≫. Vancouver : UBC Press, 1999. 201 p. : ill

廣東省의 珠江 유역 출신자들이 주류를 이루는 밴쿠버(Vancouver)의 華僑村은 캐나다에서 가장 큰 화교공동체로 손꼽혀온 지 오래이다. 토론토 (Toronto)에게 그 위상을 내어 준 것은 1980년 이후부터의 일에 불과하다. 이러한 특성만으로도 밴쿠버의 화교촌은 이질적인 집단들 내부에서 중국의 문화적 정체성이 갖는 의미와 이 개념이 갖는 사회정치적 삶에서의 역할을 살펴보고자 하는 이 연구의 표본이 되기에 충분하다. 아울러 저자는 1945년 에서 1980년까지 중국남방으로부터 이주해 온 자들을 논의의 대상으로 삼는 다. 이 시기는 동남아인들과 남 아프리카인들이 처음으로 캐나다로 이민해 오기 시작하던 시기이기도 하다.

서론에서 저자는 방법론적으로 연구의 범위를 넓게는 앵글로색슨, 좁게는 공동체 자체보다는 정부의 인종차별정책과 밀접하게 연관되어 있는 캐나다 의 내부에 국한시킨다. 아울러 저자는 이 책의 목적이 이민국(신세계)이나 모국(구세계)의 정책과 관련하여 개인이나 집단이 형성해가는 정체성의 항 구적인 성격은 동태성에 기초를 둔다는 점을 밝히는데 있다고 한다. 다음 章에서 저자는 1858년 프레이저(Fraser)계곡으로 금광을 캐러 온 이 화교 공동체의 기원에서부터 현재까지의 인구에 관한 역사적 개관을 캐나다의 정책, 특히 性比의 불균형을 저지시키는데 기여했던 1923년의 추방법과 관련하여 세 시기로 나누어 설명한다. 그 밖에 저자는 1890년대 초기, 화교의 해외비밀정당인 '致公黨'을 중심으로 한 그들의 단체생활을 그들의 조직체인 상공회, 자선단체, 정치조직을 통해 살펴보고 있다.

후속되는 세 개의 章들은 현존하는 세 세대 간의 알력을 소개한다. 갤커터의 화교인구는 1951년 8,700명이었으나 젊은 세대들이 대거 이주한 1971년에는 30,600명으로 증가하였다. 이 젊은 세대는 비교적 양호한 교육의 수혜자들로서 중국문화에 대해 기성인들과는 다른 시각을 견지하면서, 자신들의 친목조직과 의사소통의 기구들을 신속하게 만들어나갔다. 반면 나름의 열망을 품고 살았던 캐나다 태생의 중국인들은 이 새로운 젊은 세대들과 윗대 세대인 노인들의 틈 바퀴에서 자신들의 입지를 세워야할 필요성을 느꼈을 것이다. 그리하여 어떤 자들은 캐나다의 군대에 복무하는 것이 자존심을 세우는 길로 여기기도 하였다. 일반적으로 이들은 캐나다 사회에 보다 쉽게 적응하게 해주는 영어로 된 교육을 받을 수 있었다. 그렇지만 그들은 젊은 세대만큼이나 편협적인 태도로 자신들이 만든 英字신문을 통해 그들이 상정하는 중국의 고유성을 고수하고자 하였다. 그리하여 거의 대부분이 교육을 제대로 받지 못한 채 고정관념에 매여 있는 노인 세대들만이 자신들의 영역을 잃었고, 그들의 단체 또한 유지하기 힘든 상황이 되어 버렸다. 제5章과 제6章은 1945년과 1970년까지 화교들이 캐나다 내에서 어떠한 방식으로 타협해나가면서 정체성을 유지하고 있는 가를 살펴보고 있다. 여기에 덧붙여 이 책은 1970년부터 1980년까지 북경과 외교관계를 수립한 것과 관련하여, 중국문화를 유지하기 위한 요구 조건이기도 한 '캐나다식 중국인'이라는 개념과 그 형성과정을 고찰하고 있다. 아울러 이 책은 세 파벌로 분열되어 있던 화교공동체의 갈등을 잠정적으로나마 결집시켜 그 정체성을 다지는데 기여했던, 1973년 설립된 '중국문화센터'에 대해 논한다.

비교 관점에서 쓰여 진 마지막 章은 중국적 특질의 가변성, 즉 화교의 정체성이 이민 모델의 변화, 인구의 유동, 중국자체의 발전, 이민국의 영향에 따라 어떻게 유동하고 있는 지를 살펴보고 있다.

130. Ceccagno, Antonella, ≪Cinesi d'Italia. Storie in bilico tra due culture(이태리의 중국인. 두 문화 간의 이야기)≫. Roma : Manifestolibri, 1998. 155 p.

저자가 후앙 헤이니(Huang heini)와 함께 집필한 이 책은 이태리화교들의 행동과 심성을 알려주는 생생한 사진들과 이태리 국민들에 대한 그들의 의견을 정성스럽게 모아 만든 책이다. 중국현대경제와 중국이민에 관한 전문가인 저자는 최근 몇 년 동안 이태리로 이민 온 중국인들에 대한 풍부하고도 극히 시사적인 많은 이미지들을 제공하고 있다. 그러므로 이 책은 이태리에 이주한 중국인들뿐만 아니라 중국인의 시야에 비친 21세기 직전의 이태리 사람들의 삶의 방식을 핍진하게 알려주는 유용한 자료집이기도 하다. 인터뷰와 증언과 대화를 통해 이 책은 우리들에게 좋은 예가 되는 경험들, 상이한 가치들, 오해들, 새 거주지에 대한 예민한 감각들을 가늠하게 해준다. 중국 이민자들은 출신지, 도시와 농촌배경, 교육정도에 따른 복합적인 차이 속에서 기술되고 있다. 또한 그들이 꿈꾸는 세계, 성공에 대한 희망과 환상, 富에 대한 애착, 가치관의 변화, 금전 우선주의와 이로 인한 가족공동체의 문제점들이 풍부하게 묘사되어 있다. 또한 작업현장에서 이태리인들과의 교제와 충돌, 이태리인과 중국인들이 공모한 범죄에 관한 것도 알려준다. 아울러 가족생활, 친척관계의 급격한 변화, 성 관념의 변화, 父子의 역할 변화, 전통양식의 위기, 이태리인과 중국인 부부의 문제와 성관계, 감성의 차이 등에 관한 흥미로운 분석을 내놓고 있다.

---

131. Wong-Hee-Kam, Edith, ≪Entre Mer de Chine et Océan Indien(중국해와 인도양 사이)≫. Saint-Denis de la reunion : Orphie, 1999. 203 p.(Autour de Monde)

저자는 이미 프랑스령의 마르티니크(Martinique)에 거주하는 중국화교의 역사서를 펴낸 바 있다. 이전의 저서에서 저자는 1860년부터 하카와 광동 여인들이 마르티니크에 이주한 것을 계기로 하여, 모리스(Maurice)와 레유니언(Réunion), 이 두 섬의 항구에 작은 화교촌이 형성되었다고 기술한다. 이 新刊에서 저자는 두 차례의 世界大戰 기간 동안 하카이주민들과 중국에 남아 있는 그들의 가족들의 삶을 어머니와 몇몇 친구들인 여성들의 눈을 통해 그려내고 있다. 저자가 어떻게 자료를 수집했는지 언급되지는 않지만, 그 대부분은 저자의 어머니와 숙모들로부터 차용한 것임을 알 수 있다. 씨우란(Siwlane)이라 불리는 한 여성은 레유니언에 먼저 정착해 있었던 그의 남편과 합류하기 위해 1930년 廣東의 梅縣을 떠난다. 독자들은 씨우란과 중국의 가족들, 특히 그 시부모들과 누이들과의 지속적인 서신왕래를 통해 여성들의 운명이 어떻게 변하는 지를 경험할 수 있을 것이다. 아울러 결혼이나 연애를 통해 그녀들과 관계되는 남자들의 운명들도 접하게 될 것이다. 이민 가는 도중 씨루란은 한 소녀를 만난다. 고아인 이 소녀는 기아선상의 비참한 생활을 모면하고자 지구 끝의 낯선 남자와의 결혼을 위해 船上에 오른다. 그러나 그녀가 만나게 되는 장래의 남편은 여덟 아이의 아버지인 늙은 홀아비였다. 이 여성들의 삶은 한편으로는 아시아와 유럽을 뒤흔들었던 정치적 대격변의 여파 속에 급류하는가 하면, 다른 한편으로는 풍습의 변화에 맞추어 보다 완만하게 흘러가기도 한다. 독자들은 중국전통가치관을 지닌

이 여성들이 의상을 비롯하여 사소한 세부에 이르기까지 서구 풍조에 물들어
있는 레유니온의 주민들의 생활방식과 끊임없이 충돌하고 있음을 알 수 있다.
이 여성이민자들은 가게의 취업을 위해 필수적으로 요구되는 크레올 언어를
배워야 할 뿐만 아니라 손쉬운 同化의 방편을 위해 카톨릭으로의 개종을
택하기도 한다. 그녀들의 이러한 적응과정 속에서 중요한 비중을 차지하는
것은 토착민이나 아프리카에서 온 하녀들의 역할이다. 이 하녀들은 대부분
막 건너온 이 이주민들에게 요긴한 조언자의 역할을 해준다. 마찬가지로
이 책에 출현하는 하카의 여자들은 양호한 교육을 받아 고전시를 이해하며
자기표현에 명민하며 사랑의 열정도 간직하고 있다. 이 책은 하카 여성의
내면세계를 다룬 최초의 불어판이라 할 수 있다.

132. Smith, E. Gene, ≪Among Tibetan Texts. History & Literature of the Himalayan Plateau(티벳 문헌 속의 히말라야 고원의 역사와 문학)≫. Sommerville, MA : Wisdom Publications, 2001. 384 p.

　1961년부터 1973년에 걸친 12년 동안 이 책의 저자는 워싱턴의 국회도서관의 이례적인 기획에 힘입어 인도에서 발행된 티벳어 원전들의 입문서를 편찬하게 되었다. 편찬의 대상으로 선별된 4,000여 文件들은 1959년 중국정부가 티벳을 침공할 당시의 티벳 피난민들에 의해 유입된 것들이다. 이들 중 상당 부분은 서양인들이 처음 접하는 것으로, 발간과 동시에 세계적으로 파급되어 藏學, 즉 티벳학 연구를 활성화하는데 결정적인 역할을 하였다. 저자가 소박하게 언급하게 있듯이, 이 입문서들의 취지는 원전들의 목록 작성을 용이하게 하고, 도서관 사서들이 티벳문학을 서양의 도서관학 속으로 합류시키는데 도움을 주는데 있다. 사실 서양에서 발행되지 않은 저작들을 안내하는 이 책들은 藏學연구자들과 그 입문자들에게 소중한 指南으로서의 역할을 하였다. 이 입문서들은 시종 저자의 박식에 입각한 놀라운 통찰력과 학문적 기초에 힘입고 있으며, 문헌학, 역사학, 철학, 종교학의 관점들이 하나의 얼개 속에 복합적으로 연결되어 근본에 닿아 있는 개요들로 일관된다.
　이 저작은 르닝 마 파(rNying ma pa), 브카브뤼기드 파 (bKa'brgyud pa), 사 스키아 파(Sa skya pa)와 드그 룩스 파(dGe lugs pa), 백과서전 파와 自傳문학, 티벳 예술, 리스 메드(Ris Med) 운동에 관한 17편의 글들로 구성된다. 이 글들 모두는 예외 없이 지난 40년 동안 藏學의 발전에 크게 기여하였다. 특히 저자의 이 글들은 大家인 르닝 마 파머칸 포 너각 드방

드팔 브장(rNying ma pa mKhan po Ngag dbang dpal bzang)의 傳記, 브카 브르귀드 파(bKa brgyud pa)와 상스 파 브카 브르귀드 파 (Shangs pa bKa' brgyud pa)의 역사, 스창 심욘 헤루카(gTsang smyon Heruka)와 르 머구르붐 드 미 라스 파(le mgur'bum de Mi la ras pa)의 삶과 작품, 쓰 투 판(Si tu Pan : 1699-1774) 시대와 그 작품, 투우 브콴 블로 브장 코스 키이 니이 마(Thu'u bkwan Blo bzang chos kyi nyi ma)의 극히 다양한 작품들을 해석하고 있다. 특히 보 동 판 천(Bo dong Pan chen)의 家品을 통한 저자의 문학적 분석 능력과 콩 스푸릴(Kong sprul)의 작품과 리스 메드(Ris med)의 통합주의 운동에 관한 저자의 소개는 기념비적이다.

133. Snellgrove, David, Asian Commitment. ≪Travels and Studies in the Indian Sub-Continent and South-East Asia(인도 대륙과 동남아시아 기행과 연구)≫. Bangkok : Orchid Press. 2000. XX + 587p. : pl. + ill

저자는 인도 - 티벳학의 대학자이다. 그의 저서들 중에서도 특히 ≪Bud dhist Himâlaya(불교의 히말라야) Oxford, 1957≫, ≪The Hevajra Tantra(헤바이라 탄트라), London, 1959)≫, ≪The Nine Ways of Bon(폰교의 9가지 방법), London, 1967≫, ≪Himalayan Pilgri mage(히말라야 순례), Oxford, 1981년≫, ≪Indo-Tibetan Bud dhism : Indian Buddhists & Their Tibetan Successors(인도 티벳 불교; 인도 부다와 그들의 티벳 계승자), Boston, 1987≫들은 권위 있는 명저에 해당한다. 1982년 런던대학을 은퇴한 이후, 스넬 그로부(Snellgrove) 교수는 인도의 영향을 받은 동남아시아의 문명을 연구하는데 전력한다. 일종 의 자서전으로서, 영국함대의 청년장교로서 처음으로 인도를 방문했던 1943 년부터 시작되는 이 책은 이후 아시아 지역을 여행하고 체류하는 동안 친지 들에게 보낸 서신들과 르포들을 토대로 당시 자신이 겪었던 경이적인 삶들이 회고되고 있다. 또한 인도, 티벳, 네팔, 부탄, 인도네시아, 태국, 캄보디아 등지의 종교, 문화, 역사, 정치에 관련된 자신의 견해와 분석을 겸하고 있다. 특히 아시아의 탄트라 역사와 그 문화사에 관한 논문은 특기할만하다. 여기 서 저자의 개인적인 경험들은 개별적 인상의 차원을 넘어 진정한 휴머니스트 로서의 태도를 읽을 수 있는 과학적인 해석 속에 기술된다. 이 자서전은 두 개의 분야로 구성된다. 제1부는 1943년부터 은퇴한 1982년까지를 아우

르며, 자신이 이끌었던 인도-티벳학 분야와 영국에서 보낸 시기의 일화들을 다루고 있다. 제2부는 은퇴 후 이태리로 이주한 후 자신이 참여했던 인도-티 벳 불교의 중대한 집필에 관련된 간략한 언급에서부터 시작된다. 그는 1987 년 바라부두루(Barabudur)를 처녀 방문하였으며, 이 책은 1999년에야 탈고하게 된다. 이 제2부는 스넬그루부 교수의 독자들이 잘 알지 못하는 미개척 연구 분야들, 특히 인도네시아의 탄트라교의 발전에 관해 논한다. 1995년 이후 저자는 씨엠 레압 (Siem Reap, 앙코르 Ankor)에 정주하면서 이태리와 캄보디아를 수시로 내왕하고 있다. 이 회상집은 그의 능통한 크메 르어에 힘입어, 캄보디아 특히 앙코르의 通史가 기록되고 있다. 책의 말미에 첨부된 주석과 참고문헌은 귀중한 자료로 활용될 것이다. 그가 거론하는 중국학 또한 경이적인 해박함 속에 기술되고 있다. 범어와 티벳어 및 여타 아시아 언어들의 용어에 관한 짧은 설명들은 정확한 만큼이나 분명하게 다가 온다. 독자들은 이 책을 읽는 동안, 저자가 아직 생존해 있거나 이미 작고한 대가들과 친구들을 회상하는 장면들을 통해 대학자의 인간적인 숨결을 느낄 수 있을 것이다.

134. Shakya, Tsering, ≪The Dragon in the Land of Snows. A History of Modern Tibet Since, 1947(雪國의 龍, 1947년 이후의 티벳 현대사)≫. London : Pimlico, 1999. XXIX + 574p.

티벳 출신인 저자는 동양–아프리카학부 소속의 연구자이다. 當代 중국과 티벳의 관계사를 논하는 이 책에서 저자는 다방면에 걸쳐 주의를 환기시키는 논지를 펼친다. 무엇보다 저자는 자신이 참조하는 독창적인 자료들(영국과 미국 및 티벳의 원전이나 티벳어나 영어로 번역된 중국자료)의 도움으로 지금까지 주목하지 않았던 사건들, 예를 들어 달라이라마의 망명과 그 결과, 티벳에서 전개된 문화대혁명의 추이와 그 여파에 관해 논한다. 특히 저자는 개인의 주관적 감정보다는 객관성을 견지하기 위한 노력 속에 이러한 자료들을 활용하면서, 티벳인과 중국인들이 각기 고수하고 있는 입장들을 제시하고 있으며, 이에 대한 자신의 분석과 의견을 덧붙인다.

1950~1959년간은 중국과 티벳 간의 공존을 인위적으로 강구했던 시기로 특징된다. 국제무대에서 독립국가로서의 합법적인 지위를 인정받으려는 티벳의 비효율적인 외교 방식과 1950년 10월 6일 이래 인민해방군의 티벳의 强占은 티벳과 중국 간의 협상에 장애물이 되었다. 그러나 1951년 5월 23일, 티벳 정부의 밀사들은 제14대 달라이라마의 지지도 없이 17개 조항의 합의서에 서명하였고, 그 결과 동년 10월 26일 수도인 라싸에 인민해방군이 입성하였다. 저자의 입장에서 볼 때, 이러한 합의는 비록 기탄없이 자행된 것이기는 하지만 중국인이 티벳의 정치적 문화적 정체성을 인정하는 시금석으로 간주된다. 이 시기야말로 향후 두 국민간의 공존이 벽에 부딪치게 될

이전 단계로 간주된다. 중국과 티벳 간의 이러한 '황금시대'는 1955년 3월
9일 티벳 자치구 설립 준비 위원회가 발족되면서 절정에 이른 것으로 여겨진
다. 저자는 제14대 달라이라마의 망명과 1959년 3월의 반란은 티벳에서의
중화정책의 실패를 상징한다고 본다. 저자는 1959~1965년간의 점진적인
개혁 계획이 1959년 반란의 동참자들을 척결함과 동시에 농업생산에 치명타
를 가할 토지재분배를 강행한 것을 계기로 어떻게 실패하게 되는 지를 자세
하게 보여준다. 1965년 9월 1일 티벳자치구가 들어서면서 사회주의 정책이
공식적으로 시행되었고, 얼마 후 티벳은 중국과 마찬가지로 문화대혁명과
같은 정치적 격동의 제물이 되었다. 망명 중인 14대 달라이라마는 1959년
6월부터 17개 조항의 협약에 대한 반대운동과 고발운동을 펼쳤다. 달라이라
마는 인도의 보호를 받으면서, 다르마쌀라(Dharamsala)에 임시정부를 두
고 있다. 달라이라마의 주동 하에 1950년대에 창발된 캄스(Khams) 지역
티벳인들의 저항운동은 군사훈련과 무기를 제공하던 미국의 지원이 단절된
이후 잠적하고 말았다. 1980년대에 전개된 티벳에서의 개혁들은 오히려 종
교의 자유가 허용되리만큼 긍정적 측면이 있으며, 달라이라마와 북경정부
간의 대화도 재개될 것으로 보인다. 저자는 달라이라마의 국외활동과 1987
년-1989년간 라싸를 중심으로 하는 티벳 독립 운동가들의 연대적인 활동들
을 탐문하고 있다. 이 책의 의미는 일부 티벳 지식인들이 주축이 되어 발동된
중국과 티벳 간의 여러 사건들을 객관적으로 분석하는데 있다. 저자는 중국
과의 투쟁 과정에서 얼마나 많은 동포들이 분열되었는지, 또 티벳의 합법적
인 지위 획득의 문제가 얼마나 많은 논란을 야기하고 있는 지를 담담하게
그려내고 있다. 저자는 티벳과 중국의 검열로부터 해방된 티벳의 반세기
역사에 대한 이해를 돕는다.

135. Goldstein, Jonathan(ed.), ≪The Jews of China(중국의 유태인)≫, Ⅱ : A Sourcebook and Research Guide, NY : Sharpe, 2000. XIII + 202 p.

2000년에 간행된 이 책은 중국의 고대와 현대 속에서 유태인이 걸어온 자취를 논한 글들의 모음집 제2권에 해당한다. 제1권은 1992년 하버드대학 연구팀에 의해 발간된 적이 있다. 이 책 제1부는 중국의 유태인에 관한 중국인 학자들의 연구물들을 소개하는데 초점을 둔다. 제2부는 1930년대와 40년대에 걸쳐 중국의 상해, 하얼빈, 천진 등으로 피신해온 유럽의 유태인들의 회고문들을 싣고 있다. 제3부는 현재 이 영역의 연구에서 활용 가능한 자료들과 그 출처들을 소개하고 있으며, 특히 향후 모색되어야 할 새로운 연구방향을 제시하고 있다. 극히 논쟁적인 기고문에서 예루살렘의 이레나 에베(Irena Eber)는 현재 헤브라이 대학에서 진행되고 있는 현대중국에서의 유태인공동체에 관한 연구 프로젝트를 발전시키고 있다. 특히 그녀는 유대인들의 口傳에 의거하는 최근 연구 성과들이 지닌 문제점을 제기하고 있으며, 중국 유대인들의 '通史'가 발간되어야 하는 이유와 그 목적을 역설하고 있다. 아울러 이 책은 슐만(Frank Joseph Shulman)에 의해 작성된 중국의 유대인에 관한 아주 유용한 문헌목록을 제공하고 있다. 슐만은 레실리(Donald D. Leslie)의 최근 저작을 보완하여 완성시킨 바 있다.

136. Dillon, Michael, ≪China's Muslim Hui Community. Migration, Settlement and Sects(중국의 무슬림 回族공동체, 이민과 정착과 종파≫. London : Curzon Press, 1999. XXII + 208 p.

영국의 듀람(Durham)대학 역사학자인 저자는 중국의 回族역사에 관한 최근의 글들을 종합하여 이 한 권의 책으로 묶었다. 이 책은 중국연구를 진작시키기에 충분한 가치가 있으나 주어진 주제에 지나치게 묶여 있다는 느낌이 든다. 아주 짧은 분량의 章들로 구성된 이 책의 첫 여섯 章은 중국에 정착하기까지의 이슬람의 역사를 개괄하고 있으며, 이 이슬람의 흐름들은 특별히 할애된 세 章에 걸쳐 다루어진다. 특히 서북의 수피교단은 집중적으로 조명된다. 마지막 두 章에서 저자는 현재의 回族공동체의 언어습관 속에 산재된 아랍어와 페르시아어의 흔적을 찾고 있다. 이 책은 비록 관련 전문가들에게는 특기할만한 것이 없을 수도 있겠지만, 복잡한 중국의 回敎學에 입문을 원하는 초심자들에게는 학문적 열의를 고무시킬 수 있는 유용한 안내서가 될 것이다.

137. Ben-Adam, Justin, ≪China(중국)≫. In David Westerlund & Ingvar Svanberg (eds., Islam outside Arab World. London : Curzon Press, 1999, p. 190-211.

그동안 쥬스틴 존 루델선(Justin Jon Rudelson)이라는 이름으로 널리 알려진 이 책의 저자는 비 아랍계 이슬람에 관한 전반적인 연구를 진행하면서 중국에 관한 주요논문들을 발표해왔다. 특히 그는 新疆의 민족정체성에 관한 연구에서 탁월한 능력을 인정받아 왔다. 공산주의 도래 이전까지 연구자들은 내륙의 오아시스보다는 국경지역을 넘나들었다. 그러나 중국당국은 국경지대를 봉쇄하여 이 지역을 중국의 내륙 깊숙이 고착시켰으며, 토착민족들을 구획지어 개별적으로 격리시켰다. 결국 이러한 중국당국의 고립화정책으로 인해 위구르의 민족의식이 싹트게 되었으며, 다시 지역 간의 경계를 넘나들 수 있게 된 1985년부터는 민족의식이 더욱 강화되었다. 위구르의 지식인들은 먼 과거 속에 잠겨있는 민족의 단일성에 대한 환상을 고취시키기 위해 역사의 조작도 서슴지 않았다. 그러나 이에 대한 위구르의 반응은 오아시스의 도시민들에 따라 각기 다르다. 카스가르(Kashgar : 喀什)는 이슬람 보수주의를 고수하고 있으며, 漢族에 대한 반대세력으로서의 입장을 대변하고 있다. 반면 Turfan(吐魯番)은 비록 뮐러(Moller) 체제가 지배권을 행사하고 있지만 중국당국이 신뢰할만큼 동조적이고 안정적이다. 구 이슬람 민족의 종교관습은 특히 악신인 진(Jinn)으로부터 보호받기 위해 여전히 오아시스의 전 지역에 걸쳐 거행되고 있다. 回族과 같이 중국어를 사용하는 무슬만은 漢族과 위구르족 간의 문화적 중개자로서의 역할을 하고 있다. 그러나 위구르족들은 이 回族을 중국인으로 대할 뿐, 종교적 형제로 여기지는 않는다.

138. Oppitz, Michael, Hsü, Elisabeth, ≪Naxi and Moso Ethnography(나시와 모소의 민속학≫Kin, Rites, Pictographs, Zürich : Völkerkundemuseum, 1998. 396 p.

제목의 소박함과는 달리 이 책은 중국의 西南지역에 거주하는 '티벳-버어마'인 전반을 인류학적 관점에서 체계화한 최초의 종합서이다. 이들은 전통적으로 漢族에 의해 모소(Mosou)라고 불려왔다. 아울러 서양인에게는 탐험가 조셉 록(Joseph Rock)의 선구적인 작업에 힘입어 나키(Na-Khi)라는 이름으로 처음으로 소개되었으며, 1958년 이래 공산주의 당국에 의해 나시라는 소수민족으로 분류되고 있다.

이 두 민족을 구분함으로써 저자들은 1980년대 이래 제시된 두 민족 간의 문화적 차이와 개별적 정체성에 대한 요구를 수용하고 있다. 민족적으로나 역사적으로 대단히 복잡한 雲南지역의 소수민족은 크게 두 집단으로 구분할 수 있다. 하나는, 麗江지역 주위에 모여 사는 부계중심사회의 나시족이며, 다른 하나는 永寧 지역에서 모계중심사회를 이루고 있는 모소족이다. 인근 四川의 나시족은 중국정부에 의해 '몽골족'으로 분류된다. 최근 프랑스의 차이 후아(Cai Hua)의 연구에 의하면, 永寧지역의 이 모소족은 '나'족을 가리킨다. '나'족은 최근에 모소족이 아니라 나시족을 구성하는 모소인으로서 그들의 특이성을 인정받고 있다.

1. 제1부는 나시족과 모소족 간의 유사성에 관한 논문들을 재론한다. 찰스 맥칸(Charles F. Mckhann)은 나시족과 모소족 간의 유사성을 광범한 영역에서 찾고 있다. 이 유사성은 극단적인 모계사회와 결혼제도의 부재를 특징으로 하는 모소인에 대한 외부인들의 이국적인 호기심을 경감시켜 줄 것이다.

리치(E. Leach)는 이웃인 티벳의 모소족과의 비교를 통해 이러한 사회적 관습의 변화와 유연성을 부각시키고 있다. 永寧지역의 모소족에 관한 중국본토의 연구현황을 검토하고 있는 수잔 크노델(Suzanna Knödel)은 현지조사에 입각하여, 이 모계사회의 근본적인 특성을 명시해주고 있다. 엘리자베스 쉬(Elizabeth Hsü)의 글은 단순히 새로운 정보 제공뿐만 아니라 인류학적 유사성에 관련한 주목할 만한 試論을 제시해 준다. 아울러 그녀는 모족의 모계사회체제에 대한 해석의 기제로 사용되는 혈통이론을 비판적인 관점에서 분석하고 있다. 이에 관련하여 그녀는 레비스트로스(Lévi-Strauss)가 주장하는 가정(maison)에서의 중심적 역할에 따른 서열에 입각하여 모계사회의 계급적 구조가 갖는 의미를 천착하고 있으며, 나시족과 모소족에 관한 다른 한 개념인 '유사성의 개념'을 적용할 필요가 있다고 주장한다.

2. 제2부는 종교관습에 대한 연구에 관련된 것이다. 후앙캉 쓰(huang-kang Shih)는 모소족의 葬禮 儀式에 관해 세밀한 관찰 속에 분석하고 있으며, 이 장례의식이 모계사회의 이념과 갖는 관계를 연구하고 있다. 짱쉬(Zhang Xu)의 주석이 동반된 사진들은 火葬의 역할을 알려준다. 허리민(He Limin)은 사제-무당(dto-mba)인 허 쓰청(He Shicheng)의 도움으로, 나시족의 주요 儀式들 중의 하나에 대한 아주 구체적인 민속학적 소묘를 보여주고 있다. 그 중에서도 특히 나시족의 가장 유명한 관습의 하나인 '사랑의 자살'에 관한 묘사는 괄목할 만하다. 여기에 수록된 1920년대의 조셉 록(Joseph Rock)이 찍은 사진들은 하늘에 간구하는 贖罪儀式에 관한 중요한 삽화로서 제공된다.

양 푸취엔(Yang Fuquan)은 '생명의 신'(Ssu)에게 바치는 제식의 의미를 분석한다. 이 '생명의 신'은 영혼과 신 사이의 중개자로서 가족의 모든 구성원들을 보호해준다. 이 쉬(E. Hsü)의 글은 '가정'의 틀 속에서 이러한 제식들이 지니는 역할의 중요성을 논하고 있다. 까트린 마티유(Catherine Mathieu)의 글은 풍부한 문자를 소유하고 있는 나시의 사제-무당(dto-mba)에 비해서는 다소 덜 알려진 모소 족의 종교전문가(ddaba)를 직접 만난 경험담을 기술하고 있으며, 그에 대한 분석도 겸하고 있다.

3. 제3부는 나시족 고유의 상형문자로 된 문장들을 언급하고 있다. 안트니 칵썬(Anthony Kackson)과 판안쓰(Pan Anshi)는 서양의 도서관에 소장된, 의례와 점술에 관련된 사제-무당(dto-mba)들의 수고본들에 대한 연구성과를 내놓고 있다. 중국본토의 전문가들로부터 도움을 얻어 보완된 이들의 연구는 여러 사제-무당(dto-mba)들을 결집시키고 있는 상이한 '종파'들과 그 년대기를 제공한다. 비록 의례들은 보다 먼 시기로 소급될 수 있는 것이지만 이 수고본들은 우리가 믿는 것만큼 그리 오래되지 않은 19세기 말엽의 것으로 추정된다. 판 안쓰가 번역과 주석을 가한 이 텍스트들 중의 하나는 상형문자의 문장이 어떻게 활용되었는지를 알려주고 있다.

마지막으로 이 책이 발행된 취리히의 민속박물관 展示책임자인 미카엘 오피츠(Michael Oppitz)는 그의 글에서 동일한 의례를 대상으로 각기 구어와 문자로 표현된 것들을 서로 비교하면서 종교적 오브제들, 특히 북에 관한 연구를 행하고 있다. 아울러 그는 히말라야의 모든 영역에 걸쳐 있는 유형 혹은 무형의 민속학에 관한 여러 의견들을 제시하고 있다. 이 저서는 완벽한 분석과 예증을 제시할 뿐만 아니라 날짜에 따른 참고문헌들을 첨부하고 있다. 아울러 이 저서는 현재 진행 중인 인류학연구들을 처음으로 결산하는 참신한 성과물로 볼 수 있다.

139. Soucek, Svat, ≪A History of Inner Asia(내륙아시아의 역사)≫. Cambridge : Cambridge University Press, 2000. XIII + 369 p. + 13 cartes

이 책은 이슬람이 유입된 7세기부터 오늘날까지 아시아내륙의 복합적인 역사를 종합해서 보여주려는 쉽지 않은 작업에 성공하고 있다. 이 책을 구성하는 21개의 章들은 왕조의 역사적 큰 일화들에 따라 시대별로 정열되어 있다. 이 연구의 지역적 대상으로는 우즈베키스탄, 카자흐스탄, 키르키즈스탄, 타지키스탄, 투르크메니스탄, 몽고와 중국의 新疆으로 한정된다. 두 개의 부록은 왕조별 연대표와 연구지역에 관한 數式化된 자료가 수합되어 있다. 참고문헌은 저자들이 직접 참고한 문헌과 이차적 자료들뿐만 아니라, 이 영역의 연구에 필요한 주요 자료와 그 번역본에 관련된 목록을 싣고 있다. 몽고와 新疆에 관련된 記述들 가운데에는 약간의 오류가 있어 보인다. 예를 들어, 1588년 제4대 달라이라마는 칼차(Qalqa)족이 아니라 투메드(Túmed)족에서 출현하였다. 아울러 몽고의 남쪽이 만주에 병합된 것은 1588년 경이 아니라 1644년 직전이다. 이러한 오류에도 불구하고 짧은 분량 속에 이 지역의 역사에 관한 종합적인 인식을 추구하는 이 책의 의미는 충분히 인정받을 만하다. 아울러 세부화 된 지도가 제공되지 않은 점, 특히 지리를 논하고 있는 긴 서문에서 어떠한 지도도 발견되지 않는다는 점, 뿐만 아니라 축척도가 표기되지 않은 아주 간소화된 13편의 지도는 주로 현대와 當代의 것으로만 충당되어 있다는 점은 유감스런 일이다.

140. Stuart, Kevin(ed.), ≪Folklore in Northwest China(서북 중국의 민속)≫. Nagoya : Nanzan University, 1999. 273 p. (Asian Folklore Studies 58, 1, 1999)

이 책은 <Asian Folklore Studies(아시아민속연구)>의 별쇄본이다. 여기에 실린 5편의 논문은 그동안 거의 잘려지지 않은 靑海省의 문화와 종교전통에 관한 글들이다. 잡다한 민족들이 모여 사는 靑海는 인류학자, 언어학자, 역사학자 등 많은 연구자들의 寶庫이기도 하다. 여기에 수록된 논문들은 민속학적 조사를 통해 얻은 성과물이다. 이 조사들은 이 저서의 편집자가 해당지역의 원주민 한 명 혹은 여러 명의 도움을 얻어 행해진 것들이다. 이 책은 스튜어트(K. Stuart)의 짧은 서문으로부터 시작된다. 서문에서 그는 靑海省과 그 인구의 행정적인 구획에 관한 약간의 정보를 알려준다. 첫 논고인 <Tibetan Tricksters(티벳의 주술사)>는 주술사가 그 주역이었던 티벳의 역사를 다룬다. 그는 靑海西寧師範學校의 학생들을 대상으로 행한 설문조사의 결과에 기초하여, 그들이 이 우화의 역사에 대해 어떻게 알고 있는 지를 알려준다. 두 번째 논문인 <The Xunhua Salar Wedding(循化撒拉族婚禮)>는 한 撒拉族의 결혼과 이 결혼식 때 음송되었던 경이로운 노래들에 대해 상술하고 있다. 세 번째 논문, <Minhe Mangghuer Wedding Songs : Musical Characteristics(土族传统婚礼音乐中的 人物角色)>은 몽구르(monguor, 蒙古兒, 土) 마을의 혼례 음악들을 모티브에 따라 분류한다. 네 번째 논고인 <Laughing on the Beacon Tower's : Spring Festival Songs from Qinghai(비콘 탑의 웃음 : 靑海의 춘절가>는 춘절 때 西寧남쪽에 위치한 漢族마을에서 들을 수 있는 일련의 노래들을 소개한다. 네 번째 논문인 <A Ritual Winter Exorcism in Gnyan thog Village>는 同仁蒙古兒 마을에서 행해지는 呪術的 儀式에 관해 기술한다. 각 논문은 본론에 앞서 조사의 대상이 되는 마을과 주민에 관한 소개문을 제시한다. 지도가 제공되지 않은 것과 서양에서 행해진 연구들을 간과하고 있다는 점이 아쉬움으로 남는다. 그러나 여기에 실린 논문들은 사라져가는 儀式들에 관한 유익한 정보뿐만 아니라 연구자들을 위한 진귀한 자료들을 제공해준다는 점에서 중요하다 하겠다.

유병태(俞炳台)는

1982년 고려대학교 중어중문학과를 거쳐 파리 7대학 동양문학부 대학원을 졸업하였다.
현재 인제대학교 중국학부 교수로 재임 중이며, 중국학 관련 저서로는 ≪중국학개론≫
등이 있다.

新世紀中國學目錄概要

초판인쇄 2007年 6月 20日
초판발행 2007年 6月 29日

편 역 유병태
발행처 제이앤씨
등 록 제7-220호

132-031 서울시 도봉구 창동 624-1 현대홈시티 102-1206
TEL (02)992-3224(代) FAX (02)991-1285
e-mail, jncbook@hanmail.net ｜ URL http://www.jncbook.co.kr

ISBN 978-89-5668-511-3 93820   정가 11,000원